Eine unglaubliche, unerhörte Begegnung, die den Bogen spannt über siebenhundert Jahre Weltgeschichte: Zwei Männer treffen sich in vollkommener Finsternis. Sie wollen ans Licht, unbedingt. Sie tasten sich voran, führen irrwitzige Gespräche und teilen die Erinnerungen an zwei haarsträubend unterschiedliche Leben. Die Männer? Stan Laurel und Thomas von Aquin. Der begnadete Komiker trifft auf den großen Denker des Mittelalters. Warum hier? Warum jetzt? Warum gerade sie beide? Genau dies müssen sie herausfinden, um endlich ans Licht zu gelangen. »Picknick im Dunkeln« ist eine aufregende philosophische Reise, eine urkomische und todernste Geschichte über die großen Fragen des Lebens.

Markus Orths wurde 1969 geboren und studierte Philosophie, Romanistik und Anglistik in Freiburg. Er lebt als Autor mit Frau und drei Kindern in Karlsruhe. Seine Romane wurden in sechzehn Sprachen übersetzt, »Das Zimmermädchen« wurde 2015 für das Kino verfilmt. Er ist außerdem Autor von Hörspielen und Kinderbüchern. Bei btb erschien zuletzt sein Roman »Max«.

# MARKUS ORTHS

# PICKNICK IM DUNKELN

Roman

btb

Sollte diese Publikation Links auf Webseiten Dritter enthalten,
so übernehmen wir für deren Inhalte keine Haftung,
da wir uns diese nicht zu eigen machen, sondern lediglich auf
deren Stand zum Zeitpunkt der Erstveröffentlichung verweisen.

Penguin Random House Verlagsgruppe FSC® N001967

1. Auflage
Genehmigte Taschenbuchausgabe März 2023
btb Verlag in der Penguin Random House Verlagsgruppe GmbH,
Neumarkter Str. 28, 81673 München
Copyright der Originalausgabe
© 2020 Carl Hanser Verlag GmbH & Co. KG, München
Umschlaggestaltung: semper smile, München
nach einem Entwurf von Peter-Andreas Hassiepen, München
unter Verwendung eines Motivs von
© Sean Gladwell / Moment / Getty Images
Druck und Einband: GGP Media GmbH, Pößneck
MSP · Herstellung: sc
Printed in Germany
ISBN 978-3-442-77118-9

www.btb-verlag.de
www.facebook.com/btbverlag

# PICKNICK
# IM DUNKELN

# 1

Diese Dunkelheit, diese alles verschlingende, vollkommene Dunkelheit: Wohin er sich wandte, Stanley sah nichts. Er hatte keine Ahnung, wo er sich befand und wie er hergekommen war, er kniff die Augen zusammen, als wollte er den Blick scharf stellen, aber alles, was er hätte sehen können, blieb bedeckt von äußerster Schwärze, so lichtlos, dicht und undurchdringlich, dass er das Gefühl hatte, er atme sie ein, die Finsternis, sie sickere allmählich von außen nach innen. Stanley streckte die Arme aus und hoffte, gegen etwas zu stoßen, das ihm Halt gab und Richtung wies, aber da war nichts, die Finger ragten wie verzweifelte Fühler ins Leere. Er sank auf die Knie, wischte mit den Händen über den Boden: ein flacher, künstlich wirkender, ebener Untergrund, glatt und kalt wie aus geschwärztem Stahl, Stanley suchte nach Steinchen, Dreck, Flusen oder Staub, aber spürte nur die gespenstische Makellosigkeit dieser wie mit einer Wasserwaage gezogenen, glatt gestrichenen, nackten Ebene. Er stand wieder auf und klopfte seinen Körper ab: Anscheinend trug er einen groben Anzug, vielleicht seinen braunen Filmanzug, dazu Hemd, Weste, Schuhe, Strümpfe sowie eine Fliege und – die Melone. Obwohl sein Filmpartner Oliver Hardy schon vor Jahren gestorben war und Stanley genau wusste, dass Ollie ihm nicht würde antworten können, nie mehr, spürte Stanley ein Bedürfnis, den Namen seines Freundes zu rufen. Er folgte diesem Impuls sofort, rief: »Ollie! Ollie!«, und es klang wie ein Krähen, seltsam dumpf und trocken. Er lauschte seiner eigenen Stimme, in der bizarren Hoffnung, eine Antwort zu erhalten, eine von jenen Antworten, die er so oft gehört hatte in ihren Filmen, sei es ein aufgeregt gezischeltes »Sssst! Sssst!« oder Ollies Lieblingssatz: »In welchen Schlamassel hast du uns jetzt schon wieder gebracht?« Nein, Stanley wusste nicht, in welchem Schlamassel er gerade steckte, doch als seine Stimme unaufgefangen und unbeantwortet zu ihm zurückkehrte, da war ihm klar: Er steckte allein in diesem Schlamassel, menschenseelenallein.

Je länger er weilte, umso schwerer lastete die Dunkelheit, und Stanley ahnte, die Schwärze würde nicht schwinden, wenn er bliebe: Er musste, er wollte fort von hier. Der erste Schritt fühlte sich wackelig an. Stanley ruderte mit den Armen und wankte, richtete seine ganze Aufmerksamkeit auf den Boden unter den Sohlen. Die Ungewissheit, wohin er seine Füße setzte, schnürte ihm leise den Atem ab. Obwohl Stanley nur äußerst langsam vorankam, schien ihm, sein Denken hinke noch hinterher, er spürte eine seltsame Kissenhaftigkeit hinter der Stirn, ganz so, als läge alles im Kopf unter Daunen begraben: Die Fragen, die ihn bedrängten, konnte er ausblenden, und auch die Idee, sich zur Seite zu wenden, kam ihm erst spät. Ruckartig drehte er sich nach links. Fünf Schritte später berührten seine Finger eine Wand, und die Wand war ebenso glatt wie der Grund unter seinen Füßen. Stanley fuhr eine Weile mit den Händen die Wand entlang, zu den Seiten, nach unten, nach oben: Sie wölbte sich leicht über seinem Kopf. Er stellte sich auf die Zehenspitzen, konnte aber an keine Decke reichen. Auch nicht, als er mit ausgestreckten Armen hochsprang.

»Hallo?«, rief er jetzt und trommelte mit den Fäusten gegen die Wand, zuerst sacht, dann immer stärker, doch die Schläge waren kaum zu hören.

»Ist da jemand?«

Keine Antwort.

Stanley legte sein Ohr an die Wand: nichts. Nicht das Geringste. Er durchsuchte seinen Anzug, fand aber nur ein Einstecktüchlein in der äußeren und einen Kugelschreiber in der inneren Herztasche. Mit dem Rücken an die Wand gelehnt dachte Stanley eine ganze Weile nach, ehe er Luft holte und sich langsam von der Wand weg nach vorne tastete. Nach einigen Schritten stießen seine Hände an eine zweite Wand. Er nahm die Melone ab und kratzte seine Kopfhaut. Ein Tunnel also. Vielleicht vier oder fünf Meter breit. Ein flacher Boden. Wahrscheinlich eine Decke über ihm. Er befand sich allem Anschein nach in einer halben, durchgeschnittenen Röhre, und immer noch lag alles wie ersoffen im Finstern, nicht das mindeste Fitzelchen Licht.

Stanley setzte die Melone wieder auf, nestelte an seiner Fliege, zog die Augenbrauen hoch, grinste und breitete die Arme aus in vollkommener Hilf- und Ratlosigkeit, er imitierte die Mimik und Gestik seiner Filmfigur, die er *Stan* nannte: Ich weiß gar nichts, ich habe nicht den blassesten Schimmer, was hier geschieht, weder in der Lage, in der ich mich gerade befinde, noch im Leben allgemein, aber es ist auch nicht weiter schlimm, denn jede Ungewissheit besänftigt mich immer auch ein wenig.

Er wunderte sich, dass seine Angst nicht größer war: Doch ähnlich wie das Denken schien auch das Fühlen gedämpft, ein Echo, Schatten, Nachgeschmack und nicht mehr die Empfindung selbst in ihrer ganzen Wucht und Wucherung. Eins aber ist sicher, dachte er. Wenn ich weitergehe, muss ich ans Licht gelangen! Wenn ich vorwärtsstrebe, wird sich alles aufklären, früher oder später. Etwas anderes ist undenkbar. Kurz überlegte er, welche Richtung er einschlagen sollte, kniff die Augen zusammen, drehte sich vor und zurück, konnte keinen Unterschied ausmachen, zuckte mit den Schultern, legte die Handfläche an die Wand rechts neben ihm und ging einfach los.

Woher kamen jetzt all diese Erinnerungen? Jäh, ruckartig, ohne Vorwarnung. Innere, silberne Feuerwerke. Stanley atmete sofort auf: Denn die Erinnerungen verschafften ihm Erleichterung, ja, er klammerte sich jetzt regelrecht an diese Erinnerungen, an das samtene Gefühl der Vertrautheit, des Nach-Hause-Kommens, er ließ sich mitreißen von dem, was an seinem inneren Auge vorüberglitt, Bilder, Erlebnisse, Orte, Gedanken und Stimmungen aus fern verwehten Zeiten. Seine lebenslange Leidenschaft, das Grimassenschneiden; dieses tägliche, unermüdliche Üben vor dem Spiegel, aus dem einen und einzigen Grund: die Menschen zum Lachen zu bringen; sein Vorbild Charles Chaplin und dessen liebevoller Tramp, der durch eine aus den Fugen geratene Welt spaziert, aberwitzige Dinge erlebt, die Absurdität des Lebens entlarvt und ihr nichts anderes entgegensetzt als pure Güte. Und wie Stanley als junger Mann Chaplin imitierte, durch England und Amerika tingelte, das Lachen der Menschen erntete, indem er jemanden spielte, der ein anderer war als er selbst, und wie Stanley nach und nach den Chaplin-Kokon abstreifte, endlich selbst vor der Kamera stand, nach einem eigenen Ausdruck suchte, etwas, das ihn unverwechselbar und dadurch ebenso unsterblich machen würde wie Chaplin. Zu gern wäre auch Stanley ein Clown gewesen, über den die Leute schmunzeln, wenn sie ihn nur sehen; zu gern hätte auch Stanley ein Lachen in die Welt gezaubert, das die Menschen aus dem Einerlei ihres Daseins schraubt wie eine Drehung beim Tanz, damit sie, wenn auch nur kurz, die giftigen Splitter vergessen, die im Leben stecken. Aber Stanley fand sie nicht, die Unverwechselbarkeit. Die Figuren, die er spielte, waren zu unterschiedlich. Stanley blieb nicht haften im Gedächtnis der Zuschauer. Sein Gesicht verflüchtigte sich mit dem Abspann wie ein fremder, schwer zu fassender Duft.

Der Misserfolg als Mime setzte ihm zu, das Erschrecken über seine Unfähigkeit mündete ins Ende der Schauspielerei, begleitet von einem schalen Witz des Schwarzweißfilm-Produzenten

Hal Roach: »Ihre Augen, Mister Laurel, sind zu blau, als dass man sie filmen könnte.« Und Stanley flüchtete sich in die Arbeit hinter der Kamera. Als Schreiber. Als Witze-Erfinder. War dieses Talent nicht sogar größer? Das Ausdenken lustiger Szenen, sein Gefühl fürs Timing, fürs Zünden von Gags, für allerhand Orte, an denen Menschen im Speedraffer zusammenkrachen können in Tortenschlachten und *Tit-for-tat*-Orgien, ja, dies bot einen Ausweg: die ordnende Arbeit als Gag-Schreiber und Regisseur.

Und Stanley wäre wohl für alle Zeiten als Hintergrundname in den Abspannen seiner Filmchen versunken, wenn nicht etwas Unerhörtes geschehen wäre. Sein Freund Oliver Hardy hatte so oft davon erzählt, dass es Stanley lebhaft vor Augen stand und längst zu seiner eigenen Erinnerung geworden war: Oliver Hardys Ehefrau kletterte ausgerechnet durch den *Laurel* Canyon in den Bergen Santa Monicas, sie sah plötzlich eine Klapperschlange, floh Hals über Kopf und stürzte einige Male auf dem steilen Weg, riss sich die Bänder ihres rechten Beins, wodurch sie für einige Zeit ans Bett und an Krücken gefesselt war, was dazu führte, dass Oliver Hardy die Arbeiten im Haushalt übernehmen musste und eines Abends eine Lammkeule briet, die knusprige Keule aus der Röhre holte und dabei ausrutschte, in grotesker Vorwegnahme späterer Slapstick-Auftritte, und das heiß knisternde Öl verbrühte seine durch die Topflappen ungeschützten Daumen, denn das Öl war tatsächlich heißes Öl und nicht, wie im Film, kaltes, fettaugiges Wasser, weshalb Ollie unfähig war, zu den kurz darauf beginnenden Dreharbeiten des nächsten Films zu erscheinen.

Und dadurch änderte sich alles.

## 2

Stanley blieb stehen. Ihm war, als hätte er ein Geräusch gehört. Er lauschte, nein, nichts, alles still. Das Schwarz besaß keine Nuancen, das Schwarz war nichts, woran sich seine Augen hätten gewöhnen können, es war keines, das nach einer Weile irgendwie auch nur eine Spur heller wurde, nein, das Schwarz blieb ein undurchdringliches Schwarz. Erst jetzt streifte ihn der Gedanke, er könnte erblindet sein. Stanley führte seine Finger dicht vor die Augen, bis die Handfläche seine Nase berührte, doch es gab keinen Unterschied, keine lichteren, keine dunkleren Schemen, nein, ein Blinder vernähme Lichtreflexe hinter den Lidern, Schattenspiele und Sonnenblitze, doch Stanley sah rein gar nichts: Diese Dunkelheit, diese alles verschlingende, vollkommene Dunkelheit, sie kam nicht von innen, sie kam von außen. Jetzt zuckten seine Hände hoch, fast wie von selbst: Die Finger legten sich an die Stirn und mit seinen Daumen schloss er die Gehörgänge. Stanley nahm jetzt gar nichts mehr wahr, weder mit den Augen noch mit den Ohren, er zuckte zusammen, löste die Daumen rasch wieder, klatschte in die Hände und atmete auf: seltsam erleichtert über den stumpfen Klang, den er hörte.

Und die Erinnerungen? Hatte er sich ablenken wollen? Vom Weg, der vor ihm lag? Von der Ungewissheit? Von der Finsternis? Von der Frage: Wie er überhaupt hergekommen war? In diesen blickdichten Raum? Was zum Teufel geschah hier eigentlich?

Er musste nachdenken. Sich Zeit nehmen. Wie in *County Hospital*, als seine Filmfigur Stan das Krankenhauszimmer betrat, in dem ein Nachthemd-Ollie im Bett lag, das Gipsbein mittels grotesker Apparatur in die Luft gestreckt.

Stan: Ich habe dir hart gekochte Eier und Nüsse mitgebracht.

Ollie: Du weißt doch, dass ich keine hart gekochten Eier mag! Und auch keine Nüsse!

Stan zog seine Brauen hoch, jeder Gedanke schien wie weggefegt, und weil er nicht wusste, was er jetzt tun sollte, weil es nichts gab, einfach gar nichts, worüber er und sein Freund würden sprechen können, griff Stan selbst zu einem der Eier in der braunen Papiertüte, setzte sich und nahm sich Zeit, schälte und salzte und verspeiste das Ei und tat sonst nichts. Fast zwei Minuten nur diese quälende Langsamkeit des Ei-Schälens und Ei-Verspeisens, und Stanley sagte dem Regisseur, die Komik des Alltäglichen entfalte sich in der Ruhe, man müsse die Situation auskosten. Der Regisseur schüttelte den Kopf und nannte Stanley einen Melker und Ausbeuter. Nein, sagte Stanley, man brauche die Langsamkeit, um irgendwann wieder den Rhythmus zu wechseln ins Rasante des Slapsticks hinein: Ein Slapstick sei ein Schlagstock, der Knüppel des Narren im Kasperltheater. »Kein Narr haut immer nur drauf, er muss auch mal Luft holen zwischendurch, verstehen Sie?«

Doch je länger Stanley in der Dunkelheit verharrte und sich Zeit nahm, umso mehr verlor er das Gefühl für sich selbst. Im Stillstand näherte sich die Dunkelheit von allen Seiten und umzingelte, umzüngelte ihn, nein, Stillstand tat nicht gut hier, und Stanley gab sich ein paar Ohrfeigen, hieb mit der Faust auf den Oberschenkel, nur um sich selbst zu spüren, sich zu vergewissern, dass er noch da war und die Finsternis ihn nicht vollends verschluckt hatte, nein, alles, nur nicht stehen bleiben, das Stehenbleiben bekam mit der Zeit etwas Sumpfiges, ganz so, als würde er langsam eingesaugt, lautlos, von moorwarmen Mündern.

Stanley tastete sich voran. Die Wand an seiner Seite gab ihm Halt und Gespür für den Raum. Ihm kam die Idee, Schuhe und

Strümpfe auszuziehen, um den Boden barfüßig zu erspüren, aber wer wusste schon, welch spitzlichen Dinge dort lauerten auf dunklem Pfad, nein, Stanley behielt die Schuhe an und schüttelte den Kopf über diese seltsamen Gedanken. Dann pfiff er irgendwas, das ihm in den Sinn kam, eine läppische Melodie, ein Kinderlied in der Nacht. Das alles beruhigte ihn ein wenig: das Pfeifen, das Schaben der Sohlen, die Hand an der Wand, das Schlenkern des linken Arms an der Seite. Von Schritt zu Schritt wuchsen Mut und Trotz, dieser Dunkelheit hier die Stirn zu bieten. Was bliebe ihm auch übrig? Er musste gehen, immer weitergehen und hoffen, an einen Ausgang zu gelangen.

Vielleicht, dachte er plötzlich, wäre es – auch jetzt – ganz gut, den Rhythmus zu wechseln, vom Langsamen ins Rasche hinein, bisschen was riskieren, why not? Wenn ich laufe, dachte er, werde ich auf jeden Fall schneller nach draußen kommen, ans Licht. Kurz schüttelte er sich, schon lief er los. Stanley sprintete nicht, er trabte nicht, er rannte in ein und derselben Geschwindigkeit und hörte seine keuchenden Schritte. Obwohl er beim Laufen eine Hand an der Wand ließ und die andere zum Schutz vor möglichen Hindernissen nach vorn streckte, bekam die neue Rasanz etwas Unaufhaltsames: Stanley stürzte einfach so ins Schwarze hinein. Die Augen gewöhnten sich nicht im Mindesten an die Dunkelheit, wohl aber gewöhnte sich Stanley, je länger er lief, an seine Lage, und bald hatte er die anfängliche Sorge verloren, im Laufen über irgendwas zu stolpern, das im Weg stehen könnte.

Nur plötzlich geschah genau dies: Stanley stolperte.

Sein Knie stieß gegen etwas Hartes, Großes, Kolosshaftes, dort, auf dem Boden, vor ihm, dicht an der Wand. Stanley blieb hängen und purzelte Kopf voran über das Ding, federte sich mit den Händen ab und rollte über die Schulter auf den Rücken: Genau so hatten die Stuntmen ihm das richtige Fallen beigebracht. Jetzt lag er dort. Die Melone hatte er verloren. Stanley tastete nach ihr, fand sie rasch, setzte sie auf. Weder Knie noch Handflächen schmerzten. Im Sitzen strich er Staub aus dem Anzug, Staub, den es gar nicht gab.

»Hallo?«, sagte er zu dem Ding, über das er gestolpert war, weil er ahnte, dass es sich bei diesem Ding um einen Menschen handelte. Stanley bekam keine Antwort. Er hörte Atemzüge.

Auf allen vieren näherte sich Stanley, nein, auf allen dreien, denn seine Linke hob er tastend in die Luft, während er kroch. Endlich fand seine Hand ihr Ziel. Stanley berührte ein Bein, ein gestrecktes Knie unter einer Art Nachthemd. Also kauerte dort tatsächlich: ein Mensch. Stanley zuckte zurück.

»Wer sind Sie?«, fragte er.

Keine Antwort.

Der andere saß dort, an die Wand des Tunnels gelehnt, leise schnaufend. Stanley konnte nichts dagegen tun: Er hatte keine Angst, sondern fühlte sich unfassbar hingezogen zu einem möglichen Menschen. Einer, der sein Schicksal teilte, einer, der gemeinsam mit ihm hier drinnen steckte, einer, der dafür sorgte, dass er, Stanley, nicht mehr allein war, einer, mit dem er würde reden können und der ihm, wer weiß, vielleicht verriete, wo sie sich befanden und was hier vor sich ging.

Stanley setzte sich neben den Koloss, dicht an seine Seite, er konnte förmlich fühlen, dass der Mensch fett war. Merkwürdig, bei jemandem zu hocken, ohne ihn zu sehen. Das Geräusch des Atmens änderte sich ein wenig. Vielleicht drehte der andere den Kopf in seine Richtung? Stanley lauschte, und sein eigener Atem passte sich dem Atem des anderen an, eine Weile schöpften beide im Gleichtakt Luft, atmeten ein, atmeten aus, seltsam synchron.

»Ich bin Arthur Stanley Jefferson«, sagte Stanley endlich. »Besser bekannt als Stan Laurel.«

Nichts.

»Ich bin erst seit ein paar Minuten hier.«

Keine Antwort.

»Glaube ich jedenfalls.«

Schweigen.

»Das heißt: Es fühlt sich so an.«

Stille.

»Verstehen Sie mich?«

Als immer noch nichts kam, hielt Stanley die Luft an, streckte eine Hand aus und tastete wieder nach dem Körper des anderen, fand eine mächtige Schulter, bedeckt von etwas Mantelartigem, dort der Kopf mit einer glatten, bis an die Ohren gezogenen Kappe, und das Gesicht war breit und pfannkuchenrund, stichelige Bartstoppeln (also ein Mann!), und Stanley rückte noch näher, fuhr jetzt über den Brustkorb des anderen und erfasste die immense Leibesfülle dieses Körpers. Da packte ihn eine Hand des Mannes am Unterarm, der Griff war fest und stark, Stanley rührte sich nicht, bis der Druck nachließ und die Finger sich lösten, er spürte den Blick des anderen auf sich ruhen in der Dunkelheit.

Stanley zog sich ein Stückchen zurück.

Der andere regte sich nicht mehr.

»Ollie?«, fragte Stanley. »Bist du das, Ollie? … Wo sind wir? … Warum sagst du nichts? … Du kannst es nicht sein, Ollie … Es tut mir leid … Ich konnte nicht kommen … Zu deiner Beerdigung … Ich war krank damals … Ich weiß nicht, warum ich an dich denke … Gerade jetzt … Gerade hier.«

Nein, dachte Stanley im Stillen, wieder klarer im Kopf: Dieser Mann neben ihm, das konnte nicht Ollie sein, das durfte nicht Ollie sein, auf keinen Fall, nein, es musste jemand anderes sein, irgendwer, nur nicht Ollie. Denn wenn tatsächlich Oliver Hardy neben ihm säße, würde Stanley im selben Schlamassel stecken wie sein Freund, und dieser Schlamassel wäre nichts anderes als das, was man gemeinhin mit dem Wort *Tod* umschrieb, und darauf hatte Stanley keine Lust, darauf konnte er verzichten, sehr gut sogar.

Es geschah nichts weiter. Der andere blieb stumm. Auch Stanley schwieg. Hockte dort. Durch die Stille wehten Erinnerungen. Sanfte, helle Schleier im Innern.

## 3

»Oliver Hardy hat sich die Flossen verbrüht!« Ein Anruf von Hal Roach. Der Produzent brüllte regelrecht ins Telefon. »Er fällt aus! Katastrophe!« Und in Windeseile musste Stanley, der Gag-Schreiber, Hardys Rolle um- und sich selbst an dessen Stelle in den Film hineinschreiben. Obwohl er den Glauben an sich als Komödianten längst aufgegeben hatte. Doch als Hal Roach den fertigen Film sah, pfiff er durch die Zähne: »Formidabel ist das, blendend, Mister Laurel, Sie sind großartig! Ich bestehe darauf: Sie müssen weiterspielen!«

»Und meine Augen?«, fragte Stanley.

»Was soll damit sein?«

»Sie sagten mal, meine Augen seien zu blau, um gefilmt zu werden. Was für ein gemeiner Witz! Finden Sie nicht?«

Doch Stanley erfuhr, dass es gar kein Witz gewesen war: Das alte Nitrat-Filmmaterial hatte damals helle Blautöne schlecht einfangen können und Stanley mit seinem himmelblassen Blick mitunter wie ein Blinder gewirkt. »Mittlerweile drehen wir panchromatisch«, sagte Hal Roach. »Das Blau Ihrer Augen stört nicht weiter.«

Nur: Bei den Dreharbeiten zum nächsten Film war Oliver Hardy wieder einsatzbereit und wedelte mit seinem Vertrag. Stanley musste sich selbst an Ollies Seite in den Film hineinschreiben, und so standen die beiden plötzlich zu zweit vor der Kamera. Und das war der Beginn. Obwohl es noch ein paar Film-chen dauern würde, ehe sie als echtes Paar auftraten und Stanley begriff, dass es genau dieses Mitspielers und Gegenparts bedurfte, um zu erreichen, wovon er zeit seines Lebens geträumt hatte:

Er allein hätte es niemals geschafft, zu zweit aber, da waren sie unschlagbar.

Meine Erinnerungen, dachte Stanley, sie tun mir unsagbar gut. Der Mensch ist nicht geschaffen für die Finsternis. Der Mensch ist ein lichtes Tier, ein dunkelscheues Wesen. In der Nacht fliehen wir in Träume: Filme gegen das Schwarz. Hier, im dunklen Tunnel, bleibt ein anderer Trost: Wir erinnern uns, wir sehen mit inneren Augen.

Stanley wunderte sich, woher ihm diese fremden, großspurigen Gedanken so plötzlich kamen, und er schüttelte den Kopf. Er saß dort, im Finstern, neben dem Mann, der sich immer noch nicht regte, hörbar nur das Heben und Senken des Atmens.

Diese Stille, Stanley mochte sie nicht. Die Möglichkeit eines Gesprächs schien greifbar und weit entfernt zugleich. Seine inneren Bilder stauten sich hinter der Stirn, sie wollten, sie mussten an die Luft, ja, sie mündeten zwangsläufig in den Drang, geteilt zu werden, mit einem anderen Menschen, und dieser andere Mensch saß jetzt da, neben ihm, und auch wenn er bislang noch nichts gesagt hatte, so würde er immerhin zuhören können. Wie von selbst formten sich nun Wörter und Sätze, Stanley sprach einfach drauflos, ein einziger unbeantworteter Monolog gegen die stumme Schwärze des Menschen an seiner Seite.

Kaum einer, sagte Stanley, trenne zwischen ihm selbst als lebender Person (des besseren Verständnisses halber sage er: Stanley) und seiner Filmfigur (die er Stan nennen wolle). Oft halte man ihn im echten Leben für einen ebensolchen Einfaltspinsel wie seine Filmfigur. Nur wenige wüssten, wie viele Ideen, Dialoge und Gags aus seinem, aus Stanleys Kopf stammten, ganz zu schweigen vom Timing und den Improvisationen. Er (Stanley) sei die treibende Kraft hinter den Filmen gewesen und habe nach Drehschluss noch ewig in den Schneideräumen gesessen, während Ollie schon auf dem Golfplatz an seinem Handicap gearbeitet habe. Außerdem sei er, Stanley, im wahren Leben ein ganz und gar anderer Mensch als seine Filmfigur. Ein absolut anderer! Kaum jemand aber sei in der Lage, Rolle und Mensch auseinanderzuhalten: Immerzu sehe er in grinsende Gesichter: Leute, die dächten, er, Stanley, sei identisch mit ihm, Stan ... »Es tut mir leid«, rief Stanley und unterbrach sich selbst. »Sie müssen mich für egozentrisch halten. Ich weiß nicht, warum ich die ganze Zeit über mich selbst reden muss! Das ist sonst nicht meine Art. Glauben Sie mir. Aber hier drinnen, da gibt es etwas, das mich irgendwie dazu ... zwingt. Wissen Sie, was ich meine? Geht es Ihnen genauso?«

Schweigen.

»Anscheinend nicht.«

Stille.

»Verstehen Sie mich überhaupt?«

Keine Antwort.

»Sprechen Sie Englisch?«

Schweigen.

»Ich bitte Sie! Reden Sie mit mir!«

Nichts.

»Das ist doch kein Stummfilm!«

Stille.

»Die Zeit der Stummfilme ist längst vorbei.«

Keine Regung.

»Wir haben unsere ersten Tonfilme«, seufzte Stanley, als der andere immer noch schwieg, »in verschiedenen Sprachen gedreht. Jede Szene. Englisch, Französisch, Spanisch und Deutsch. Wir haben die fremden Sätze von Plakaten abgelesen. Die wurden neben der Kamera hochgehalten. Lautschrift, verstehen Sie? Wir haben die Sätze so deutlich wie möglich aufgesagt. 1930 gab es noch keine Synchronisation ... Schluss jetzt!«, rief Stanley, den eigenen Sprachschwall abrupt unterbrechend. »Reden

Sie bitte! Ich bin froh, Sie getroffen zu haben, aber traurig über Ihr Schweigen.«

Als der andere immer noch nicht reagierte, sagte Stanley: »Gut. Sie wollen nicht reden? Dann gehe ich weiter.«

Stanley stand auf. Er zögerte. Und wartete. Dachte nach. Wollte er das wirklich? Allein zurück in die Finsternis?

»Mit dem Wechsel vom Stumm- zum Tonfilm«, fuhr er fort, während er unentschlossen an der Wand lehnte, »hatten viele Kollegen Probleme. Wir nicht. Uns hat der Ton noch geholfen! Die Geräusche haben den Witz der Filme verstärkt: Wenn Ollie Stan eins überbrät, hört man den Schlag auf einen Amboss. Dann die Dialoge, der Dialogwitz, das hat mir viel Spaß gemacht. Und Ollies Dixieland-Ton und Stans britischer Einschlag. Ollies Säuseln und Stans ...«

Da erklang eine Stimme aus der Dunkelheit: »Stan?«

Stanley zuckte zusammen. Nein, die Stimme klang ganz anders als Ollies Stimme, viel tiefer, sonorer, brummender.

Der Koloss schien aufzustehen, ein wenig ächzend, dann sagte er: »Ich fürchte mich nicht!«, und er sagte es mit einem schrägen Akzent, den Stanley nicht recht einordnen konnte.

Stanley wusste nicht, ob er die Worte richtig verstanden hatte, und fragte: »Wieso sollten Sie sich fürchten? Sie kennen mich! Sie kennen doch Stan und Ollie! Jeder Mensch kennt Stan und Ollie! Sie glauben mir nicht, dass ich wirklich Stan Laurel bin? Das kann ich verstehen. Aber warum sollte ich lügen?«

»Also sind Sie ein Mensch?«, fragte der andere.

»Was denn sonst?«

»Ich fürchte mich nicht«, sagte der fremde, fette Mann ein zweites Mal und schob sich zu Stanley, berührte ihn, legte ihm die Hand an die Schulter, fuhr mit der Rechten über Kinn und Gesicht, tastete sich zur Melone, klopfte mit dem Knöchel auf den Hut, holte tief Luft, hob die Melone hoch, strich Stanley mit der freien Hand kurz über den Schopf und setzte ihm die Melone wieder auf. Stanley ließ alles geschehen. Und wie sonderbar: Es fühlte sich gut an. Diese Wärme einer Hand, diese Nähe eines Menschen, dieser Hauch eines Atems, der ihn streifte. Der Mann neben ihm war nicht nur voluminös, sondern schien auch groß zu sein, bestimmt einen halben Kopf größer als Stanley. Jetzt, da er so dicht bei ihm stand, konnte Stanley es förmlich spüren.

»So sei es«, sagte der andere. »Sie sind ein Mensch. Und ich bin ein Mensch. Wir haben einander hier getroffen. Es wird einen tieferen Sinn dafür geben, den ich jetzt nicht durchschaue, aber an den ich glaube. Folglich gehe ich mit Ihnen!«

»Das klingt gut«, sagte Stanley.

»Und sehen Sie etwas?«, fragte der Mann.

»Nicht die Spur.«

»Und waren Sie vorher in der Lage, etwas zu sehen?«

»Was meinen Sie mit *vorher*?«

»Ehe Sie die Dunkelheit betraten? Konnten Sie da sehen?«

»Ja, natürlich.«

»Also«, sagte der Mann, »kommt die Dunkelheit von außen. Dass wir beide gleichzeitig erblindet sind, ist unwahrscheinlich.«

»Klingt logisch«, sagte Stanley.

»Darf ich mich einhaken?«

»Ja«, sagte Stanley, einerseits mit hellem Herzen und erleichtert, nicht mehr allein zu sein, andererseits verwirrt durch die seltsamen Worte und den undefinierbaren Akzent und auch ein wenig eingeengt durch die Masse des anderen Mannes, von dem er nicht wusste, wer das war und ob er ihm Gutes oder Böses wollte. »Ja«, sagte Stanley dennoch, weil die Erleichterung überwog. »Gerne. Haken Sie sich ein. Dann können wir uns nicht verlieren.«

Der andere schob seinen Arm in Stanleys Armbeuge.

»Bleiben wir an dieser Wand?«, fragte Stanley.

»Gibt es denn eine andere?«

»Ich denke, wir befinden uns in einer Art Tunnel. Und jeder Tunnel hat einen Ausweg. Wollen wir?«

Der andere schwieg.

»Nur zu Ihrer Information«, sagte Stanley. »Wenn Sie nicken oder den Kopf schütteln, dann sehe ich das nicht.«

Statt einer Antwort schob der andere den Fuß vor. Einander untergehakt gingen sie los.

# 4

Es gab jetzt jemanden, der mit Stanley teilte, was geschah, die Dunkelheit um ihn her wurde zwar nicht heller, aber Stanley sah sie mit den Augen eines Menschen, der gefunden worden war und seine Einsamkeit langsam abstreifte. Stanley brütete still vor sich hin und bemühte sich, Schritt zu halten. Er hätte den Schweiß des anderen eigentlich riechen müssen, so dick, wie er war, aber auch wenn Stanley seine Nase in Richtung des Mannes drehte, er roch nichts. Warum aber schlug der andere ein solches Tempo an? Als hätte er etwas vor. Als wüsste er, wohin es gehen würde, voll Zuversicht, ohne die geringste Sorge, schien es.

»Könnten wir etwas langsamer gehen?«, fragte Stanley.

»Entschuldigen Sie«, sagte der Mann und drosselte sofort seinen Schritt. »Wenn ich schnell gehe, kann ich gut denken. Das ist meine Natur.«

»Danke«, sagte Stanley, und nach einer kurzen Pause fügte er hinzu: »Das heißt, Sie denken gerade?«

»Ich denke immer«, sagte der andere.

Und dann stellte Stanley die Frage, die ihn am meisten umtrieb: »Wissen Sie, wo wir hier sind?«

Der andere sagte: »Nein.« Es verstrich einige Zeit, ehe der Dicke ergänzte: »Ich habe aber eine Vermutung.«

»Welche Vermutung?«, fragte Stanley, ganz leise, aus Furcht, die Stimme des anderen zu verscheuchen, denn diese Stimme tönte sanft, zugewandt, irgendwie tröstlich, sie beruhigte ihn sehr, und Stanley legte sich in den Klang dieser Stimme hinein, keine Violine, ein Cello, leicht vibrierend.

»Ich sinne noch.«

»Sie sinnen?«

»Ich sinne.«

»Auch wenn wir jetzt langsamer gehen?«

»Der Mensch lebt nicht allein.«

»Wie lautet Ihr Name?«, fragte Stanley, ein wenig verwirrt von dieser Antwort.

»Thomas«, sagte der andere. »Eigentlich Tommaso.«

»Tommaso? Aus Italien? Daher Ihr Akzent? Zum Glück sprechen Sie … na ja … Englisch.«

»Ich habe vielfältige Briefpartner. Auch in England.«

»Und in Amerika?«

»Was ist Amerika?«

»Das sag ich auch immer«, lächelte Stanley. »Was ist Amerika schon gegenüber dem britischen Empire!«

Der andere schwieg.

»Ich komme ebenfalls aus dem Süden«, sagte Stanley. Und nach einer kurzen, vom rechten Timing auferlegten Pause fügte er hinzu: »Aus dem Süden Londons.«

Der andere lachte nicht.

»Ist ein Witz aus einem meiner Lieblingsfilme. Dabei bin ich selbst in Ulverston geboren.«

»Und wann genau?«

»1890.«

»1890? Und wie alt sind Sie jetzt?«

»Fast 75.«

Thomas schwieg eine kleine Weile, und Stanley hörte nur ihre Schritte auf dem Boden.

»Entschuldigen Sie«, sagte Stanley. »Sie haben wirklich noch nie von Stan und Ollie gehört? Sie haben tatsächlich noch nie einen Film von uns gesehen?«

Thomas sagte nichts.

»Aber«, grinste Stanley, »Sie wissen schon, was ein Film ist?«

Keine Antwort.

Stanley seufzte, merkte aber, dass er unbedingt weitersprechen und die Stille gleich mit der Wurzel ausreißen wollte, denn die Stille war hier drinnen weitaus schwerer zu ertragen als unter freiem Himmel, die Stille fühlte sich an wie eine Verdopplung der Dunkelheit. »Ein Film«, rief Stanley, während er mit Thomas an seiner Seite voranschritt, jetzt in einer angenehmen Gemessenheit, »ein Film ist doch das Gegenteil dessen, worin wir zwei hier gerade stecken. Ein Film wird nur zum Film, wenn man ihn sieht. Ein Film entsteht durch das, was uns fehlt: Belichtung. Ein Film braucht helle Augen. Man schaut anderen dabei zu, wie sie sich verheddern in irgendetwas. Gefühle. Unfälle. Streitereien.«

Thomas schwieg.

»Und unsere eigenen Filme? Stan und Ollie? Passen Sie auf.«

Stanley sprach jetzt davon, wie er die Probevorführungen seiner Filme besucht und dabei einen Klickzähler mitgenommen hatte. Pro Lacher einmal geknipst. Bei zu wenigen Lachern wurde nachgedreht, bei zu vielen Lachern geschnitten. Er sprach von Rhythmus, Aufbau, Eruptionen und von dem, was er am lustigsten fand: jene Dellen in der Wirklichkeit, winzige Realismusrisse: Dinge der Unmöglichkeit. So nannte er sie. Stan konnte in den Filmen nicht nur Ollies Hut essen, er konnte auch mit Ollie über einen Flur schlendern, ein volles Glas Wasser aus der Hosentasche fummeln, und als Ollie ihn genervt anbleckte und raunzte: »Warum tust du kein Eis rein!?«, kramte Stan in aller Seelenruhe aus der Jacketttasche zwei Eiswürfel und ließ sie ins Glas klimpern. Ja, Stan war sogar in der Lage, seinen Daumen zu verwandeln, entweder in eine qualmende Pfeife, an der er babygleich nuckelte, oder in ein Zündholz, indem er den Daumen aus der Faust an die Luft schnipste und die Daumenspitze aufloderte: zur zehn Zentimeter hohen Flamme. Dazu Stans ungerührte Reaktion auf die Dinge der Unmöglichkeit: Er nahm sie als selbstverständlich hin und wunderte sich nie über das Wunderliche.

Thomas schwieg weiter beharrlich.

»Haben Sie Streichhölzer dabei?«, fragte Stanley. »Oder ein Feuerzeug? Ich habe leider mit dem Rauchen aufhören müssen.«

»Ein was?«, fragte Thomas jetzt.

»Feuer. Haben Sie Feuer?«

»Ein kleines Feuer gegen die Finsternis?«

Stanley drehte den Kopf, überrascht von diesen Worten.

»Nein«, sagte Thomas. »Ich bin hier gänzlich ohne Licht.«

## 5

Sie gingen weiter, und Stanley hatte das Gefühl, langsam anzukommen in dieser engen Weite des Raums, in diesem nicht enden wollenden schwarz atmenden Gang. Die Wand bot ihm Trost und auch der Mensch namens Thomas an seiner Seite. Die anfängliche Dumpfheit seines Denkens ließ – mit dem anderen im Arm – von Schritt zu Schritt nach, ihm war, als wehte ein frischer Wind durch seinen Kopf. Stanley grübelte eine Weile, legte den Kopf in den Nacken, schaute nach oben, schon kam ihm eine Idee. Er blieb stehen und fragte seinen Begleiter: »Sagen Sie, Thomas! Kann ich … Darf ich … Hört sich ein bisschen komisch an, aber: Darf ich auf Ihren Rücken steigen?«

»Auf meinen Rücken?«

»Ja.«

»Aber warum?«

»Vielleicht gibt's über uns eine Decke. Das will ich herausfinden.«

Es dauerte eine Weile, ehe Thomas zustimmte.

Stanley kletterte behutsam auf den Rücken des anderen, hielt sich am groben Stoff seines Gewandes fest, diese Schultern, diese ochsenbreiten Schultern, hier, eine zurückgeschlagene Kapuze, die glatte Mütze, und endlich saß Stanley huckepack auf Thomas und spürte dessen fette Oberarme, die seine Schenkel stützten.

»Jetzt zur Wand«, sagte Stanley.

Und als sein Knie gegen die Wand stieß, fuhr er mit den Händen die Wölbung entlang nach oben, eine höchst wackelige Angelegenheit, jetzt, wo er sich nicht mehr festhalten konnte, und dann lotste er Thomas wieder von der Wand weg, zur Mitte des Tunnels, erhob sich ein wenig aus dem Schultersattel, und ja: Die Wölbung mündete in eine geschlossene Decke über ihren Köpfen, und die Decke fühlte sich ebenso flach und glatt an wie die Wände und der Boden, doch ehe Stanley darüber hätte nachdenken können, kippte er zu sehr nach vorn, der Koloss unter ihm wankte, konnte sich nicht mehr aufrecht halten: Beide purzelten zu Boden. Zum Glück schmerzte der Aufprall nicht. Stanley hielt beim Sturz seine Melone fest. Er rappelte sich auf, und dann tat er das, was Stan jetzt bei Ollie getan hätte, er rief und tastete nach Thomas, hörte, wie dieser keuchend aufstand, und Stanley klopfte ihm den Staub aus dem Anzug, obwohl es hier überhaupt keinen Staub gab und der andere auch keinen Anzug trug, sondern nur dieses komische Mantelgewand. Thomas ließ alles über sich ergehen.

Stanley nahm die Melone ab und kratzte sich am Kopf. »Also«, sagte er, »befinden wir uns in einem Tunnel. Mit einer Decke über uns. Etwa drei Meter hoch.«

»Zu was soll dieses Wissen nützlich sein?«, fragte Thomas.

»Keine Ahnung«, sagte Stanley.

»Haben Sie sich einen Schmerz zugefügt?«

»Nein. Und Sie?«

»Nein.«

Sie setzten ihren Weg fort.

Stanley hakte sich wieder unter und legte die andere Hand an die Wand. Im gemeinsamen Gehen konnte er die Dunkelheit besser vergessen, er war abgelenkt durch die Unterhaltung mit Thomas, wenn auch bislang zumeist er selbst gesprochen hatte, aber immerhin, seine Stimme wurde aufgefangen von einem anderen Menschen. Hatte Stanley das Erinnern schon gut getan, so schien ihn das Reden regelrecht zu erwärmen, dieses Kleiden seiner inneren Bilder in Worte.

»Fangen wir ganz von vorne an«, sagte Thomas im Gehen. »Weshalb genau führen Sie zwei Namen? Arthur Stanley Jefferson und Stan Laurel?«

»Arthur Stanley Jefferson ist mein Geburtsname. Und Stan Laurel mein Künstlername.«

»Was ist ein Künstlername?«

»Jeder Künstler braucht einen griffigen Namen, den das Publikum sich gut merken kann. Bei mir eben: Stan Laurel. Den Namen habe ich irgendwann angenommen. Als richtigen Namen. Er steht in meinem Pass, wissen Sie?«

»Pass, Pass«, murmelte der andere, als wollte er sich das Wort einprägen. Dann fragte er: »Also, Arthur Stanley Jefferson ist Ihr Geburtsname?«

»Ja.«

»Den Sie abgestreift haben?«

»Ja.«

»Demnach ist Stan Laurel Ihr Todesname?«

Stanley schwieg.

Er hätte den anderen jetzt gern angesehen, hätte zumindest gern gewusst, wie er aussah, welche Farbe seine Kleider und seine Augen und welche Form seine Nase und seine Lippen hatten. Und wie alt er sein mochte. Vielleicht 45. 50. 55. Welchen Beruf er hatte. Portier. Kaufmann. Taxifahrer. Was für ein Mensch er war. Zurückhaltend. Jähzornig. Gemütlich. Draufgängerisch. Oder aber alles zusammen. Je nach Lage. Und wie er hergekommen war. Und ob er etwas wusste. Über den Ort, an dem sie sich befanden.

»Wie sind Sie überhaupt auf den Namen *Stan Laurel* verfallen?«, fragte Thomas.

Stanley rieb sich durchs Gesicht und erzählte sofort drauflos: Wie seine erste Liebe Mae Dahlberg zu Beginn der Karriere beim Abschminken neben ihm in der Garderobe saß, erschöpft von ihrem gemeinsamen Auftritt; und wie Mae zerstreut nach einem Geschichtsbuch griff, das irgendjemand in der Garderobe vergessen haben musste; und wie sie das Buch achtlos aufschlug und hängen blieb an einem Porträt des römischen Feldherrn Scipio Africanus maior mit einem Lorbeerkranz auf dem Kopf, einem *wreath of laurel*, wie darunter zu lesen stand. Und Maes Finger erdolchte das Wort *laurel* – seit einiger Zeit suchte Stanley einen Künstlernamen, denn Stan Jefferson, wie er sich bis dahin nannte, das ging auf gar keinen Fall, dreizehn Buchstaben würden nichts als Unglück bringen –, und Maes Hand schnellte vom *wreath of laurel* in die Höhe, und sie rief: »Laurel! Stan Laurel! Stan und Mae Laurel!« Stanley schlug sofort ein, Stan Laurel, der Name, kaum ausgerufen, stand unerschütterlich fest.

»Sprechen Sie von Publius Cornelius Scipio Africanus maior?«, fragte Thomas.

»Bitte?«

»Er lebte von 236 bis 183 vor Christus.«

»Keine Ahnung«, sagte Stanley.

»Derselbe Scipio, der 205 Konsul wurde?«

»Wenn Sie es sagen.«

»Der Mann, der Hannibal besiegte?«

»Das spielt für meine Geschichte überhaupt keine Rolle.«

»Es gibt nicht nur Ihre eigene Geschichte, Mister Laurel, es gibt auch die Geschichte der Welt um Sie her.«

»Was wollen Sie damit sagen?«

»Sie kennen den Mann gar nicht, dessen Lorbeer Sie Ihren zweiten Namen verdanken?«

»Das hat mich nie interessiert. Es ging nur um den Lorbeer.«

»Um den Ruhm?«

»Um das Wort. Um den Namen. Der Lorbeer auf dem Bild war nur der Auslöser! Das ist schon die ganze Story. Aber sagen

Sie!«, rief Stanley und räusperte sich entschieden. »Genug von mir! Wollen Sie nicht mal was über sich erzählen?«

»Über mich?«

»Über Ihr Leben?«

»Mein Leben«, sagte Thomas, »kann ich in einen einzigen Satz kleiden.«

»Ich höre.«

»In Italien geboren«, sagte Thomas, »zwischen Rom und Neapel, ich wurde in ein Kloster gegeben als jüngster Junge, bin aber nicht bei den Benediktinern geblieben, sondern zu den Dominikanern gegangen, dann habe ich studiert, in Neapel, Paris, Köln, aber ich bin auch nach London gereist und nach Oxford.«

»Wie? Studiert? Sonst nichts? Ihr ganzes Leben?«

»Ich habe zeit meines Lebens nie aufgehört zu studieren, zu denken, zu schreiben, zu lehren und zu lesen: immer wieder, vornehmlich den Philosophen.«

»Also sind Sie ein Mönch?«

»Sehr wohl. Ein Bruder.«

»Dann tragen Sie eine Kutte?«

»Eine Kukulle. Mit Kapuze.«

»Und die Kopfbedeckung?«

»Das ist nur eine Kappe, die ich seit einigen Jahren aufsetze, um die Ohren warm zu halten.«

»Sie sagten, dass Sie schreiben: Was genau schreiben Sie denn? Und haben Sie etwas veröffentlicht? Kennt man das? Und, ach so: Wen genau meinen Sie jetzt mit: den Philosophen?«

»Den Philosophen eben: Aristoteles.«

»Aber es gibt viele andere Philosophen. Kant, Schopenhauer, Kierkegaard, Nietzsche, Wittgenstein …«

Da sagte Thomas, ein wenig lauter als bisher: »Ich erinnere mich gut. Ich höre zu, ich behalte das Gehörte im Gedächtnis,

ich liebe das Wissen. Aber diese Wörter aus Ihrem Mund: *Film,*
*Amerika, Synchronisation, Regisseur, Slapstick, Streichhölzer, Kant,*
*Kamera, Pass.* Ich sage Ihnen, Mister Laurel, ich verstehe das alles
nicht, aber wie gesagt, ich habe eine Vermutung.«

»Und? Was ist Ihre Vermutung?«

## 6

Genau in diesem Augenblick stürzte Stanley. Er stolperte nicht, er fiel nicht hin, nein, er sackte ab, nach unten, der Boden, auf den seine Füße immer selbstverständlicher ihre Schritte setzten, dieser Boden, er fehlte plötzlich, und Stanley rutschte in ein Loch, die Öffnung rund und mannsgroß, er schrie auf, klemmte sich mit Ellbogen und Armen gerade noch an den Rändern fest, die Füße baumelten ins Leere, fanden keinen Halt, Stanley rief um Hilfe, und schon griff Thomas nach ihm, packte seinen Arm, es war ein fester, ein warmer, ein mächtiger Griff.

»Nicht loslassen!«, rief Thomas.

»Ziehen Sie mich hoch!«, keuchte Stanley.

Er streckte seine Hand aus. Dieser immense Körper über ihm, Stanley kam ihm so nah wie noch nie, das fehlende Gesicht des anderen hier, im Schwarz, sein linkes Ohr, das jetzt Stanleys eigenes Ohr streifte. Thomas zog ihn heraus. Es gelang schneller als gedacht: Schon schob Stanley sein rechtes Knie auf den Rand. Er gewann Halt. Dann war er draußen.

Beide saßen reglos dort und atmeten. Stanley brauchte eine Weile, um klare Gedanken zu fassen. Dann dachte er: Warum ich? Sonst fällt doch immer der Dicke ins Loch. Wenn wir eine Furt überqueren, plumpst immer Ollie ins tiefe Wasser. Egal, auf welcher Seite er gerade geht. Es ist immer Ollie, der einbricht, durch Bretter, Böden, Dächer aller Art. Und jetzt: warum ich?

»Ich danke Ihnen«, sagte Stanley.

»Keinesfalls der Rede wert.«

Stanley spürte einen Anflug von Beklemmung. Thomas hatte ihn gerettet. Aber warum? Ein Misstrauen flackerte auf: Wie oft waren Stan und Ollie scheinbar guten Menschen begegnet, nur, um kurze Zeit später übers Ohr gehauen zu werden? Was war das für ein Mann, der ihn gerade gerettet hatte? Dieser dicke Körper, er war greifbar, er war anwesend. Diese Stimme, sie schnitt sich in die fehlende Sicht, die Stimme mit dem merkwürdigen Akzent, Stimme, Körper, sonst nichts. Wie genau mochte der andere aussehen? Welche Augen lagen in seinen Höhlen?

Und dieses Loch! Stanley war nicht ins Loch *getreten* mit einem seiner Füße, es war, als wäre ihm der Boden unterm Standbein weggezogen worden, mit einem Ruck. Als hätte sich das Loch unter seinen Füßen *aufgetan*. Was zum Teufel befand sich da unten?

Stanley nahm sein Einstecktüchlein aus der Brusttasche, ließ es aufflappen, wollte sich den Schweiß abtupfen, aber es gab keinen Schweiß, nirgends an seinem Körper.

»Sag, Thomas«, flötete er plötzlich im Tonfall seiner Filmfigur. »Ich hab nachgedacht. Ich glaube, ich hab eine Idee!«

»Ideen sind immer gut.«

»Hier! Fühlen Sie mal.«

Stanley brauchte jetzt einfach seine Stan-Leichtigkeit, um ihrer Lage etwas entgegenzusetzen, und er streckte Thomas das Taschentuch entgegen. Als Thomas danach tastete, berührte er Stanleys Hand und zuckte zurück.

»Ich lasse das Tuch jetzt fallen«, sagte Stanley. »Ins Loch.«

»Aber wozu?«, fragte Thomas.

»Dann hören wir, wenn es unten aufschlägt. Auf dem Boden. Mhm. Und wir wissen, wie tief es ist. Das Loch.«

Thomas schwieg.

»Kommen Sie!«

Stanley war gespannt, wie Thomas auf diese Taschentuchdummheit reagieren würde. Er grinste übermütig, ging in die

Knie und fläzte sich hin, spürte, wie Thomas neben ihm seinem Beispiel folgte und sich dicht an seine Seite legte. Bäuchlings schoben sie sich voran, der Dicke ächzte dabei. Stanley hielt sich dicht an der Wand. Seine Hände ertasteten den Rand des Lochs, die Kante wirkte wie geschliffen, das Loch war rund und klein, groß genug für ihn selbst, Thomas dagegen wäre wohl drin stecken geblieben. Stanley beschlich das Gefühl, dieses Loch sei sein eigenes Loch, ein Loch wie für ihn geschaffen. Er blickte hinab in die Tiefe, kniff die Augen zusammen, aber da unten war genauso wenig zu erkennen wie oben, im Tunnel, und alles, was Stanley spürte, war ein Hauch Kälte.

Er blickte zur Seite. Berührte Thomas' Arm. Stellte sich vor, es wäre Ollie und nicht Thomas, der dort läge. Neben ihm. In einem ihrer Filme. Ja, wenn Ollie den Taschentuchsatz seines Freundes gehört hätte, er hätte sofort entnervt in die Kamera geblickt und den Zuschauern zugeseufzt angesichts dieser unsäglichen Dämlichkeit. Im Film aber hätte Stan das Taschentuch tatsächlich fallen lassen, und drei Sekunden später wäre von unten her ein Mordslärm erklungen, ganz so, als wäre das Taschentuch aus Porzellan und mit grandiosem Spektakel in tausend Scherben zersplittert. Stan hätte zufrieden grinsend die Arme ausgebreitet, Ollie aber wäre zusammengezuckt und hätte noch viel entnervter in die Kamera geschaut als zuvor, zerknirscht über Stans neuerliches Ding der Unmöglichkeit.

Jetzt ließ Stanley das Taschentuch los.

»Es fällt!«, raunte er Thomas zu.

Stanley lauschte. Hoffte kurz wirklich, etwas zu hören. Aber da kam nichts. Es war kein Film, in dem er lag.

»Und?«, fragte Thomas.

»Nichts«, sagte Stanley.

»Vielleicht versuchen Sie es mit einem harten Gegenstand?«

Stanley musste lächeln. Wie elegant Thomas über seine Einfältigkeit hinwegsah! Nicht ohne Humor, dachte Stanley. Er mochte das. Er mochte diese Antwort. Stanley zog aus der Innentasche des Jacketts seinen Kugelschreiber. »Hier! Da hab ich was!«, sagte er.

Und schon hielt Stanley den Kugelschreiber über das Loch, dachte keine Sekunde nach, ließ den Stift einfach ins Schwarze fallen, und kaum war der Kugelschreiber seiner Hand entglitten, zersplitterte vor Stanleys innerer Sicht ein Gewitter aus Filmfetzen: so viel von alldem, was er selbst einst geschrieben hatte in kurzen und langen Filmen, Verwüstungen und Dialoge und Witze und Worte und Verwechslungen und Geklüngel und Geschubse und Geraufe und Verfolgungen und Gesänge und Kniechen, Näschen, Öhrchen, ein Sekunden-Potpourri seiner mehr als hundert Kurz- und Langfilme. Aus einem überfließenden Brunnen hatte Stanley geschöpft, ohne zu wissen, woher das magische Wasser des Komischen stammte und ob seine Kelle irgendwann über einen Grund schaben würde und ob es einen solchen Grund überhaupt gab oder ob sein Brunnen gespeist wurde aus einem unterirdischen, niemals versiegenden Quell. Stanley dachte: Wie leichtsinnig von mir, den Kugelschreiber wegzuwerfen. Wer weiß, wozu ich ihn noch hätte gebrauchen können. Vielleicht kommen wir bald ans Licht und ich hätte neue Ideen auf meine Handfläche schreiben können oder auf die dann endlich erleuchteten Wände des Tunnels. Doch der Kugelschreiber trudelte scheinbar immer weiter in die Tiefe, lautlos, ohne Aufprall, es gab kein Zurück mehr und auch kein Geräusch. Welch bodenlose Frechheit, dachte Stanley, du hast völlig umsonst deinen einzigen Kugelschreiber geopfert, du Trampeltier, schimpfte es in ihm, denk doch nach, ehe du was tust, denk doch nach!

Stanleys Stirn lag immer noch in der Leere über dem Loch, und auch wenn nichts zu hören und zu sehen war, spürte er jetzt wieder diesen Luftzug, der stärker wurde, und plötzlich schmiegte sich von unten etwas an seine Wangen, etwas Weiches, Sanftes, wie eine zarte, streichelnde Hand, und es dauerte ein wenig, ehe Stanley begriff, dass diese warme Hand nichts weiter war als sein Taschentuch, das er soeben ins Loch hatte fallen lassen und das jetzt wie ein winziger, unsichtbarer Geist nach oben schwebte, getragen vom Luftzug, der deutlich kräftiger sein musste als geglaubt. Stanley schöpfte das Taschentuch mit beiden Händen aus der Luft und legte sein Gesicht hinein.

## 7

Da gab Thomas ein Geräusch von sich. Es klang wie ein Schnüffeln.

»Was tun Sie da?«, fragte Stanley und steckte das Taschentuch weg.

»Ich schnuppere.«

»Wozu?«

»Vielleicht riecht es nach Schwefel.«

»Weshalb sollte es nach Schwefel riechen?«

»Die Frage ist doch: Wohin führt das Loch? Eine mögliche Antwort könnte lauten: in die Hölle.«

»In was denn für eine Hölle?«

»Kennen Sie nicht die Hölle?«

»Sie meinen *die* Hölle?«

»In welcher der Allestäuscher haust.«

»Der Allestäuscher?«

»Der Sinnenverwirrer. Ich spreche vom Satan.«

Stanley schüttelte den Kopf und sagte: »Ich glaube weder an die Hölle noch an den Satan.«

»Warum nicht?«

»Riechen Sie denn etwas?«, fragte Stanley.

»Nein.«

»Dann lassen Sie uns weitergehen! Bitte.«

Stanley stand auf und half Thomas hoch, und sie tasteten sich, einander festhaltend, sorgsam um den Rand des Loches herum. Auf der anderen Seite trug der Boden sie weiter wie gewohnt, sie hakten sich ein, und Stanleys rechte Hand legte sich rasch zurück an die Wand. Wie sehr diese Wand schon Teil seiner Welt geworden war, wie schön er sie fand, wie schön es überhaupt war, dass es sie gab, die Wand, und an der anderen Seite Thomas, und Stanley bemühte sich um Vorsicht, hob seine Füße kaum noch vom Boden, sondern schabte mit den Sohlen darüber, damit er nicht noch einmal in so ein Loch fiele, wer wusste schon, welche Überraschungen dieser Weg sonst noch für sie bereithielt, und sein Begleiter, hörte Stanley, tat es ihm gleich.

Um den Sturz ins Loch zu überblenden, dachte Stanley an die erste Dunkelheit seines Lebens: im Theater. Neben seiner Nanny saß Stanley, auf einem der vordersten Plätze, fünf Jahre jung, in Erwartung eines Stückes, in dem seine Eltern mitspielten. Das Tuscheln in seinem Rücken war erstorben, das Theater: knalldunkel. Der Kleine verschluckte seinen Atem. Diese Dunkelheit, diese alles verschlingende, vollkommene Dunkelheit: wie ein Luftholen. Der Vorhang trennte sich in der Mitte und torkelte fort, und dann sprangen die Lichter an, und seine Mutter und sein Vater betraten die Bühne. Der kleine Stanley verstand kaum etwas von dem, was seine Eltern und die anderen Schauspieler sagten, viel zu klein, viel zu jung, aber er verfolgte die Geschehnisse mit echtem Staunen, Vater und Mutter, die hier so vollkommen anders waren als Vater und Mutter, die er kannte. Er drehte sich neugierig um, wenn die Leute lachten. Er saugte alles in sich auf: die Gespräche und die Bewegungen der Schauspieler, die Tumulte, die Körper, die sich näher kamen, Küsse, Schläge, Zorn und Zärtlichkeiten, die wohlwarme Vorhangschwärze zwischen den Szenenwechseln, und die Pause, in der seine Nanny ihm ein Hörnchen und eine gesüßte Limonade spendierte, die er mit dem Strohhalm wegschlürfte, als hätte ihn das Zuschauen über die Maßen durstig gemacht. Dann aber, kurz vor Schluss, wurde es merkwürdig still im Publikum. Vater saß einer Frau gegenüber, die nicht Stanleys Mutter war. Und als Vater sich dieser Frau näherte, stieß er ein Glas Wasser vom Tisch, das klirrend zu Boden fiel und in tausend Scherben zerdepperte. Die Zuschauer blieben stumm. Der kleine Stanley aber prustete in die Stille hinein sein lautestes Lachen: Er konnte nicht anders.

Seine Schauspielereltern waren oft unterwegs und selten daheim. Stanley lebte die meiste Zeit bei der strengen und glühend religiösen Großmutter Sarah. Die Großmutter lachte nie. Und sie mochte es nicht, wenn Stanley lachte. Stattdessen brachte sie ihm das Beten bei. Das Knien. Das Gehorchen. Außerdem schimpfte sie gern. Und wann immer das tollpatschige Kind Stanley im Haus der Großmutter ein Glas oder sonst etwas umstieß – und das kam nicht selten vor –, da zischte oder fluchte sie: »Wie oft hab ich dir gesagt, du sollst aufpassen, Arthur!«

Und jetzt hatte Stanleys Vater ein Glas umgestoßen, hier, in aller Öffentlichkeit, mitten auf der Bühne, und für Stanley war dies wie ein Stichwort, er wusste genau, was zu tun war, er sprang auf, ahmte den aufgebrachten Ton seiner Großmutter nach und rief seinem Vater die Worte zu: »Wie oft hab ich dir gesagt, du sollst aufpassen, Arthur!«

Im Zuschauerraum explodierte wildes Lachen. Das Kind drehte sich um. Stanley konnte nicht glauben, dass die Leute über etwas lachten, das er gerade gesagt hatte. Sämtliche Blicke waren auf ihn gerichtet, und das Lachen hüllte ihn ein wie ein glühendes Tuch.

Am Ende der Vorstellung jubelten die Leute. Dieser Applaus. Dieses Beben der Sitze. Auch Stanley patschte die Händchen zusammen. Dann sah er, wie sein Vater ihn zu sich winkte. Stanley richtete den Zeigefinger auf seine Brust und fragte mit den Lippen ein vom Lärm verschlucktes: »Ich!?« Vater nickte und verstärkte sein Winken. Stanley blickte verschämt zu Boden. Die Nanny aber schob ihn vor. So tapste der Kleine hilflos und eingeschüchtert zur Bühne, sein Vater hob ihn hoch, der Applaus schwoll noch einmal an, und Stanley vergrub sein Köpfchen im Hals des Vaters, ehe er Mut fasste und endlich zum ersten Mal in seinem Leben von der Bühne in einen gefüllten Zuschauerraum schaute. Wie überrascht er war, rein gar nichts zu sehen, weil die Flammen der Scheinwerfer ihn blendeten, all diese Menschen und ihre Gesichter blieben im Verborgenen. Er wusste jetzt: In übergroßer Helligkeit ist genauso wenig zu erkennen wie im Dunkeln. Und sein Vater raunte: »Das hast du prima hingekriegt!«

Wieder zu Hause, in seinem Bett, eine Lampe funzelte, und Mutter saß auf der Kante der Matratze, sie tuckte das Laken um den Fünfjährigen, streichelte seinen Scheitel, dann nahm sie die Hand vor den Mund und unterdrückte ein Aufstoßen, löschte das Licht und tastete sich leise schwankend aus dem Zimmer. Stanley konnte kein Auge zumachen, er sah immer wieder die Scheinwerfer, hörte das Lachen und den Applaus, zog das Laken über den Kopf, kroch tiefer hinein, schwitzte, zählte die Sekunden, die verstreichen mussten, bis er seinen Eltern endlich würde sagen können, was er jetzt, hier, die ganze Nacht in seinem Kopf hin- und herwälzte, diesen einen Satz, den er hundertmal ins schwarze Weiß des Lakens flüsterte und den er irgendwann in einen Wortwitz wandelte, mit dem er seine Eltern überraschen wollte, diese samtwarme Vorfreude, sie zum Lachen zu bringen, jener lustige Satz, in dem zugleich so viel Ernsthaftigkeit steckte wie in keinem anderen Satz seines Lebens, und als die ersten Sonnenstrahlen endlich durch den Vorhang blitzten, lief er ins Zimmer seiner Eltern, sprang in ihr Bett und rief: »Mama! Papa!«

Der Vater grummelte verschlafen.

Und Stanley strahlte: »Wenn ich alt bin, dann will ich auch so ein Sch/auspieler werden.«

Vater lachte kurz und sagte: »Du meinst: Schauspieler.«

»Weiß ich doch, Papa«, sagte Stanley, fast ein wenig beleidigt.

Mutter dagegen stöhnte auf und hielt sich die Stirn, als wäre gerade etwas in ihrem Kopf zerplatzt.

## 8

Die bläuliche Wärme dieser Bilder ließ Stanley lächeln. Er wusste nicht, wie weit er mit Thomas, tastend und Arm in Arm, inzwischen gekommen war, er hatte sich ganz vom Vergangenen verzehren lassen. Doch jetzt ergriff Thomas das Wort und holte Stanley zurück in die Finsternis.

»Ich habe alles zu Ende erwogen«, sagte Thomas, irgendwie feierlich und noch ein wenig gestelzter als zuvor. »Und ich bin jetzt bereit«, fuhr er fort, »meine Vermutung, von der ich eben sprach, vor Ihnen auszubreiten.«

»Da bin ich gespannt«, sagte Stanley.

»Sie haben vorhin Ihr Geburtsjahr genannt: 1890. Sie haben gesagt, Sie sind fast 75 Jahre alt. Also befinden wir uns jetzt, aus Ihrer Sicht, Mister Laurel, im Jahr des Herrn 1964 oder 1965.«

»Ja, und?«, fragte Stanley.

Thomas sprach jetzt mit einem Eifer, der klang, als sei er soeben erst zu sich gekommen: »Noch einmal: Mich haben die seltsamen Begriffe aus Ihrem Mund verwirrt. *Film, Amerika, Synchronisation, Regisseur, Slapstick, Streichhölzer, Kant, Kamera, Pass* und so weiter. Ich sage Ihnen, Mister Laurel, ich kenne keines dieser Wörter. Und ich weiß auch genau, weshalb: Ich kenne all diese Dinge und Namen nicht, weil ich sie gar nicht kennen kann.«

»Und warum nicht?«

»Sie leben im Jahr 1965. Ich dagegen im Jahr 1273.«

Stanley wusste nicht, was das sollte, diese Zahl.

»Was meinen Sie mit 1273?«, fragte er.

»Denken Sie wie folgt!«, fuhr Thomas fort. »Lassen wir Logik walten. Ich lebe im Jahr 1273. Sie leben im Jahr 1965. Dazwischen liegen fast siebenhundert Jahre.«

»Ich verstehe kein Wort.«

»Ein Mann kann unmöglich durch die Zeit reisen. Ich kann unmöglich mehr als siebenhundert Jahre alt sein. Conclusio: Ich lebe nicht mehr.«

»Conclusio?«

»Schlussfolgerung.«

»Aber wenn Sie nicht mehr leben, was denn dann?«

»Dann«, sagte Thomas, »bin ich wohl tot.«

»Tot?«

»So hat es den Anschein.«

Stanley wusste nicht, was er sagen sollte. Er flüchtete sich in einen müden Witz: »Also sind Sie ein Geist, Thomas?«

»Bitte nicht faul denken. Sehen Sie. Ich bin tot. Ich treffe *Sie*. Stan Laurel. Und wenn ich tot bin, so sind Sie es auch.«

»Sie wollen sagen, ich lebe nicht mehr?«, rief Stanley.

»Genau das ist die Mündung meines Denkens.«

Stanley löste sich von Thomas und blieb stehen.

Wäre er in einem seiner Filme gewesen, hätte er nach kurzem Nachdenken etwas gesagt wie: »Aber ich will noch gar nicht tot sein, Ollie!« und jenes berühmte Flennen begonnen, dieses weinerliche, greinende Wimmern und Winseln, etwas, das Stanley selbst überhaupt nicht mochte, doch seine Figur war verdammt dazu, es immer und immer wieder aufzuführen, weil die Zuschauer genau dieses Flennen so lustig fanden, jetzt aber, hier, mit Thomas an seiner Seite, da spürte Stanley eine schlagartige Ernsthaftigkeit, er wollte nicht glauben, was er soeben gehört hatte, und sagte zügig: »Das kann nicht sein: Ich gehe doch, ich bewege mich, ich atme! Das hier ist mein Körper, ich kann ihn abtasten, ich denke, ich spreche, ich bin nicht tot!«

»Sie machen einen Fehler im Denken, Stan Laurel. Wir befinden uns aller Voraussicht nach nicht mehr in unseren Körpern.«

»Nein!?«

»Die Körper von Stan Laurel und von Thomas von Aquin liegen in ihren Gräbern. Oder auf dem Sterbelager. Wir sind hier keine Körper mehr, Mister Laurel. Wir sind Seelen. Doch eine jede Seele trägt ein Abbild des Körpers in sich. Was wir fühlen, hier, in der Dunkelheit, ist eine Vorstellung unserer Körper. Unsere wirklichen, materiellen Körper aus Fleisch und Blut und Knochen werden wohl erst später auferstehen.«

»Könnten Sie vielleicht etwas deutlicher werden?«

»Worauf ich hinauswill«, sagte Thomas. »Sollten wir tatsächlich tot sein, wovon ich ausgehe, so kann es nur eine mögliche Lage geben, in der wir uns gerade befinden.«

»Und welche Lage sollte das sein!?«, fragte Stanley.

»Wir sind auf dem Weg …«

»Auf welchem Weg!?«, rief Stanley, und er hatte das Gefühl, dass er diese Frage nur stellte, um Thomas zu unterbrechen und daran zu hindern, weiterzusprechen.

»Wir sind auf dem Weg zum Jüngsten Gericht.«

Stanley musste lächeln, wenn auch nur, um sich eine gewisse Erleichterung zu verschaffen angesichts des abstrusen Satzes, den sein Begleiter gerade von sich gegeben hatte, nein, Stanley hielt das Jüngste Gericht für ein Gerücht, das sich über die Jahrhunderte gehalten hatte in den Köpfen der Leichtgläubigen, doch plötzlich verklebte Stanleys Lächeln auf seinen Lippen, denn jetzt kam ein Wort bei ihm an, das Thomas vor einigen Augenblicken ausgesprochen hatte, nein, kein Wort, es war ein Name, und Stanley glaubte sich in einer dieser Szenen, in denen Stan und Ollie irgendetwas mit Verzögerung wahrnehmen, den Polizisten, der hinter ihnen steht, ihre prügelwilligen Xanthippen-Ehefrauen, den ewigen Gegenspieler James Finlayson, klein und dünn, mit Walrossbart, wütend zusammengekniffenem Auge und Schrotflinte für Schüsse in den Allerwertesten, oder aber sonst eine Gefahr, die Stan und Ollie zwar ganz kurz sehen, die aber erst ein paar Sekunden später in ihren Geist sickert, *Slowburn* nannte er diese Technik: Auf diese Weise wurde den Zuschauern ein kleiner Vorsprung des Vergnügens gelassen.

Und als Stanley endlich voll und ganz begriff, welchen Namen Thomas vorhin genannt hatte, da fragte er nach, ganz vorsichtig: »Wie war das? Was sagten Sie? Thomas *von Aquin?*«

»Ja«, sagte Thomas. »Ist das ein Problem für Sie?«

## 9

Zeit seines Lebens hatte Stanley mit seiner mangelnden Bildung gehadert und erst im Ruhestand Muße zum Lesen gefunden. Nicht nur Romane und ein paar populärwissenschaftliche Schriften fanden sich mittlerweile in seinem Bücherschrank, sondern auch eine kurze Geschichte der Philosophie. Stanley hatte durch dieses Werk – rudimentär zwar, aber immerhin – Gedanken von Nietzsche und Kierkegaard aufgeschnappt, auch von Albert Camus (so erhellend!) und sogar von Plato, Wittgenstein und Kant. Vor ein paar Jahren hatte Stanley Arthur Schopenhauers *Die Welt als Wille und Vorstellung* zur Hand genommen und beim Lesen des Vorwortes laut gelacht über Schopenhauers Humor: Denn, so schrieb sein Namensvetter Arthur im Vorwort, dieses Buch müsse unbedingt zweimal gelesen und könne nur verstanden werden von Gelehrten, denen nicht nur Immanuel Kants Werke, sondern auch Schopenhauers eigene, immens wichtige Schrift über den Satz vom zureichenden Grund geläufig sei. Bei den meisten Lesern dürfte dies nicht der Fall sein, jedoch, schrieb Schopenhauer, solle man sich nicht grämen über den offensichtlichen Fehlkauf, denn das Buch sei sauber gebunden, und man könne mit ihm eine Lücke in der Bibliothek füllen, man könne es seiner gelehrten Freundin auf den Teetisch oder die Toilette stellen oder man könne es: rezensieren. Als Stanley die ersten Kapitel des Buches zu lesen versuchte, musste er Schopenhauer recht geben, er verstand kaum etwas, gab rasch auf und stellte das Buch – selbstverständlich – seiner Frau Ida auf den Teetisch.

Und Thomas von Aquin? Auch dieser Name war Stanley ein

Begriff. Der heilige Thomas, berühmtester Denker des Mittelalters: Woher kannte er ihn? Stanleys Erinnerung lag etwas auf der Zunge: *Thomas Aquinas. The Dumb Ox. Der stumme Ochse.* Da pirschte sich etwas in seinen Kopf, hell, befreiend und bedrohlich zugleich, doch Stanley konnte den sich nähernden Gedanken nicht fassen, er flutschte ihm wie ein Fisch durch die Finger.

Thomas von Aquin, dachte er stattdessen. So ein Unsinn! Ich bin einem Wahnsinnigen begegnet! Jemand, der sich für Thomas von Aquin hält! So wie ein paar Verrückte denken, sie seien Napoleon, Beethoven oder Einstein!

»Haben Sie den Einbruch des Wissens verwunden?«, fragte Thomas.

Stanley seufzte, sagte aber nichts.

»Auch wenn die Implikationen unseres Denkens scheinbar schwierig sind, müssen wir dennoch immer der Vernunft die Herrschaft überlassen. Die Vernunft ist jenes Auxilium, das Gott uns gewährte, seinen Willen zu erkennen und den Glauben an ihn zu stützen und zu stärken.«

»Wie war das im Mittelteil?«

»Können Sie sich erinnern?«, fragte Thomas.

»Ich erinnere mich die ganze Zeit.«

»Und was ist Ihre allerletzte Erinnerung?«

Ohne zu überlegen, antwortete Stanley: »Ich liege im Bett. Im Krankenbett. In meiner Wohnung. In Santa Monica. Ich sage zur Krankenschwester, die sich um mich kümmert: Ich würde jetzt gerne Ski fahren. Und die Schwester sagt: Ja, sind Sie denn Skifahrer? Ich sage: Nein, aber ich würde jetzt trotzdem lieber Ski fahren, als das hier zu tun: zu sterben.«

Stanley redete immer langsamer, als ginge ihm die Puste aus beim Sprechen, und jetzt sah er klar in der Dunkelheit: Er konnte sich an seinen letzten Satz erinnern. An den vermutlich allerletzten Satz seines Lebens. Also hatte Thomas recht? Und sie waren tot? Am Ende? Oder auf dem Weg dorthin?

Stanley schüttelte sich. Der Gedanke, nicht mehr zu leben, erfüllte ihn mit einer gewissen Atemlosigkeit.

Ein Augenblick erbleichte und verebbte still.

Doch ehe sein Herz sich gänzlich hätte schließen können wie das Blatt einer Mimose, musste Stanley schmunzeln. Er liebte das Schmunzeln, mal Echo, mal Sprungbrett des Lachens. Und auch das Schmunzeln folgte – wie das Lachen – einem wilden, inneren Zwang, stark, kitzelnd, wie ein Niesen, man konnte nichts dagegen tun, und Stanley klammerte sich an dieses Schmunzeln wie an ein Holzbrett auf offener See: Das also, dachte Stanley, soll der letzte Satz meines Lebens gewesen sein? Ein Witz? Dann aber wäre das Sterben gar nicht so schlimm! Aber nein! Wieso sollte man mit einem Witz auf den Lippen sterben? Man stirbt wohl eher mit einer Angst im Herzen! Dieser letzte Satz kann nicht mein letzter gewesen sein. Nein, nein. Ich lebe noch. Ich muss noch am Leben sein! Etwas anderes ist undenkbar.

»Ski fahren?«, fragte Thomas. »Was bedeutet … Ski fahren?«

»Sie brauchen viel Schnee. Sie schnallen sich Bretter unter die Füße. Das sind Skier. Sie lassen sich einen Berg hochziehen. Oder stiefeln selber nach oben. Und dann fahren Sie auf den Brettern wieder runter. Ziemlich schnell. Das ist Ski fahren.«

»Ja, und dann?«

»Gehen Sie wieder auf den Berg.«

»Und dann?«

»Fahren Sie wieder runter.«

»Immer wieder?«

»Immer wieder!«

»Und wie lange?«

»So lange Sie möchten.«

»Und warum?«

»Weil es Spaß macht.«

»Und ist das nicht gefährlich?«

»Alles, was Spaß macht, ist gefährlich.«

Thomas murmelte etwas, das Stanley nicht verstand, dann aber sagte Thomas laut und deutlich: »Was genau geschah nach dieser letzten Erinnerung, nach diesem letzten Satz, Mister Laurel?«

»Danach war ich hier«, antwortete Stanley. »In der Finsternis.«

Thomas schwieg.

Stanley fröstelte. Auch das Frösteln spürte er nur schwach, eher wie ein leises, inneres Knistern. Und was, wenn es stimmte? Wenn dieser letzte Satz wirklich sein letzter Satz gewesen war? Wenn der andere tatsächlich Thomas von Aquin war? Arthur Stanley Jefferson und Thomas von Aquin: in einem sieben Jahrhunderte umschließenden Zeittropfen? Eine Sekunde vielleicht oder eine endlose Ewigkeit? Festgefroren im Augenblick des Sterbens? Unmittelbar vor dem Tod? Dann ergäbe immerhin Stanleys Erinnerungszwang einen Sinn. Sagte man nicht so: Im Todesruck weht noch einmal das gesamte Leben am Auge des Sterbenden vorüber? Und schien es nicht einleuchtend, wenn sich dieser Augenblick eine ganze Weile hinzog? Nur: Dass Thomas von Aquin ihn auf dieser Reise begleiten würde, damit hätte Stanley niemals gerechnet.

Wieder nahm er seine Melone ab und kratzte die Kopfhaut. Erst jetzt bemerkte er, dass er so viele abstehende Haare hatte wie zur Blütezeit seiner Filme in den 30er Jahren, kein Vergleich zu den mickrigen Fransen des 75-jährigen Alterskopfes, an die er sich nie hatte gewöhnen können. Stanley rieb sich durchs Gesicht: Es fühlte sich straffer, jünger an, seine Falten wie fortgeblasen, diese Jahresfurchen, Stirnrillen, Wangenkrater, die ihn bei jedem morgendlichen Spiegelblick an die Vergänglichkeit erinnerten, an die Vergeblichkeit. Stanley ging in die Hocke. Seine Arthrose im Knie? Verschwunden. Hatte Thomas vorhin etwa *das* gemeint? Mit seiner Unterscheidung von Körper und Seele? Etwas, das Stanley nicht richtig verstand. Er beschloss, Thomas später zu fragen.

Zugleich spürte Stanley eine Beklemmung angesichts all dieser Merkwürdigkeiten, eine Überforderung von den unerklärlichen Dingen und Geschehnissen um ihn her. Unwohl und kalt wurde ihm. Vielleicht rührte es auch daher, dass er sich nicht bewegte: Denn im Stillstand schwand die Hoffnung, je wieder aus diesem schwarzen Tunnel herauszukommen. Und wenn er eins wollte, dann das: endlich ans Licht, zur Auflösung, zur Gewissheit, zur endgültigen Beantwortung all seiner Fragen.

Stan: Ollie, ich habe Angst!

Ollie: Es gibt keinen Grund, Angst zu haben. Ich bin ja bei dir.

»Gehen wir weiter?«, fragte Stanley.

»Wie Sie wünschen, Mister Laurel.«

Und sie schoben sich vorwärts, Arm in Arm, vorsichtig und langsam, Stanley ummantelte sich mit dem tröstenden Gefühl, neben einem anderen Menschen zu gehen. Wo auch immer er sich befand, was auch immer auf ihn zukommen mochte, wohin auch immer sein Weg ihn führen würde, eins fühlte sich gut an und klang wohltuend warm: Er war nicht allein.

## 10

»Wir wollen immer logisch bleiben, Mister Laurel«, sagte Thomas jetzt mit einer heiteren Frische in der Stimme. »Sie sind, wie es scheint, gestorben: Anno Domini 1965. Und ich bin, wie es scheint, gestorben: Anno Domini 1273. Es gibt demnach keinerlei Gegenwart mehr.«

»Heißt das, wir könnten uns auch in einem späteren Jahr befinden? Zum Beispiel im Jahr 2525 oder so?«

»Das wäre sehr irdisch gedacht.«

»Und was denken *Sie*, Thomas?«, fragte Stanley und ließ sich gern anstecken von der Munterkeit dieser Worte.

»Ich denke, es gibt keine Jahre mehr.«

»Wie das?«

»Die Zeit und die Ewigkeit unterscheiden sich elementar. Die Zeit lässt sich messen in der Bewegung, die Ewigkeit nicht. Die Zeit flieht voran in einer Folge von Augenblicken, die Ewigkeit nicht. Die Ewigkeit ist immer und zugleich gegenwärtig, eine weite, ausgebreitete Gleichzeitigkeit: Das Ewige ist eher einem endlosen Raum vergleichbar als irgendeiner messbaren Zeitspanne.«

»Aha«, murmelte Stanley, und angesichts aller ungeklärten Fragen beschloss er, sich mit größtmöglicher Ernsthaftigkeit auf die Gedankengänge des anderen einzulassen.

»Nur so können wir auch das Loch erklären«, sagte Thomas.

»Das Loch, durch das ich beinah gestürzt bin?«

»Nein. Das schwarze Loch der Zeit. Die siebenhundert Jahre zwischen uns.«

»Wie genau meinen Sie das?«

»Diese siebenhundert Jahre: Es gibt sie nicht mehr. Sie sind verschüttet, weil die Zeit verschüttet ist. Um es bildlich zu sagen: Wir sind auf einem Plateau angelangt, Stan Laurel, wir haben den Berg der Ewigkeit auf unterschiedlichen Wegen erklommen, jetzt stehen wir beide hier, gemeinsam.«

»Und das heißt?«

»Wir müssen noch ein Stück zurücklegen bis zum Ziel.«

»Und warum ausgerechnet wir zwei?«, fragte Stanley.

»Dies ist eine sehr gute Frage. Und ich weiß die Antwort nicht zu sagen. Vielleicht gibt es etwas gemeinsam Geheimes, das uns verbindet, ohne dass es offen in den Herzen liegt.«

»Haben Sie eigentlich keinen Durst, keinen Hunger?«

»Nein. Stünde ich in meinem Körper vor Ihnen, wäre ich sicherlich hungrig, und zwar immens. Meine zweite Leidenschaft neben dem Denken war stets das Fressen. Entschuldigen Sie den Ausdruck, es gibt keinen passenderen. Aber den wirklichen Körpern widerfährt erst Auferstehung und Wiedervereinigung mit der Seele am Tag des Jüngsten Gerichts. Offensichtlich sind wir dort noch nicht angelangt, weder überzeitlich noch überräumlich.«

»Überzeitlich? Überräumlich?«

»Das Überzeitliche. Das Überräumliche. Das Übernatürliche. Das Übersinnliche. All das, was uns als Menschen auf der Erde verborgen ist. Der Philosoph sagt …«

»Sie meinen Aristoteles?«

»Aristoteles sagt: Zu den ersten Gründen der Wirklichkeit verhalten wir uns wie der Nachtvogel zum Licht der Sonne.«

»Ich«, rief Stanley, »komme mir eher vor wie ein Tagvogel im Tunnel der Finsternis.«

»Man kann glauben, aber niemals wissen, was Gott wirklich ist und was er mit uns vorhat. In meiner Erfahrung als Glaubender, in der Offenbarung, da existiert Gott wirklich und wahrhaftig und brennend und lichterloh, Mister Laurel. Meine Vernunft kann Gott auf diese Weise aber niemals erfahren, meine Vernunft kann sich Gott nur von einer anderen Seite her nähern, meine Vernunft sagt mir zum Beispiel, was Gott *nicht* ist.«

»Und das wäre?«

»Gott ist unkörperlich, unendlich, ungreifbar.«

Genauso wie mit der Eiscreme, dachte Stanley und hatte eine Szene aus ihrem Film *Come Clean* vor Augen, in der sich seine Filmfigur Stan ein Eis bestellt.

Verkäufer: Welche Sorte hätten Sie denn gern?

Stan: Schokolade.

Verkäufer: Schokolade haben wir nicht mehr.

Stan: Was haben Sie denn sonst noch nicht mehr?

Verkäufer, genervt: Wir haben kein Orange mehr, kein Stachelbeere und keine Schokolade!

Stan: Also gut, das nehme ich. Aber ohne Schokolade bitte!

Der Witz verschaffte Stanley eine kurze Erleichterung inmitten der gewichtigen Worte seines Begleiters.

Und Thomas fuhr fort: »Für meinen Verstand bleibt die Erfahrung Gottes verborgen, dunkel. In *Exodus* heißt es: Moses trat an das Dunkel heran, in dem Gott ist.«

»Und diese Dunkelheit«, fragte Stanley und konzentrierte sich wieder auf Thomas, »ist das die Dunkelheit, in der wir uns jetzt und hier befinden?«

»So scheint es. Wir müssen den Weg durchschreiten, durchtasten, durchleiden, wir müssen ihn finden in der Nacht.«

»Na, herzlichen Glückwunsch«, rief Stanley. »Aber an all das glaube ich nicht!«

»Wie können Sie leben, wie können Sie gelebt haben, ohne zu glauben?«

»Jemand sagte mal: Gott ist tot.«

»Wer war das?«

»Ein gewisser Nietzsche. Weit nach Ihrer Zeit, Thomas.«

»Und dieser Nietzsche ist wahnsinnig geworden?«

»Woher wissen Sie das?«, fragte Stanley lauernd.

»Nichts anderes ist vorstellbar angesichts eines Lebens ohne Trost, Hoffnung, Liebe und Glaube.«

»Also gut«, sagte Stanley und nahm Thomas ein wenig fester in die Armbeuge. »Was sollen wir jetzt tun? Ihrer Meinung nach?«

»Gehen! Lauft, solange ihr das Licht des Lebens habt, damit die Schatten des Todes euch nicht überwältigen. Schreibt der heilige Benedikt. In seiner Regel. Also frisch voran, Mister Laurel«, rief Thomas mit plötzlicher Feierlichkeit in der Stimme. »Wir streben dem Licht entgegen.«

»Ich«, sagte Stanley, »sehe kein Licht.«

»Es wird kommen. Es muss kommen.«

»Warum?«

»Das steht alles in meiner *Summe*.«

»Was für eine Summe?«

»Die *Summe der Theologie*. Ich habe einst alle Fragen gestellt und vernunftgemäß zu beantworten versucht. Alle Fragen des christlichen Glaubens. Ich will nicht anmaßend sein. Gemeint sind die wichtigsten Fragen zu Tod und Leben, Gott und Hölle, Menschen und Engeln, Seele und Unsterblichkeit.«

»Letzteres würde mich gerade am meisten interessieren!«

»Dann kommen Sie! Kommen Sie!«

»Aber wenn Sie wirklich Thomas von Aquin sind«, sagte Stanley, »was ich immer noch nicht glauben kann, es tut mir leid, dann, dann sind Sie berühmt, dann sind Sie weltberühmt!«

»Ich bin nur ein einfacher Bruder.«

»Man hat wahrscheinlich tausende Doktorarbeiten über Sie verfasst. Sie sind einer der bekanntesten Denker aller Zeiten.«

»Nein«, sagte Thomas. »Ich denke wie jeder andere Mensch,

ich denke, weil uns die Vernunft geschenkt wurde und weil solch ein Geschenk einen Sinn haben muss. Ich denke zur Unterstützung des Glaubens an den, der uns diese Vernunft verlieh. Sehen Sie, Mister Laurel: Ich bin im Auftrag des Herrn unterwegs.«

## 11

An den Gedanken, tot zu sein, mochte Stanley sich immer noch nicht gewöhnen: Diese Lebendigkeit, dieses Körpergefühl, diese nicht endende Fähigkeit zu handeln, zu gehen, zu tasten, zu sprechen und dem anderen zuzuhören, nein, dachte Stanley und beruhigte sich immer wieder von Neuem, nein, wir müssen in einem anderen Schlamassel stecken als in diesem letzten aller möglichen Schlamassel, vielleicht in einem schlechten Film, in einem bösen Traum, aber nicht in einem Grab oder auf dem Sterbebett, nicht in einer endlos zu durchkreuzenden Schwärze namens Gottsuche, nein, das darf nicht sein, nicht diese hässliche Fratze des Todes, die ihm so oft in die Quere gekommen war, jäh und unverhofft, seine Mutter zuerst, ja, der Tod seiner Mutter, als Stanley erst achtzehn Jahre zählte, ein Teenager, der überm Grab stand, und er wusste nicht, wie er den anschließenden Tee herunterwürgen sollte in die taube Tiefe seiner selbst, und diese ätzenden Worte *zu Tode gesoffen*, die er nach der Beerdigung vernahm, *zu Tode gesoffen*, sagte ein Mann zu einem anderen auf der Toilette, und am liebsten hätte Stanley den Mann, den er gar nicht kannte, vor dem Urinal am Schlafittchen gepackt. Die Erinnerung an diese Zeit war Gewühl und Gewimmel von Gefühlen, die gleichzeitig über Stanley zusammenschlugen wie die sieben Wogen des Ozeans. Eine unendlich tiefe Traurigkeit, die Mutter zu verlieren; zugleich eine Wut auf das Muttersaufen, das begonnen haben musste nach dem Kindstod seines Bruders Sydney (von der Mutter als Leichlein aus dem Bett gezogen, doch der leblose Winzling fiel nicht zurück in die Welt des Atmens, sosehr Mutter auch rüttelte und weinte, als wären ihre Tränen Zauberkugeln, die das Baby wiederbeleben könnten); schließlich eine wilde, innere Freiheit, ein Gefühl, das Stanley hasste, aber dennoch, es war da, nach dem Tod der Mutter, es ließ sich nicht leugnen: Die Mutter nicht mehr hinter sich zu wissen, bedeutete, er war erwachsen jetzt, die mütterliche Rückendeckung hatte ihn zwar geschützt sein Leben lang, zugleich aber immer auch ein wenig gehemmt.

Und der Sarg senkte sich ins Grab.

Stanley suchte in der Nacht einen Pub auf und soff, bis er besinnungslos vom Stuhl fiel und seiner Mutter in einem lichten Blitz des Schmerzes so nah war wie sonst nie, ehe es stockdunkel wurde in ihm, für fünfzehn lange Stunden.

»Hören, denken, lernen, wissen«, sagte Thomas jetzt und riss Stanley aus der Versponnenheit zurück in die wirkliche Finsternis. »Gern mag ich erfahren, was in den siebenhundert Jahren nach meinem Tod geschehen ist. Schweigen ist oft wünschenswert. Jetzt nicht. Es gilt, Geschehenes, Gedachtes zu trinken.«

»Das heißt?«, fragte Stanley und strich letzte Flusen aus dem Kopf, im Bemühen, wieder bei Thomas anzukommen.

»Wir gehen, Sie reden. Ich frage, Sie antworten.«

»Und was genau wollen Sie wissen?«

»So viel wie möglich.«

»Also wenn Sie wirklich der sind, der Sie vorgeben zu sein …«

»Warum sollte ich lügen?«

»Siebenhundert Jahre sind lang. Wo soll ich anfangen?«

»Sie haben von anderen Philosophen gesprochen. Zum Beispiel von einem Philosophen namens Kant. Was genau hat der gesagt?«

»Ich bin kein Gelehrter. Ich habe Kant nie gelesen, aber vor Monaten erst eine Geschichte der Philosophie. Wird man alt, sehnt man sich nach Weisheit.«

»Weisheit ist beständig schön.«

Stanley räusperte sich: »Ein bisschen habe ich mir merken können. Bei Kant spricht man von der kopernikanischen Wende in der Philosophie.«

»Was bedeutet kopernikanisch?«

»Auch das noch«, seufzte Stanley und schüttelte den Kopf angesichts der Sisyphos-Aufgabe, einem angeblichen Begleiter aus dem Mittelalter siebenhundert Jahre Weltgeschehen nahezubringen auf allen erdenklichen Ebenen. »Kopernikus«, begann er. »Also gut. Wie Sie wollen. Der hat herausgefunden, dass die Erde sich sowohl um ihre eigene Achse dreht als auch …«

»Entschuldigung. Was heißt *um ihre eigene Achse*?«

»Um sich selbst.«

»Die Erde kreist um sich selbst?«

»Exakt.«

»So wie ihr neuen Menschen auch?«

»Wie meinen Sie das?«, fragte Stanley verblüfft.

»Sie haben bislang sehr viel über sich gesprochen. Sie kreisen stets um sich selbst, um diese Filme, wie Sie es nennen, und um das, was Sie in Ihrem Leben alles erreicht haben, um Ruhm und um Ehre. Mir dagegen sind die Fragen und Antworten wichtig, die Sache, die Argumente, dafür und dawider. Aber sagen Sie, wenn die Erde tatsächlich um sich selbst kreist«, fragte Thomas, »ist sie dann rund?«

»Ja. Klar.«

»Gut. Einige meiner Zeitgenossen haben anderes geglaubt, aber ich habe ihnen schon früh entgegengehalten, dass Sternenkundige durch Mond- und Sonnenfinsternis beweisen: Die Erde ist rund. Außerdem steht in *Jesaja* 40, Vers 22: Er ist es, der da thront über dem *chugh* der Erde. Hebräisch *chugh*, das bedeutet Kreis oder Kugel. Es stimmt also. Fahren Sie fort bitte! Was ist jetzt mit diesem Kant?«

»Ich will es versuchen. Das ist kompliziert. Aber etwas ist hängen geblieben. Kant sagt ungefähr: Wir können die Welt um uns her nicht so sehen oder wahrnehmen, wie sie wirklich ist.«

»Wieso nicht?«

»Wir können die Welt nur so wahrnehmen, wie sie uns erscheint. Das Ding an sich, sagt Kant, ist uns verborgen.«

»Aus welchem Grund?«

»Weil die Wahrnehmung des Menschen die Erkenntnis der Wirklichkeit … hm … in gewisser Weise … beeinflusst … irgendwie. Jedenfalls vereinfacht gesagt.«

»Sie können es ruhig verschwiergt sagen, Mister Laurel. Ich bin gut unterwegs im Denken.«

»Es tut mir leid, besser kriege ich es nicht hin.«

»Das ist schade. Ich mag kaum glauben, dass ein Philosoph solche Dinge schreibt. Wenn er es so meinte, wie Sie sagen, läge im menschlichen Sehen und Wahrnehmen zwangsläufig eine den Sinnen immanente Verfälschung der Wirklichkeit?«

»Es scheint so.«

»Und im Denken?«

»Im Denken wohl auch!«

»Und warum sollte Gott uns Sinne und Vernunft geben, wenn weder Sinne noch Vernunft in der Lage sind, die Welt so zu erkennen, wie sie wirklich ist? Das wäre ein wahrer Abgrund für die Vernunft! Wie will die Vernunft überhaupt die Wahrheit sehen und zu Antworten gelangen auf die Fragen nach Gott, Freiheit und Unsterblichkeit?«

Stanley schwieg.

»Wenn alles nur Erscheinung ist, wird die Erkenntnis der Wirklichkeit schleierhaft, oder nicht? Jeder Mensch könnte etwas anderes erkennen. Nein, Gott hat den Menschen Sinne und Verstand gegeben, um die Dinge genau so zu erkennen, wie sie sind, Mister Laurel.«

Stanley seufzte und sagte: »Ich bin ein blutiger Laie in der

Philosophie. Wollen wir nicht lieber über etwas anderes sprechen?«

»Und worüber?«

»Über etwas, worin ich firm bin? Über Filme zum Beispiel?«

»Wie Sie wünschen, Mister Laurel.«

Stanley atmete auf und legte los, diesmal anders als vorhin, diesmal so, wie man jemandem etwas erklärt, was dieser noch nie in seinem Leben gesehen und erlebt hat, und es machte Stanley einen höllischen Spaß. Welch Aufgabe: einem Menschen, der nicht das Geringste darüber wusste, zu beschreiben, was ein Film ist. Wie einem kleinen Kind. Stanley mochte das. Weil er Worte suchen und finden musste, die er niemals ausgesprochen hatte.

»Das«, begann Stanley, »was man sehen kann, wird festgehalten. Im Film. Man fängt es ein. Die Bewegungen, Gespräche und Begegnungen von Menschen. In einer langen Reihe von immer weiter laufenden Bildern. Das Tolle: Man kann es wieder und wieder anschauen, als würde das, was man sieht, gerade noch einmal wirklich geschehen, vor den eigenen Augen, haargenau so, wie es beim ersten Mal geschehen ist. Es ist, als bannte man die Gegenwart. Das, was man filmt, bleibt immer genau so, wie es zu dem Zeitpunkt gewesen ist, da man es gefilmt hat. Ein Film ist der Zeit enthoben. Damit man all das, was gefilmt wurde, wieder und wieder anschauen kann.«

»Aber warum sollte man dies tun?«

»Weil es … schön ist. Im besten Fall. Oder lustig. Außerdem können viele Menschen es sehen. Nicht nur die, die beim Drehen, also beim Filmen dabei gewesen sind. Millionen andere Menschen auch. In Lichtspielhäusern. Wie beim Theater. So ähnlich. Da gibt es eine Leinwand, also eine weiße Wand, und auf dieser weißen Wand sind all die laufenden Bilder zu sehen, die man gefilmt hat, festgehalten. Puh. Das ist schwierig.«

»Aber warum denn festhalten? Die Begegnung ist doch schon vorbei. Sie ist im Gedächtnis festgehalten.«

»Aber nur in den Gedächtnissen der Menschen, die dabei gewesen sind.«

»Und warum wollen andere Menschen das sehen? Haben die anderen Menschen keine eigenen Begegnungen?«

»Bitte?«

»Sie sagen: Mensch 1 und Mensch 2 haben eine Begegnung. Und diese wird gefilmt. Festgehalten. Mensch 3 und Mensch 4 und viele andere Menschen schauen dieser Begegnung von Mensch 1 und Mensch 2 zu. Ist das richtig so?«

»Das ist korrekt.«

»Mir ist aber nicht klar: Warum will Mensch 3 nicht selbst dem Menschen 4 begegnen? Und so weiter? Anstatt andere Begegnungen anzuschauen auf einer Wand?«

»Es geht nicht nur um Begegnungen. Es geht um Gestaltung. Ein Film kann das ganze Leben eines Menschen darstellen. Viel mehr noch. Die ganze Geschichte der Menschheit, wenn es sein muss. Ganze Jahrhunderte. Jahrtausende. Die *Odyssee* …«

»Homer?«

»Ich meine die *Odyssee* meines Namensvetters: Stanley Kubrick. Er plant gerade einen großen Film. Der beginnt mit der Entstehung des Menschen überhaupt.«

»Sie meinen Adam und Eva?«

»Ich meine den Augenblick, in dem der Mensch zum Menschen wird. Der Mensch stammt ja vom Affen ab und …«

»Bitte was?«

»Als ein Affe zum ersten Mal ein Werkzeug benutzt, wird er zum Menschen.«

»Ist das einer Ihrer Witze?«

»Ich glaube«, seufzte Stanley, »so kommen wir nicht weiter. Vielleicht erzählen *Sie* mir etwas?«

»Worüber?«

»Über den Tod. Sie sagten, Sie haben viel darüber nachgedacht. Was ist das genau? Der Tod? Können Sie das erklären? Ich meine, in einfachen Worten? Was wissen Sie über den Tod, Thomas? Und: Was war denn überhaupt *Ihre* letzte Erinnerung?«

## 12

Thomas blieb ruckartig stehen. Er löste den Arm und bückte sich. Er schien etwas aufzuheben. Er ächzte dabei. Es erklang ein metallisches Klicken.

»Was haben Sie da?«, fragte Stanley.

»Ich bin im Gehen darauf getreten.«

Thomas reichte ihm einen Gegenstand, der sofort schwer in Stanleys Hand wog: ein langer, hölzerner Griff mit etwas Stählernem, Rechteckigem an der Spitze.

»Ein Hammer!«, sagte Stanley. »Ein Vorschlaghammer.«

Und er dachte sofort: Das Werkzeug fühlt sich genauso an wie der Hammer, der es *nicht* in den Film *Liberty* geschafft hat.

»Den nehmen wir mit«, sagte Stanley. »Wer weiß, wozu wir ihn gebrauchen können. Vielleicht als Waffe.«

»Gegen Dämonen gibt es nur die Waffe des Glaubens.«

»Sie denken, wir könnten Dämonen begegnen?«

»Sie nicht?«

»Wie könnten diese Dämonen denn aussehen? Was könnten sie tun? Uns ins Loch ziehen? Wie die Morlocks? Aus der Zeitmaschine? … Entschuldigung. Vergessen Sie's.«

»Glauben Sie wenigstens an rettende Engel?«, fragte Thomas.

»Falls Sie damit Frauen meinen, schon. Falls Sie damit diese Wesen meinen, die aus heiterem Himmel flattern, dann: nein.«

»Das ist traurig, Mister Laurel.«

Sie hakten einander unter, Stanley schulterte den Hammer. Statt seiner Hand schleifte nun Stanleys Ellbogen an der Wand entlang. Doch schon nach wenigen Schritten trat Stanley selber auf etwas, das im Weg lag, diesmal, er spürte es sofort, war es etwas Leichtes, Luftiges, Stoffhaftes. »Augenblick«, sagte Stanley, hielt wieder an, bückte sich und tastete danach. Das war weich, sanft, leicht, wehend, ein Stoff, ein Tuch, ein Kleid, ein Frauenkleid, Stanley hielt es sich vor den Körper und flüsterte mit den Händen entlang, ja, ein Frauenkleid ohne Taschen. Ein geblümtes Kleid, dachte Stanley, er konnte es nicht sehen, aber er hatte gleich dieses Gefühl: ein Kleid mit Blumen drauf. Stanley drückte das Kleid vors Gesicht und sog die Luft tief in die Nasenflügel. Er roch nichts. Keine Spur. Dachte aber sofort an all seine Ehefrauen zugleich.

Stanley reichte Thomas das Kleid. »Könnte das hier einem Ihrer Engel gehören?«, fragte er.

»Machen Sie sich nicht lustig, bitte. Was ist das?«

»Ein Kleid. Ein Frauenkleid.«

Da hörte Stanley, wie auch Thomas schnupperte.

»Und? Was riechen Sie?«

»Nichts.«

»Ist das nicht seltsam? Dass wir nichts riechen können hier?«

»Drei Sinne scheinen verloren.«

»Sehen, riechen und …«

»Schmecken.«

»Das ist noch nicht ausgemacht. Zwei sind uns auf jeden Fall geblieben. Hören und tasten.«

»Was sollen wir mit dem Kleid tun?«

»Können Sie es in Ihren Gürtel stecken?«

»Das kann ich.«

Stanley vernahm ein kurzes Stoffrascheln, dann zog er Thomas weiter. »Das Kleid«, sagte Stanley, »erinnert mich an meine vier Ehefrauen. Eigentlich fünf. Also, natürlich war ich nicht gleichzeitig verheiratet. Keine Vielweiberei oder so. Hintereinander, verstehen Sie? Eine nach der anderen. Nach den … Scheidungen.«

»Waren es Scheidungen oder Auflösungen der Ehe?«

»Wo liegt der Unterschied?«

»Eine Scheidung ist möglich nach der Unzucht eines der Partner, einem Ehebruch zum Beispiel.«

»Ach so. Und Auflösung? Hm. Was heißt das?«

»Eine Auflösung der Ehe kann geschehen, wenn die Grundlage der Ehe nicht mehr gegeben ist.«

»Und was ist die Grundlage einer Ehe?«

»Die Befriedigung der geschlechtlichen Lust.«

»Nicht die Fortpflanzung?«

»Sexualität ist ein Naturrecht. Lust ist wichtig. Ich habe in der *Summa contra gentiles* …«

»Gegen die Freundlichen?«

»Gegen die Heiden. Dort schrieb ich: Da die Glieder des Körpers gewissermaßen Werkzeuge der Seele sind, ist der Zweck eines jeden Gliedes der Gebrauch.«

»Gliedes? Gebrauch?«

»Bestimmte Körperteile werden eben nun mal zur leiblichen Vereinigung benötigt. Die leibliche Vereinigung ist demnach Zweck dieser Körperteile. Der Zweck eines natürlichen Dinges aber ist niemals schlecht. In der Ehe muss folglich die Sexualität gewährleistet sein. Eine Ehe kann aufgelöst werden, wenn einer der Partner nicht mehr für die Befriedigung des anderen sorgt oder sorgen kann. Wenn Sie also Ihre Ehen aufgelöst haben, Mister Laurel, so lautet meine Frage: Leiden Sie unter mangelhafter Erigierbarkeit Ihres Zeugungsorgans?«

Stanley lächelte und hätte gern an seiner Fliege genestelt, hatte aber keine Hand frei. »Heutzutage«, antwortete er, »kann man eine Ehe auch einfach so auflösen und wieder neu heiraten.«

»Ist das so?«

»Ja. Meine erste Frau hieß Mae, das heißt, eigentlich lebten wir in wilder Ehe.«

»Ohne zu heiraten?«

»Tut mir leid. Es war eine gewohnheitsrechtliche Ehe. Meine zweite Frau, also meine erste richtige Ehefrau, sie hieß Lois.«

»Also Lois haben Sie geheiratet?«

»Ordnungsgemäß, jawohl.«

»Und Mae nicht?«

»Nein.«

»Und dann?«

»Kam die Scheidung. Oder die Auflösung. Wie Sie wollen. Und anschließend begann die Zeit mit Alyce. Jahrelang.«

»Die zweite Ehe?«

»Alyce? Nein. Mit ihr war ich nicht verheiratet. Das ging eher nebenher. Auch später Renée und … Aber Sie haben recht. Am besten beschränke ich mich auf die Ehen: Meine nächste Ehefrau hieß Virginia. Virginia habe ich zuerst in Mexiko geheiratet. Das ist ein Land südlich von … Amerika.«

»Amerika?«

»Gut, gut! Aus Ihrer Thomas-Rolle fallen Sie nicht! Über Amerika reden wir später. Das Problem: Die Scheidung von Lois war zu dieser Zeit noch nicht rechtskräftig. Also musste ich Virginia in Amerika noch einmal heiraten.«

»Sie haben Virginia zweimal geheiratet?«

»Eigentlich dreimal.«

»Dreimal?«

»Eins nach dem anderen. Auch die Ehe mit Virginia wurde aufgelöst. Dann folgte schon Vera. Meine dritte Ehefrau. Und die dritte Scheidung. Und danach habe ich wieder Virginia geheiratet.«

»Dieselbe Virginia?«

»So ist es«, sagte Stanley. »Virginia! Dreimal geheiratet. Und das in Anbetracht ihres Namens!«

Als Thomas auf den Witz nicht reagierte, fuhr Stanley fort:

»Vielleicht wollte Virginia deshalb auch immer, dass ich sie Ruth nenne. Es folgte die vierte Scheidung. Von Ruth. Also von Virginia. Und die Heirat mit Ida.«

»Und das war alles?«

»Für die Reihenfolge lege ich keine Hand ins Feuer, Thomas. Aber Ida, das ist sicher, blieb bis zuletzt.«

»Bis zu Ihrem Tod?«

»Ob ich wirklich tot bin, wird sich noch zeigen. Aber sehen Sie, ich habe mich immer neu verliebt. Mit Haut und Haar. Und wenn es vorbei war mit einer Frau, dann konnte ich die Frau auch lassen. Loslassen. Meistens. Ein echtes Krabbenherz sozusagen.«

»Was bedeutet dieses Wort?«

»Kennen Sie keine Krabben? Solche Strandkrabben am Meer? Die haben Scheren. Zur Verteidigung. Wenn eine Möwe sie packt, können die Tiere ihre Schere einfach so abwerfen. Das ist sehr praktisch zur Rettung ihres Lebens. Und dann wächst den Krabben eine neue Schere. Diese Krabben scheinen ein unglaubliches Reservoir an Scheren in ihren Leibern zu tragen. Die immer wieder neu aus ihnen hervorsprießen.«

»Und was hat das mit Ihnen zu tun, Mister Laurel?«

»So ähnlich sah es bei mir aus. Wenn eine Frau mich verließ oder eine Ehe zu Ende ging, habe ich mein Herz abgeworfen. Wie eine Krabbe ihre Schere. Und mir wuchs rasch ein neues Herz. Für die nächste Frau. Verstehen Sie?«

»Aber wenn man einmal liebt, so liebt man ganz und gar und unwiderruflich. Glaube, Hoffnung, Liebe, aber die Liebe ist die größte unter ihnen. Schreibt der Apostel.«

»Und *Sie*? An wen dachten Sie, als Sie am Kleid rochen?«

»An Andra«, sagte Thomas rasch und ohne nachzudenken, dieser Name rutschte ihm einfach so aus dem Mund, und dann sog er die Luft durch die Lippen, als hätte er sich verbrannt.

»Andra?«, fragte Stanley. »Wer ist Andra? Eine Frau?«

Thomas schwieg und schritt jetzt eine Winzigkeit schneller.

»Mir können Sie alles sagen. Und wenn Sie rot werden, glauben Sie mir, das sehe ich nicht hier drinnen.«

»Ich traf nur einmal eine Frau.«

»Jene Andra?«

»Frauen habe ich seither gemieden.«

»Was nicht schwer gewesen sein dürfte als Mönch.«

»Als Lehrer schon. In Paris.«

»Wieso?«

»Tagsüber wurde in den Räumen der Universität unterrichtet. Nachts trieben in den Kellern Käufliche ihr Unwesen.«

»Prostituierte?«

»Dirnen.«

»In der Universität?«

»Jawohl.«

»Und dort trafen Sie Andra?«

»Nein, nein. Das war viel früher.«

»Wann?«

»Ich bin mir nicht sicher, ob ich darüber sprechen will.«

»Das ist kein Problem. Ich möchte Sie nicht drängen, Thomas.«

»Später vielleicht, später. Aber zunächst … Sie wollten doch etwas über den Tod wissen, oder?«

## 13

Und jetzt geschah Eigenartiges.

Thomas sprach über den Menschen im Angesicht des Todes, über das Wesen des Menschen, er sprach in kurzen, sanften Sätzen, doch klangen seine Worte in Stanleys Ohren fast wie Musik, auch oder gerade weil er nicht alles verstand.

Geistseele.

Dieses Wort, das Thomas an den Anfang stellte.

Geistseele.

Das seltsame Wort: klang so wahr und klar.

Geistseele.

Schwebte über allem anderen.

Stanley hatte dieses Wort noch nie in seinem Leben gehört, doch wusste er gleich, was Thomas damit meinte. Als getaufter Anglikaner hatte Stanley in all den Jahren seines Lebens den Glauben an höhere Mächte irgendwie eingebüßt. Eine Zeit lang war ihm der fernöstliche Gedanke an eine mögliche Wiedergeburt des Menschen in gewandelter Gestalt tröstlich erschienen. In den letzten Jahren aber hatte er auch diese Überzeugung verloren. Da war nichts zu machen: Er trug einfach keine echte Vorstellung von Gott, Seele und ewigem Leben in sich, von Himmel und Hölle und von dem, was nach dem Tod geschehen könnte, nein, Stanley sah das Lebensende, dachte er darüber nach, als endgültiges Aus-und-vorbei, als harten Abriss, so wie das Wort *Ende*, das in jedem Film an den Bildern klebt, vor dem Abspann ins Schwarze, ein letztes Winken, die Entlassung der Zuschauer in die Welt des Alltags und der Arbeit, nur dass am Ende des Films die Hoffnung auf weitere Filme blüht, am Ende des Lebens aber nicht. Obwohl Stanley also mit dem christlichen Glauben an ein Leben nach dem Tod nicht viel anfangen konnte, spürte er doch die unglaubliche Kraft, die in Thomas' Worten lag, es war nicht seine eigene Wahrheit, sondern die Wahrheit des anderen, doch diese Wahrheit leuchtete feurig, in allem das Gegenteil des Dunkels, in dem sie sich befanden, und Stanley hörte dem anderen gerne zu, weil ihn die Worte beruhigten, ja vielleicht sogar trösteten.

Geistseele.

Und wie der Mensch teilhat. An beidem. An der Welt der Sinne. Und an der Welt des Geistes. Und dies ist das Besondere des Menschen. Einmalig in der Welt der Wesen. Kein Tier. Kein Engel. Aber dazwischen. Mit Zugang zu beiden Formen der Erkenntnis. Zum Materiellen des Körpers. Zum Ideellen des Geistes.

Geistseele.

Und wie die Geistseele sich im Tod vom Körper löst. Im Leben trägt der Körper die Seele. Und im Tod trägt die Seele den Körper. Aber nur als Bild, als Nachklang des wirklichen Körpers. Und wie die Geistseele im Tod durch die Dunkelheit streift. Auf der Suche nach dem Licht. Auf dem Weg zur Erlösung. Zur Auferstehung.

Und Gott vernichtet nichts. Er führt Körper und Seele wieder zusammen. Am Tag der Auferstehung. Keine Neuerschaffung des Körpers, sondern Wiedervereinigung, Vollendung des Menschen.

»Die *anima separata* ...«

»Die was?«

»Die getrennte Seele. Die im Tod vom Körper getrennte Seele. Das sind wir beide, jetzt, hier, so, wie wir uns vorfinden, mit dem Echo der Sinne. Der Tastsinn ist geblieben, der Gesichtssinn nicht. Doch tragen wir ein klares Bild unserer Leiber in uns. Wir fühlen unsere Leiber. Sie sind da. Wenn auch nicht sichtbar. Sie sind so da, wie die Geistseele sie als inneres Bild in sich trägt.«

»Hm. Und deshalb fühle ich mich wie 35 und nicht wie 75?«

»Doch am Tag der Auferstehung wird nicht nur die Seele auferstehen, sondern auch der Leib. Und damit meine ich nicht das Bild des Leibes, sondern den wirklichen, irdischen Leib.«

»Das zu verstehen ist nicht einfach für mich.«

»Ich will es noch einmal anders versuchen: Wir durchleben hier eine neue Form des Erkennens. Vollkommen anders als gewohnt. Unser menschliches Erkennen ist einerseits eingeschränkt. Eine Verdunklung der Sinne. Weil eben der Leib fehlt. Wir können nichts sehen und nichts riechen, wahrscheinlich auch nichts schmecken. Wir scheinen drei Sinne verloren zu haben.«

»Warum nicht das Hören?«

»Das weiß ich nicht.«

»Und weiter?«

»Einerseits erleben wir demnach einen Mangel des Erkennens.«

»Und andererseits?«

»Andererseits ist unser Erkennen wesentlich vollkommener als gewohnt. Wir erleben eine Steigerung des Erkennens. Wir sind hier, jetzt, dem Geistigen viel näher als dem Materiellen, dem Irdischen. Wir erkennen und erleben Dinge, die wir in unseren Körpern unmöglich hätten erkennen, erleben können.«

»Als da wäre?«

»Zum Beispiel die Tatsache, dass wir beide uns hier treffen. Obwohl siebenhundert Jahre zwischen uns liegen. Eine Begegnung von Thomas von Aquin und Arthur Stanley Jefferson in der irdischen Welt wäre gar nicht möglich.«

»Das leuchtet ein.«

»Eine Begegnung von Thomas von Aquin und Arthur Stanley Jefferson ist nur hier möglich. Im Zwischenreich der Geistseelen. Derart betrachte ich die Lage, in der wir uns befinden.«

»Amen«, sagte Stanley.

## 14

Im Alter von neun Jahren hatte Stanley die *Stanley Jefferson Amateur Dramatic Society* gegründet und mit Hilfe seines Vaters auf dem Dachboden eine eigene staubige Theaterbühne errichtet. Der kleine Stanley agierte als Direktor, Regisseur und Hauptdarsteller. Zwanzig Freunde und Nachbarn fanden sich ein. Und Stanley inszenierte einen viel zu realistischen Kampf gegen den Metzgersohn Harold, bei dem die mit Petroleum gefüllte Bühnenlampe umgestoßen wurde und der Vorhang des Dachbodentheaters in Flammen aufging, und nein, das gehörte nicht zum Stück, und ja, das war echtes Feuer, und seine Mutter riss den Vorhang von der Leine und zertrat die Flammen. Der Schaden hielt sich in Grenzen, und Stanley durfte weiterspielen, wenn auch in Zukunft ohne Feuer. Mit sechzehn Jahren erlebte Arthur Stanley Jefferson die erste eigene Dunkelheit hinterm Vorhang. In *Albert E. Pickard's Glasgow Museum* trat er auf, sein erstes Stück, ein wilder, wüster Ritt, alberne Lieder, schwindelerregende Possen, absurde Scherze, pantomimische Versuche. Während Stanley munter und unerschütterlich drauflos spielte, sah er plötzlich seinen Vater im Publikum. Das war so nicht abgesprochen. Stanley hatte das Stück in aller Heimlichkeit spielen wollen. Um sich auszuprobieren. Jetzt dieser Vater hier. Stanleys Herz wurde schwindelig. Aber: »Falle niemals aus der Rolle, die du spielst!«, hatte sein Vater ihm beigebracht, und: »Lustig bist du nur, wenn dir nichts peinlich ist!« Stanley hielt sich an die Lehren seines Vaters und stürzte sich in all die Peinlichkeiten, ohne dass sie ihm selbst peinlich gewesen wären, und er wusste, er kämpfte jetzt darum, seinem Vater zu zeigen, dass er in der Lage war, die Zuschauer zum Lachen zu bringen.

Alle nannten Vater A. J., für Arthur Jefferson, er hatte seinem Sohn den eigenen Vornamen gegeben, und inzwischen hatte A. J. das Schauspielen eingetauscht gegen die Leitung des Metropoltheaters in Glasgow. Vater kannte sie sehr gut, die Liebe zum Spielen, aber er kannte auch die katastrophale Unsicherheit der löchrigen Bühnenbretter, durch die eine junge Existenz jederzeit ins Nichts rasseln konnte. Diese Erfahrung wollte er dem Sohn ersparen. Vater hatte ihm vor kurzem erst signalisiert, er sehe Stanley eher als eine Art Manager, als ordnende Hand hinter den Kulissen, ja, als seinen Nachfolger im Metropoltheater.

Ich will immer noch Sch*l*auspieler werden, dachte Stanley trotzig von der Bühne dem Vater entgegen und bekam einen Lachanfall, den er geschehen ließ, was blieb ihm übrig? Und er flocht den Anfall improvisierend in die Szene ein, die er gerade spielte. Am Schluss verbeugte er sich und rannte nach draußen. Dabei blieb er irgendwo hängen, und sein Mantel zerriss. Den Mantel hatte er sich geborgt. Vom Vater. Ohne ihn allerdings zuvor gefragt zu haben.

Im Büro des Metropoltheaters gab Stanley später seinem Vater den Mantel zurück. Er entschuldigte sich. Dann stand er dort. Und wartete auf das Urteil.

»Setz dich.«

Stanley kauerte mit gesenktem Blick auf dem Rand des Stuhls und belauschte das Schweigen des Vaters, aus dem jetzt nach und nach zwei Wörter wuchsen: *mau* und *geistlos*. Stanley schloss die Lider, um seine Wut zu verdunkeln, wollte aufbocken, Teenager, der er war, wollte sofort hochspringen, mit beiden Fäusten auf den Tisch hauen, den Tisch umwerfen, an dem sie saßen und der zwischen ihnen stand, wollte wieder wegrennen, da aber stach ihn aus dem Nichts ein Gedanke: Vater hat recht. Es stimmt. Vater weiß, was er tut. Und das sagte Stanley jetzt auch mit den himmelblauen Funken seiner sich öffnenden Augen: »Vater. Du hast recht. Das war noch nichts. Aber ich bin jung. Ich kann lernen. Ich stehe am Anfang. Ich verspreche dir: Es wird besser werden.«

»Warum, Stanley?«

»Weil ich es will! Unbedingt!«

Vater schwieg und schaute seinen Sohn lange an.

Stanley hielt dem Blick stand.

»Woher hast du all diese Gags?«, fragte A.J.

»Ich weiß nicht. Die fallen mir ein.«

Da sagte der Vater, ganz ruhig: »Das ist in Ordnung. Ich habe verstanden. Da kann man nichts machen. Ich selbst hätte mir einen anderen Weg gewünscht. Für dich. Aber ich sehe deine Augen, Stanley. Ich kenne das Feuer. Gegen dieses Feuer ist kein Kraut gewachsen. Wenn ich eins weiß, dann das. Deshalb«, schloss der Vater, »werde ich dir helfen.«

Stanley konnte nicht glauben, was er hörte. Er hatte seinen Trotz besiegt und war reich belohnt worden. Als er schon aufstehen wollte, hielt Vater ihn zurück und sagte: »Warte. Da gibt es noch etwas. Etwas, das ich gesehen habe, etwas, das du besonders gut kannst, Stanley, glaub mir, ich kenne mich aus.«

»Was genau meinst du?«, fragte Stanley, atemlos.

Statt einer Antwort lehnte A.J. seine Hände gegen die Luft und ließ sie zur Seite wandern, als berührten seine Handflächen eine unsichtbare Wand aus Glas.

»Die Pantomime?«, fragte Stanley.

A.J. nickte und sagte, das sei nicht leicht, das könne nicht jeder, das sei eine Gabe, ein Talent, eine Pflanze, die man gießen müsse, die Pantomime, sie könne der Schlüssel werden, der Schlüssel zum Erfolg, für die Pantomime brauche man geschliffene Gestik und Mimik, komplette Körperbeherrschung, besonderes Timing und eine Vorstellungskraft fürs Räumliche. A.J. holte eine Flasche Whisky aus dem Schrank, und Stanley sah, wie die braune Flüssigkeit in zwei Gläser gluckerte, und A.J. füllte Soda hinzu und reichte dem jungen, gerade mal sechzehnjährigen Stanley ein Glas und nickte, der allererste Whisky seines Lebens, Stanley nippte daran, und ihm wurde heiß: Der Weg, den er wie nichts anderes auf der Welt einschlagen wollte, öffnete sich erst jetzt für ihn, in diesem Augenblick, und das Ende des Weges lag in weiter Ferne.

## 15

In diesem Augenblick rammte Stanley ein Hindernis vor ihm, jäh eingeholt von der Dunkelheit. Fast gleichzeitig prallte er mit der Schuhspitze und der Stirn vor etwas Hartes. Er zuckte zurück. Seine Melone wollte hintüberfallen. Stanley ließ den Hammer los, schnappte die Melone gerade noch so mit der Hand und drückte sie zurück in die richtige Position.

»Was ist das?«, fragte Thomas.

Stanley löste sich von seinem Begleiter und schob die Hände nach vorn: ein Hindernis, ja, eine Wand. Hier? Vor ihm? Die Wand war ebenso glatt und kalt wie die Seitenwände, der Boden und die Decke der Röhre. Unzählige Male war Stanley in seinen Filmen gegen Wände, Mauern und verschlossene Türen gerannt, doch beim zweiten oder dritten Versuch hatte er immer die richtige Öffnung gefunden, und jetzt presste Stanley seine Hände an die Fläche vor ihm, suchte nach einer Tür, nach einem Fenster, schob Thomas beiseite, tastete die Wand vor ihren Köpfen ab, immer atemloser, weil er ahnte und bald wusste: Sie waren am Ende. Sie standen an einer Grenze, der Weg versperrt, kein Durchkommen, keine Klinke, kein Loch, keine Öffnung, nichts.

»Hier«, rief Stanley, »geht es nicht weiter.«

Doch diese Vorstellung war nicht auszuhalten, da tropfte ein düsteres Gefühl in Stanleys Brust, nein, die Vorahnung eines Gefühls, das er nur allzu gut kannte: entfacht durch jede Form von Ausweglosigkeit. Bislang war die Dunkelheit des Ganges erhellt worden durch die Erinnerungen und durch das Teilen dieser Erinnerungen mit Thomas und durch die luftigen, klaren Gespräche. Jetzt aber, am versperrten Ausgang, ragte die Dunkelheit vor ihm wie ein gigantisches Massiv.

Das Gefühl der Ausweglosigkeit tauchte immer dann in Stanleys Leben auf, wenn etwas geschah, das nicht mehr rückgängig oder gutzumachen war: Mutters Tod zum Beispiel. Aber auch der Selbstmord seines Bruders: der Augenblick, da Gordon Hand an sich legte, dieses Loch im Leben, in das er geblickt haben musste, da war nichts mehr, das Gordon hielt oder halten konnte, dieses hässliche Summen überall, die nagende Angst, das Summen würde nicht mehr aufhören, nie mehr, nein, dann lieber selbst dem Tod entgegenlaufen, lieber diesem Summen in ihm den Garaus machen. Oder der Tod seines zweiten Bruders Teddy, den Stanley so liebte und der gestorben war an einer Überdosis Lachgas bei einer harmlosen Zahnbehandlung: Zeit seines Lebens hatte Stanley versucht, die Menschen zum Lachen zu bringen, und Lieblingsbruder Ted starb an Lachgas? Oder das Ende des Würmchens, wie Stanley seinen eigenen Sohn nannte, Stanley Robert Jefferson, neun Tage jung, und dieser Arzt, der Stanleys Augen nicht standhalten konnte und ihm sagte, wie leid es ihm tue, Stanleys Sohn: ins Leben hinein- und aus ihm hinausgeschlüpft zugleich, und Stanley stand damals im Gang des Krankenhauses und hämmerte den Kopf an die Wand, bis die Stirn in Blut ausbrach, und wieder stürzte er in eine Bar. Ja, man konnte dem Summen der Ausweglosigkeit auf zweierlei Arten begegnen: es ausknipsen. Wie Bruder Gordon. Es ertränken. Wie seine Mutter. Stanley folgte der Mutter und spülte das bittere Gefühl die Kehle hinab, bis es sich in seine Einzelteile zersetzte.

Jetzt griff Stanley zum Vorschlaghammer und ließ ihn mit voller Wucht gegen die Wand krachen, immer und immer wieder, und er hörte den metallischen Aufprall des Hammers, und seine gesamte Hoffnung auf Licht und Ausgang lag in diesen

Schlägen, und obwohl sie wirklos zu verpuffen schienen, schlug Stanley weiter, immer weiter, ja, es stimmte, dieser Vorschlaghammer hier fühlte sich genauso an wie der Vorschlaghammer, der es *nicht* in den Film *Liberty* geschafft hatte: Stan und Ollie mal wieder auf der Flucht, ein Gefängnisausbruch, auf dem Rücksitz des Fluchtautos mussten sie die gestreiften Gefängnisklamotten ablegen und ihre Anzüge anziehen, und dabei verwechselten sie ihre Hosen, Ollie trug jetzt Stans braune, und Stan trug Ollies schwarze Hose, die eine zu groß, die andere zu klein, und der ganze Film drehte sich einfach nur darum, dass die beiden die Hosen wieder tauschen wollten, was andauernd scheiterte, denn immer wurden ihre Hosenrücktauschverstecke entdeckt, und in einem Fischhändlerhinterhof plumpste sogar eine Krabbe in einen der inneren Hosenböden. Erst in einem Baustellenaufzug gelang der Hosentausch, doch der Aufzug katapultierte sie nach oben, in die schwindelerregende New Yorker Harold-Lloyd-Höhe, und dort folgte der von unsichtbaren Krabbenzwickern forcierte Balancetanz auf den Stahlträgern eines gerade im Bau begriffenen Wolkenkratzers, und Stan hielt sich an Ollie fest und Ollie an einem Pfeiler, wabbelige Knie, die Melonen manchmal mit der Hand auf den Kopf gepresst, als sei es wichtiger, die Hüte nicht zu verlieren als das Leben, die Windmaschine auf halbe Kraft, und die beiden mussten so tun, als befänden sich die Stahlträger in hundert Metern Höhe, dabei standen sie in einem Hollywood-Studio mit dicken Turnmatten darunter, die man im Film nicht sehen konnte. Immer wieder hineingeschnitten: der windige Blick in den Abgrund. Das trippelnde Auf-der-Stelle-Tänzeln wirkte gerade bei Ollie so witzig: Kein Mensch seiner Statur hatte ein solches Körpergefühl. Und jetzt? Stan musste zu Ollie hinüber. Auf die andere Seite des Stahlträgers. Nur wie? Stan traute sich nicht. Dann aber das: Regisseur Leo McCarey legte eben jenen Vorschlaghammer auf den Stahlträger, und Ollie griff zum Hammer und streckte ihn Stan mit der Linken hin, während er selbst sich an einen der senkrechten Pfeiler klammerte. Der Vorschlaghammer fiel. Auf den Kopf eines unten vorbeigehenden Polizisten? Der im Speedraffer mit ausgestreckten Armen käfergleich auf den Rücken plumpste? Nein, nicht lustig genug. Stanley schüttelte den Kopf.

»*Ich* bin der Regisseur«, murmelte Leo McCarey kleinlaut.

»Dann setz dich zurück in deinen Stuhl, wo du hingehörst«, rief Stanley und wies zum Regiesessel.

Leo gehorchte. Denn Stanley besaß den untrüglichen Blick für das Komische. Er war es, der die Szenen mit Ollie und den Darstellern durchsprach und den Freiraum für Improvisationen öffnete. Wenn ein Regisseur anordnete, das Ganze vorher zu proben, fragte Stanley: »Warum wollen Sie die Szene kaputt machen?« Nein, ihre frühen Filme lebten vom unverfügbar nur im Augenblick Herbei-Gezauberten.

»Vielleicht ein Ast?«, hörte Stanley jetzt jemanden fragen.

»Ein Ast? Wieso ein Ast?«

»Ein dicker Ast, der auf einen Kopf fällt?«

»Wo soll denn jetzt ein Ast herkommen? Hier oben?«

Stanley fand eine witzigere Möglichkeit: Ollie streckte Stan sein rechtes Bein entgegen, und Stan hielt sich fest am Schuh, und der Schuh schluppte Ollie vom Fuß und fiel in die Tiefe, neben einen Polizisten, gespielt von Jack Hill, wenn auch die Polizistenszenen erst später gedreht wurden. Ollie streckte Stan nun seinen Fuß mit der weißen Socke entgegen, doch auch die Socke bot keinen Halt und flutschte vom Fuß. Irgendwann erreichte Stan doch noch die andere Seite, er griff nach Ollies Hosenbund, Ollies Hose rutschte, alles wurde noch wackeliger, Ollie zupfte endlich mit fragendem Blick die Krabbe aus der Hose, warf sie fort, nicht weit genug, denn das Tier würde ihn später noch einmal zwicken, in seinen nackten Fuß, eine gute Idee, rief der Regisseur, so führte eins ins andere, die Socke zum nackten Fuß, der nackte Fuß zur Krabbe, doch erst mal griff Panik um sich, als Stan und Ollie, einer nach dem anderen, doch noch ihre Melonen verloren, und die Melonen zu verlieren, bedeutete: Es ging ums Ganze. Ihr Leben stand auf dem Spiel. Stans Tanz mit der kippenden Leiter, nur auf einem Holzbrett, an den Stahlträger gelehnt, Stans verzweifeltes Ziehen an diesem Seil, das ihn retten sollte, aber das Seil war nirgends verankert, es endete im Nichts, und Stan hielt bald schon das leere Ende des Seils in der Hand, stand jetzt solo auf der Leiter, Ollie sank auf die Knie, seine Hände flehend gen Himmel, die Leiter kippelte zum Ende des Brettes, kurz vor dem Abgrund, doch Ollie schnappte im letzten Augenblick Stans Hand, und sie schafften es zurück zum Aufzug und fuhren nach unten. Und der Polizist stand genau im Aufzugsschacht und wurde vom hinabbrausenden Gefährt geplättet, und nachdem Stan und Ollie herausgesprungen und weggerannt waren, hob sich der Aufzug, doch es kroch nicht etwa der großgewachsene Polizistendarsteller Jack Hill aus dem Schacht hervor, sondern Stanleys Freund Henry March, einer jener Kleinwüchsigen, die man in Hollywood für solche Aufgaben benötigte, March, der geschrumpfte Polizist, vom Aufzug scheinbar einen halben Körper kürzer gemacht, Henry March, den man in ein Kinderpolizeikostüm gesteckt hatte und der empört die Mütze auf den Boden warf und aufstampfte wie ein jähzorniger Junge.

Besser, dachte Stanley und hämmerte weiter auf die Wand ein, logischer, stimmiger und wohl auch lustiger wäre es gewesen, wenn wir Henry statt des Kinderpolizeikostüms die viel zu große Uniform von Jack Hill angezogen hätten. Die dann mal um seine Arme und Beine geschlackert wäre! Fehler! Ich hasse Fehler! All meine Filme: Ich hätte sie gerne ständig neu geschnitten. In Richtung endgültiger Perfektion. Fehler! Einmal gemacht, nicht mehr zu tilgen. Nicht im Film. Nicht im Leben. Man kann nur hoffen, dass sie nicht auffallen. Oder dass die Leute über sie hinwegsehen. Aus jedem Fehler lernen. Dazu ist man verpflichtet. Denn Fehler sind Sackgassen. Zwingen zur Rückkehr. Weisen in neue Richtungen. Jede neue Richtung birgt die Möglichkeit, etwas zu sehen, mit dem man nicht gerechnet hat. Und etwas zu sehen, mit dem man nicht gerechnet hat, ist der Ursprung des Lachens.

## 16

Stanley hielt inne. Er hatte weder ein Geräusch gehört von bröckelndem Stein noch spritzende Splitter im Gesicht gespürt. Als er den Hammer fallen ließ und seine Hände an die Stelle legte, auf die er die ganze Zeit über eingeschlagen hatte, fühlte er nicht das geringste Eckchen, kein noch so kleines Loch. Die Glätte der Wand klang wie Hohn, und für Stanley war Hohn das Gegenspiel des glasklaren Lachens: eine trübe Pfütze des Gelächters.

»Lassen Sie *mich* mal!«, sagte Thomas.

Stanley schöpfte neue Hoffnung, weil, das musste er zugeben, sein Ärmchen zweimal in den Oberarm seines Begleiters gepasst hätte. Das verhieß doppelte Kraft. Er trat schleunigst einen Schritt zurück, als Thomas' erster Schlag schon gegen die Wand rumste. Das klang auch ganz anders. Überzeugender, wuchtiger, lautstärker. Von Schlag zu Schlag wuchs Stanleys Zuversicht, und er feuerte Thomas regelrecht an.

»Nicht aufhören!«, rief er.

Das Krachen des Hammers.

»Sie schaffen es!«

Metall auf … ja, auf was? Aus welchem seltsamen Stoff bestanden eigentlich Wände, Boden und Decke?

Thomas drosch, als gäbe es kein Morgen.

Und Stanley?

Wäre jetzt gern wütend gewesen. Tot oder lebendig? Im Übergang oder darüber hinaus? Ende oder Anfang? Er wollte endlich klarsehen. Diese Vergeblichkeit. Dieser versperrte Ausgang. Die äußere Dunkelheit, dachte Stanley, wird bald zur inneren werden, wenn ich nicht endlich erfahre, wo genau wir sind und was hier wirklich geschieht. Aber Stanleys Wut blieb in ihm stecken. Es war eher ein Echo, nein, ein Wunsch, ein Wille zur Wut auf die Dunkelheit und auf das Ausweglose und auch auf diesen mysteriösen Begleiter.

Und dann erklang der letzte Schlag.

»Schauen Sie bitte nach, Mister Laurel!«, sagte Thomas.

Stanley ließ seine Hände über die Wand huschen, als steckten seine Augen längst in den Fingerkuppen.

»Da ist nichts!«, rief er. »Nicht das kleinste Loch.«

»Soll ich weiterschlagen?«

»Sinnlos.«

»Und jetzt?«, fragte Thomas.

»Jetzt sagen Sie mir endlich, wer Sie sind!«, rief Stanley und erschrak über seine Heftigkeit und Lautstärke.

»Wie meinen Sie?«, fragte Thomas leise.

»Sie sagen, Sie sind Thomas von Aquin?«, rief Stanley und strengte sich wahnsinnig an, seine Kontrolle zu verlieren. »Das kann nicht sein!«

Stille.

»Sie sagen, wir sind tot? Das kann nicht sein!«

Keine Antwort.

»Ich will eine andere Wahrheit! Nicht die Wahrheit des Todes!«

Stanley warf weitere Wörter wie Kugeln in den dunklen Raum, die allesamt unbeantwortet ins Nichts kullerten. Wenn schon der Ausweg versperrt war durch die Wand vor ihnen, so wollte er einen Ausweg aus seinem Kopf finden, aus all den Gedanken, die, seit Thomas ihm die Todesthese eröffnet hatte, in ihm kreisten und genauso gegen Wände stolperten, wie es gerade sein Fuß und seine Nase getan hatten.

»Kommen Sie her!«, rief Stanley und tappte Richtung Thomas. »Sagen Sie mir, was hier vor sich geht! Wo wir sind! Was das Ganze soll!«

Jetzt stießen Stanleys Hände an den massigen Körper, er raffte den Stoff unterm Kinn des anderen zusammen, der Hammer fiel mit einem Klacken zu Boden, und Thomas wehrte sich nicht, als Stanley ihm jetzt die Fäuste in den runden, wie gepolstert wirkenden Wanst schob, jedoch auf seltsame Weise schwach und sanft, von Anfang an ohne Kraft, beinah wie in Zeitlupe, aufgesetzt, antriebslos, schon vor dem Zünden verpufft. Die duldsamen Hiebe versiegten rasch, und am Schluss wollte Stanley noch seinen Zeigefinger in das Auge des anderen stechen, streifte dabei aber nur dessen Wange. Als Thomas auch diesen Angriff über sich ergehen ließ, blieb Stanley eine Weile reglos stehen. Wartete. Wusste, worauf er wartete: auf Thomas' Gegenschlag.

Stan und Ollie hatten sich uferlos gepiesackt in ihren Filmen, sich Backsteine und Pfannen über die Schädel gehauen, sich geschubst, gegenseitig in den Hintern getreten und wieder und wieder Finger ins Auge des anderen gestochen.

Doch Thomas? Tat nichts.

»Schon gut«, sagte Stanley. »Es tut mir leid, Thomas. Ich habe keine Ahnung, was in mich gefahren ist.«

»Ein Dämon?«

»Nein, nein«, lächelte Stanley. »Es ist nur … so dunkel hier drinnen. Und ich möchte ans Licht.«

»Sie suchen eine andere Wahrheit?«, sagte Thomas. »Es gibt keine andere Wahrheit. Es gibt nur *eine* Wahrheit. Sie wird dem Menschen geschenkt.«

»Und was ist mit den Menschen, denen diese Wahrheit nicht geschenkt wird? Sie hängen in der Luft. Allein gelassen. Sie warten und warten. Und warten. Wie in diesem verrückten Theaterstück. Das heißt auch so: *Warten auf Godot*.«

»Auf Gott?«

»In dem Stück warten zwei Menschen auf Godot. Ohne zu wissen, ob es ihn überhaupt gibt. Der Autor heißt Samuel Beckett. Er sagte mal: Die Idealbesetzung für die beiden Wartenden seien Stan & Ollie. Aber lassen wir das. Was ich Ihnen sagen will, Mister Aquinas: Eine einzige Wahrheit, das ist Orthodoxie!«

»Natürlich«, entgegnete Thomas.

»Aber jede Orthodoxie ist immer auch totalitär. Ich dagegen bin Pluralist. Jeder soll glauben, was er will.«

»Es kann keine zwei Wahrheiten geben, Mister Laurel. Wenn es zwei Wahrheiten gibt, gibt es keine Wahrheit. Wahrheit kennt keinen Plural.«

Stanley atmete tief ein. Noch einmal legte er seine Hände an die Kopfwand vor ihm. Er wollte um Hilfe rufen, aber es schien sinnlos. »Ich teile Ihre Meinung nicht«, sagte er und wandte sich wieder Thomas zu. »Trotzdem bin ich sehr froh darüber, nicht allein zu sein hier drinnen. Es ist gut, dass Sie da sind.«

»Gemeinsam«, sagte Thomas, »werden wir der Finsternis die Stirn bieten. Ich war auch im Denken niemals allein. Ich hatte immer den Philosophen an meiner Seite. Gewiss, es gab auch Sokrates, Plato, Dionysius Areopagita, Augustinus und andere. Aber Aristoteles war mir Licht und Feuer. Allein denken ist nicht gut. Allein gehen ist nicht gut. Allein sein ist nicht gut. Mit Aristoteles beim Schreiben. Mit Gott beim Leben. Mit Ihnen beim Gehen. Und, wenn ich das recht verstehe: mit Oliver Hardy im Film.«

Thomas trat einen Schritt vor, Stanley spürte tastende Hände an seinen Armen, die Richtung Rücken strebten, ja, Thomas wollte ihn jetzt umarmen, doch so wie Thomas vorhin die Schläge nicht hatte erwidern können, so konnte Stanley die Umarmung nicht erwidern, er hätte es gern getan, aber fühlte sich in diesem Augenblick wie ausgeblasen, nein, er bekam das alles nicht unter einen Hut, dieser fette Mann, sein filigranes Denken, sein selbstverständlicher Glaube, diese Ruhe und Zornlosigkeit, in allem das Gegenteil von Ollie, dazu Stanleys eigener, merkwürdig gedämpfter Wutausbruch, Nähe und Schläge, der fremde Bauch, dieses Pochen, das Stanley jetzt zu fühlen glaubte, kurz nur, dieser Herzschlag einer Geistseele ihm gegenüber: Thomas, dachte Stanley, Thomas von Aquin, er ist es wirklich. Die einseitige Umarmung endete rasch, Thomas trat einen Schritt zurück, und die Stille wog schwer.

## 17

Arthur Stanley Jefferson und Oliver Hardy wussten: Es gab auch in Europa Freunde ihrer Filme, Menschen, die sie mochten und feierten. Dann aber das: ihr erster Englandbesuch, das Schiff fuhr in Southampton ein, kurz vor dem Eintreffen tauschten sie noch ihre Strohhüte gegen Melonen, und der Hafen, die gesamte Kaianlage wimmelte nur so von Leuten, eine undurchdringliche Masse, tausende Köpfe, Hüte, Stimmen, Rufe, Jubel, von überallher laut aufbrandender Applaus, die Glockenspiele der Kirchtürme klöppelten im Gleichklang die Stan-und-Ollie-Melodie, den *Dance of the Cuckoos*, der beim Vorspann der Filme in den Kinos schon Fältchen des Lächelns über die Mienen der Zuschauer zog und den die Menschen jetzt hier, am Hafen, einstimmig mitpfiffen.

Stanley und Oliver weinten sofort. Was hier geschah, in England, in Stanleys Heimat, überstieg alles, was sie sich hätten vorstellen können. Diese Minuten, ja, diese Stunden veränderten ihr Leben. Sie sahen jetzt, dass man sie nicht nur verehrte, nein, sie sahen, dass die Menschen sie liebten, ihre Komik, Mimik und Gestik, ihre liebevoll-herumschubsende Art, miteinander umzugehen. Vielleicht erkannten die Menschen in den beiden ihre eigene Tollpatschigkeit wieder? Ihr groteskes Bestreben, dem Leben beständig die Stirn zu bieten? Die kleinen Leute, die nicht aufhören konnten, miteinander zu kabbeln, die von einem Fettnäpfchen ins nächste traten, und, so ihre Hoffnung, doch am Ende unbeschadet davonkämen? Stan und Ollie schenkten den Menschen eine Möglichkeit des Lachens, ein Lachen, das die Menschen aus dem Einerlei ihres Daseins schraubt wie eine

Drehung beim Tanz, damit sie, wenn auch nur kurz, die giftigen Splitter vergessen, die im Leben stecken.

Die Woge des Kreischens und Jubelns ergriff die beiden, die vom Schiff taumelten, und sie mussten immer wieder für die Leute wie in ihren Filmen die Mienen verziehen, ihre Gesten zeigen, Ollies genestelte Verlegenheitskrawatte, das Kopfkratzen bei Stanley, sein Flenngesicht, das Schubsen und das Verwechseln der Melonen im endlosen Tausch.

Und dieses Bild, das Stanley immer noch klar im Auge lag: Er hörte eine Möwe am Hafen über ihnen meckern, und Stanley wollte den Kopf heben, blieb aber hängen an den Gesichtern der Kinder dort, haufenweise Kinder, ein ganzer Wald von Kindern, sechs Jahre, sieben, zehn, zwölf oder vierzehn, Kinder, wohin das Auge wehte, vorn an der Absperrung drängelten sie sich und riefen und winkten und warfen ihre Schirmmützen in die Luft. Und Stanley konnte den Blick nicht wenden: von diesem einen Jungen ganz vorn, höchstens dreizehn oder vierzehn Jahre alt.

»Stan, Stan!«

Er rief nicht nach Ollie, er rief nach Stan, wohl, um ein Autogramm zu ergattern, mit Stift und Papier in der Hand.

»Stan, Stan!«

Immer wieder.

Und Stanley blieb stehen.

Dieser Augenblick, als zugleich in das »Stan, Stan!« hinein das Hupen der Schiffssirene ertönte und das Geschrei der Menschen und das Pfeifen und die Glockenmelodie. Aber über allem schwebte dieser Ruf des Jungen. Er trug ein rotes Halstuch, ein arg verwaschenes Hemd, kurze Hosen und abgewetzte Schuhe, die ihm zu den Knöcheln reichten, ein Kind aus ärmlichen Verhältnissen, mit Sommersprossen auf der Nase und einer Locke in der Stirn.

»Stan, Stan!«

Weil die übrigen Geräusche alles übertünchten, hörte Stanley die Stimme des Jungen nicht wirklich, las nur den Namen von den Lippen. Polizisten schirmten sie ab, das Gedränge glich einer Flut von Armen, Beinen, Gesichtern und Körpern, aber Stanley konnte den Blick nicht wenden von diesem Jungen. Vielleicht hieß er Jack oder Edward oder Bill oder Walter oder John oder Jerry.

»Wir müssen weiter!«, schnaufte Oliver ihm ins Ohr.

In diesem Augenblick verstand Stanley: Wir sind unsterblich. Unsere Filme sind unsterblich. Wenn all diese Kinder uns lieben, wenn dieser Junge uns liebt, dann werden wir weiter geliebt werden. Von anderen Generationen. Der Tod kann unseren Filmen nichts anhaben. Die Zeit kann ihren Staub über uns zuckern, aber sie kann uns nicht vernichten. Unsere Filme, sie werden bleiben, die Menschen, sie werden weiter an uns denken. Wir haben dem Tod ein Schnippchen geschlagen. Das Wort *Ende* ist eine Lüge.

Stanley drängelte sich zu dem Jungen und gab ihm das Autogramm. Der Junge schaute ihn an mit erstaunter Ehrfurcht, und dann schnellte seine Hand vor und griff nach Stanleys Unterarm, es war, als wollte er ihn festhalten, als wollte er ihn mit nach Hause nehmen oder als wollte er ihn einfach nur berühren wie einen Heiligen, auf dass sich etwas von seiner Kraft auf ihn übertrage.

Stanley lächelte und fragte: »Wie heißt du?«

Der Junge antwortete nicht, überwältigt, fassungslos. Stanley sollte sich später dafür schämen, aber kurz fühlte er sich wie ein Gott, der jetzt zu entscheiden hätte, wie das künftige Leben dieses Jungen aussähe, denn der Junge, und das las Stanley ihm von der Nase ab, nährte tief in seinem Herzen den Wunsch, genau das zu werden, was Arthur Stanley Jefferson jetzt schon war: ein Clown, ein Pantomime, ein Magier des Lachens.

Stanley nahm seine Melone ab. Und setzte sie dem Jungen auf den Kopf. Die Melone war zu groß. Sie senkte sich in die Stirn. Und Stanley grinste nicht. Stanley lächelte.

Oliver hakte sich unter und zerrte ihn mit sich, Stanley drehte sich nicht mehr um, weiter, weiter, Schritt für Schritt durch diese plötzlich bedrohlich wirkenden Körper, Mensch an Mensch, eine konturlose Jubelflut, und er wollte sich nicht umdrehen, weil er Angst hatte, die anderen Kinder könnten dem Jungen die Melone vom Kopf reißen, Angst, es entstünde ein Tumult und am Ende blieben von seinem Hut nichts weiter übrig als Fetzen.

»Ich brauch eine neue Melone«, sagte Stanley zu Oliver.

Heilloses Chaos am Bahnhof, der Zug fuhr erst mit vier Stunden Verspätung ab, in London endlose Menschenwogen, die sie schier erdrückten, neun Verletzte, Souvenirwahnsinnige grabschten Stan und Ollie die Knöpfe von den Mänteln, und dann, Tage später, in Paris, Triumphzug auf den Champs-Élysées, die Leute zerfledderten Olivers Jacke und rissen einen seiner Schuhe an sich, die Polizei war heillos überfordert, ob in England oder Frankreich.

Doch das war erst der Anfang: Stans und Ollies Beliebtheit wuchs ins Unermessliche. Wo immer sie auftauchten, sie mussten Stan und Ollie spielen, mussten aufhören, Stanley und Oliver zu sein. Keiner sah die Einsamkeit des Clowns nach der letzten Klappe. Keiner sah Stanleys Gereiztheit, seinen Wunsch nach Gewöhnlichkeit, nach Alltag. Zugleich Stanleys Ungenügen an diesem Alltag, die Ernüchterung nach dem Rausch. Jenseits der Arbeit wollte und konnte er einfach nicht mehr lustig sein. Das permanente Abspulen und Ausdenken der Späße, der unermüdliche Einsatz für das Komische, auch nach Drehschluss, im Schneideraum oder mit anderen Gag-Schreibern, das schiefe Kritzeln der Autogramme: Die Rolle, die er spielte, rankte mehr und mehr an ihm empor. Kam er abends nach Hause, so schien er sein Pulver an Zuwendung, an Lachen, an Freude, an Liebe und Freundlichkeit verschossen zu haben. Und er wollte den Menschen, die ihn liebten, nichts vorspielen, wollte sich ihnen so zeigen, wie er wirklich war, aber wie war er denn wirklich? Und wer? Ihm schien, als schminke er am Abend mit der Schminke auch sein Grinsen ab und mit dem Grinsen die Leichtigkeit und Lebensfreude, die Zartheit und Menschlichkeit seiner Figur. Ohne zu wissen, was sich darunter verbarg. War das der Preis? Für ein Eckchen Unsterblichkeit?

## 18

Keiner weiß doch, wie es nach dem Tod weitergeht, ja, ob es überhaupt weitergeht. Keiner ist je zurückgekehrt aus dem Reich der Toten. Woher, dachte Stanley, nehmen all diese Menschen die Chuzpe, so etwas zu behaupten: Das eigene Leben zieht vor dem geistigen Auge vorbei? Ein endloser Marsch des Erinnerns? Und diese sogenannten Nahtoderfahrungen? Nahtoderfahrungen sind nichts als Beinahtoderfahrungen. Wenn etwas beinah geschehen ist, kann man nie wissen, wie es sich in Wirklichkeit anfühlt. Auch ich, dachte Stanley, hätte beinah den lustigsten Film aller Zeiten gedreht. Mit Buster Keaton. Geniale Idee. *Grand Mills Hotel.* Leider nicht zu verwirklichen. Obwohl schon so viele Bilder und Szenen in unseren Köpfen lagen. Aber ob dieser Beinahfilm wirklich der lustigste Film aller Zeiten geworden wäre, wer weiß das schon?

»Thomas?«, fragte Stanley.

»Ja?«

»Und wenn wir anders unsterblich sind?«

»Anders?«

»Anders, als Sie es sich vorstellen? Anders, als Sie es glauben?«

»Wir alle sind unsterblich in Gottes Schoß.«

»Das meine ich nicht. Ich meine: Wenn wir gar nicht dorthin kommen? In Ihren Gottesschoß? Weil es ihn gar nicht gibt? Den Gottesschoß. Den Himmel.«

»Das ist nicht denkbar, nicht glaubbar, Mister Laurel.«

»Und wenn es niemals endet? Unser Umherirren?«

»Warum nicht?«

»Weil wir unsterblich sind. Anders, als Sie denken. Weil wir unsterblich sind, solange es Menschen gibt, Menschen geben wird, die meine Filme anschauen und Ihre Schriften lesen. Ich meine: Wenn wir hier gefangen sind? In einer Art Zwischenreich? Und erst dann aufhören zu sein, wenn wir vollständig getilgt sind aus dem Gedächtnis der Menschen? Also vielleicht: niemals? Was, wenn die Unsterblichkeit kein Segen ist, sondern ein Fluch?«

»Als ich Sie umarmte …«

Stanley horchte auf und sagte: »Ja?«

»Ich habe an Andra gedacht.«

»Wie kommen Sie jetzt darauf?«

»Ich weiß es nicht.«

»Andra? Diese Frau?«

»Ja.«

»Aber Sie sind doch ein Mönch?«

Thomas schwieg.

»Sehen Sie«, sagte Stanley, »bei Frauen bin ich der schlechteste aller Moralapostel, aber gibt es nicht so was wie ein Keuschheitsgelübde?«

»Die Frau trat früh in mein Leben. Ich war noch sehr jung. Ich habe noch nie einer Menschenseele davon erzählt.«

»Aber mir können Sie es erzählen, Thomas. Außerdem, wenn ich Sie recht verstehe, bin ich gar keine Menschenseele mehr, sondern eine Geistseele. Oder nicht?«

»Sie lernen schnell, Mister Laurel«, sagte Thomas, und Stanley glaubte ein Lächeln zu hören, das an den Worten knusperte.

»Also dann!«, rief Stanley. »Schießen Sie los!«

»Ich weiß nicht«, sagte Thomas, »weshalb ich jetzt plötzlich darüber sprechen will, darüber sprechen muss. Das fühlt sich an wie ein Kitzeln im Kopf.«

»Kommt mir bekannt vor«, sagte Stanley. »So etwas wie ein Erinnerungszwang?«

»Ich erzähle es Ihnen. Hier, in der Schamhülle Dunkelheit. Ich erzähle es Ihnen auf dem Weg, Mister Laurel.«

»Auf welchem Weg?«

Thomas sagte jetzt langsam, als spräche er zu einem Kind: »Die Zeit hat einen Anfang und ein Ende. Die Ewigkeit hat keinen Anfang und kein Ende. Dieser Tunnel hier hat offensichtlich ein Ende, an dem wir gerade stehen. Also sind wir noch nicht angekommen in der Ewigkeit. Wir sind erst auf dem Weg dorthin.«

»Aha«, machte Stanley.

»Sehen Sie. Wir sind in Richtung A gegangen. Wir sind ans Ende gelangt. Höhlen in Raum und Zeit haben aber per definitionem immer Eingänge. Wir gehen jetzt also in Richtung B, in die entgegengesetzte Richtung. Dort wartet der Eingang auf uns, der Ausgang, das Licht, die Erlösung, das Ende der Zeit, die reine Ewigkeit, in jedem Fall: eine Gewissheit.«

Das klang so logisch wie einfach.

»Und was ist mit dem Loch im Boden?«, fragte Stanley.

»Wir gehen zurück entlang der anderen Wand.«

»Ja. Aber trotzdem, wir müssen langsam gehen. Wir sollten vorsichtig sein. Vielleicht gibt es auch an der anderen Wand ein Loch. Oder Löcher.«

»Wir scheinen alle Zeit der Welt zu haben, Mister Laurel.«

»Vorhin«, flüsterte Stanley. »Meine Schläge. Noch einmal. Es tut mir leid.«

»Keinesfalls der Rede wert«, sagte Thomas. »Schmerzen leuchten nicht in dieser Dunkelheit.«

Was für ein merkwürdiger Satz, dachte Stanley.

Thomas fuhr fort: »Wie hier drinnen den Augen das Licht fehlt, so fehlt dem Leib der Schmerz und dem Herzen die Angst.«

Da spürte Stanley, wie Thomas seine Hand fasste, und die

Hand des anderen fühlte sich groß an und so, als müsste sie eigentlich feucht sein und schwitzig, sie war aber trocken und rau. Dass Thomas so selbstverständlich seine Hand nahm! Statt sich wie gewohnt einzuhaken! Sie gingen sofort los, wie auf ein geheimes, inneres Kommando. In die Richtung zurück, aus der sie gekommen waren. Wieder legte Stanley seine freie Hand an die Seitenwand.

Eine Weile schritten sie schweigend. Stanley wollte seinen Begleiter nicht zum Sprechen drängen. Doch endlich redete Thomas, in diesem leicht gestelzten, alten Englisch mit italienischem Einschlag, das Stanley so mochte inzwischen. Thomas sprach lange und umständlich, ausführlich, langsam, überlegend, ab und an logische Sequenzen hinwerfend, die nicht in den Fluss der Erzählung passen wollten, und er sprach noch gar nicht von jener Frau namens Andra, sondern schien eine Menge anderer Dinge vorausschicken zu wollen, Dinge, die ihm widerfahren waren, und seine Behauptung von vorhin, er könne sein Leben in einen einzigen Satz kleiden, schien er vergessen zu haben. Wie gut das tut, dachte Stanley. Diese fremde Welt. Was für eine Macht im Erzählen liegt! Was Thomas ihm auch schilderte: Stanley sah alles glasklar und greifbar vor sich. Fast so, als wäre er selbst dabei gewesen.

## 19

Dieses Leuchten, dieses alles verschlingende, vollkommene Leuchten der Sonne. Ein Picknick der Familie Aquino, ein Stück weit weg vom schützenden Schloss in Roccasecca, unter freiem, weitem, italienischem Himmel, Wurst und Käse und Brot. Der kleine Thomas tollte herum, bekam vom Wetterumschwung nichts mit, und die Bediensteten rafften alles hektisch zusammen, schon erklangen die Rufe der Eltern, Thomas aber sah das Deckchen, auf dem seine Schwester schlummerte in ihrem Säuglingskörper, und die Sonne war jetzt verschwunden, als hätte ein gigantischer Finger sie vom Himmel geschnipst, dunkles Gottesgrollen und die Blitze und die Eltern und die Suche nach Schutz, und einer dieser Blitze bohrte sich wie ein Speer ins Schwesterchen auf brokatener Decke, sie wurde durchzuckt und hochgerissen, und Thomas konnte den Blick nicht wenden, als die Schwester zum lichterloh leuchtenden Körperchen verkohlte, ein schwacher Schrei noch aus den Lippen, letztes Fiepen einer Taube, Ende. Und wo die Schwester denn jetzt war, da sie den Atem abgegeben hatte? Wo ihr Blick und das mal summende, mal glucksende, mal krähende Stimmchen? Wo das Röcheln im Schlaf und das Schmatzen der Lippen? Wo die Schneckenfühlerfingerchen, die sich erst seit Neuestem an die Dinge der Welt klammerten? Wo ihr Wesen, das schwebende Seelchen?

Thomas' Eltern folgten dem Brauch, den jüngsten Sohn ins Kloster zu schicken. Zu den Benediktinern. Nach Monte Cassino. Thomas sollte später den Abt, Onkel Sinibald, beerben und Einfluss und Macht der adeligen Familie von Aquino mehren. Fünf Jahre war er jung, der Bub, und die riesige Klosterstadt lag dort, bereit, ihn zu verschlucken. Am Tor sah Thomas in die Augen des Mönches, der sich nicht zu ihm beugte, sondern ihn von oben musterte und einen Finger an die Lippen legte. Die Amme gab Thomas ab wie ein Paket, nur ein kurzes, müdes Winken, und das Tor fiel hinter ihm zu. Die kindliche Freude des Fünfjährigen, die Freude darüber, von Gott erwählt worden zu sein für den Weg zum Mönch, diese Freude wich auf dem Weg durchs Kloster einer einzelnen Träne, denn die Gänge in seine Zelle wurden immer enger, und in der Zelle, separiert von den einfachen Klosterschülern (die im Dormitorium schliefen), da sah das Adelskind Thomas nur ein einziges trauriges Fensterauge oben an der Wand, und es ahnte: Allein war es jetzt. Ganz allein. Menschenseelenallein.

Von nun an: Knien und Gehorchen und diese Ernsthaftigkeit, die an Thomas emporrankte, keine Spiele mehr, keine Albernheiten, keine Späße, kein Lachen, nur Wandeln, Händefalten, Beten, Schweigen. Aus und vorbei war es mit dem Knaben Thomas, der so gern über die Hügel lief, um Schmetterlinge zu fangen, was ihm nie gelang; der so gern auf dem Rücken lag und gen Himmel blickte und mit den Armen wedelte; der so gern mit den Geschwistern spielte und Quatsch machte, sang und lachte, ein glockenhelles Lachen durch die Sommermorgen seiner Heimat. Nein. Hier war es anders. Es kroch eine knöcherne Hand von tief unten aus der Erde herauf und drehte den kleinen Thomas auf links. Statt Sonne: Schatten. Statt offener Augen: gesenkte. Statt lachender Lippen: geschlossene. Kein reißender Strom der Freude mehr. Nur noch die reglosen Pfützen aus Stille. Nicht widersprechen. Er lernte rasch, was sich gehörte und was man von ihm erwartete. Bloß nicht auffallen, bloß den Blicken und Gedanken der Brüder entsprechen. Er fügte sich ein und betete, saß stille, lernte Lesen und Schreiben. Immer schön bei sich sein, bloß nie aus sich herausgehen, nur immer tiefer in sich hineingehen, Thomas gehorchte im Gleichtakt mit den übrigen Klosterschülern und folgte den langen, schwebenden Gewändern der Brüder: Ihre Füße schienen den Boden nicht zu berühren. Und die Erinnerungen an sein früheres Leben unter der fröhlichen Sonne Roccaseccas, sie verwelkten.

Dann aber, eines Tages, da fand der Kleine etwas. Zum ersten Mal in seinem Leben. Man schickte den Jungen ins Skriptorium, damit er den Brüdern über die Schultern schaue und etwas lerne. Etwa fünfzehn Mönche saßen, standen oder liefen umher, alle damit beschäftigt, Bücher herzustellen und sonst nichts. Der achtjährige Thomas fühlte sich vom ersten Augenblick an zu Hause. Der betörende Duft frisch geschöpften Hadernpapiers, süßlich beißend; die Tierhautpergamente, die noch ein wenig nach Verwesung rochen; die erkaltete Asche für die Tinte; rohes Leder und splittriges Holz an den Fingern; diese Klänge, die aus allen Ecken des Skriptoriums drangen: das Schaben des Pergaments, das Spleißen der Federn, das Raunen der Brüder, die Texte diktierten; die Üppigkeit der Ornamente in den entstehenden Büchern. Jene Ornamente sprangen Thomas sofort ins Auge, als er von Tisch zu Tisch eilte und jeder Bruder ihm erklärte, was er gerade tat: der Rubrikator, der wichtige Teile der Texte in roter Tinte schrieb; die Vorzeichner und Textgestalter, die auf Wachstafeln ausprobierten, wie sich die Schrift am schönsten in die Seiten schmiegte; der Illuminator, der Buchmaler, der Buchbinder, der Feinschmied für die Beschläge und die metallischen Schließen der Bücher. Vielleicht aber rührte Thomas' Begeisterung auch daher, dass sich jenseits der Sinne etwas anderes in ihm regte: der Verstand. Alles, was hier geschah, hatte eine Bedeutung, es war mehr als Tasten und Schauen und Riechen, es war mehr als das Eingewanden der Buchstaben in ihren Sonntagsstaat, nein, aus diesen Buchstaben erwuchsen Wörter und aus den Wörtern Sätze und aus den Sätzen Bücher:

fette Raupen aus Papier. Und Thomas ahnte: Diese Raupen könnten sich irgendwann zu Schmetterlingen entpuppen, Schmetterlingen namens Wahrheit und Sinn: Man müsste sie nur noch einfangen.

Und Thomas las. Wüst, ungeordnet, durcheinander, unausgegoren und ohne jede innere oder äußere Führung. Er verstand nicht wirklich etwas von dem, was er da las. Die altersgerechten Bücher und Heiligenlegenden für die Kindermönche in der inneren Klosterschule waren ihm zu langweilig. Da gab es nicht viel, an dem sein Verstand hätte nagen können. Nein, da hieß es abschreiben, lesen, auswendig lernen, herbeten. Thomas aber wollte richtige Bücher. Er wollte dasselbe lesen, was die Mönche lasen. Doch der Sinn all dieser Sätze war ihm vernebelt, und anfangs las Thomas nicht wirklich, er atmete die Worte vielmehr ein, noch ohne sie zu begreifen. Er musste Geduld haben. Doch wenn es eines im Überfluss gab, in diesem Kloster, dann war es: Zeit. So näherte sich Thomas den riesigen, unkindlichen Büchern über das Sinnliche, über die Schwere, über die verranzte Stickigkeit, über das Ritual des Öffnens der beiden silbernen Schließen, über den Buchdeckel, den er aufklappte, über die Wölkchen, die dem Buch entstoben, über das Ertasten der ersten Seiten. Thomas' Zeigefinger folgte den Buchstaben, als wandele er auf einem labyrinthischen Pfad und verfilze sich bei jedem Wortschritt nur noch mehr. Dieses Nachziehen der Ornamente mit den Kuppen, diese roten Hervorhebungen: Dort stehe das Wichtigste, hatte der Rubrikator Massimo ihm gesagt, dort stehe die Quintessenz, ein Wort, das Thomas noch gar nicht kannte, sich aber merkte, einfach weil es so schön klang: *quintessenza*. Das Begreifen geschah anfangs mit den Händen, noch nicht mit dem Kopf.

Von Monat zu Monat schuftete Thomas wie in einem finsteren, unterirdischen Bergwerk für Buchstaben, trug den unverständlichen Schutt beiseite auf der Suche nach irgendeiner glänzenden Ader, der er weiter folgen konnte, dem Zipfel von so etwas wie einer Ahnung. Und dann kam der Augenblick, da er zum ersten Mal in seinem Leben einen schwierigen, ausgewachsenen Gedanken von vorne bis zum Ende nachvollzog oder zumindest glaubte, ihn zu verstehen, und der zehnjährige Thomas stürzte hinaus an die Luft, weil er dachte, sein Kopf platze gleich aufgrund der Größe des geschnappten Gedankens, und er setzte sich über die Gebote des Schweigens hinweg, und er lief zu einem der Gärtnerbrüder, der still an einem Rosenbusch schnibbelte, einer jener Handvoll Brüder, die Thomas lieb gewonnen hatte inzwischen, und er rief ihn beim Namen, »Luca! Luca!«, rief er und war froh, dass es Luca war, dem er hier draußen als Erstem begegnete, Luca, der so still und gemütlich und mit bärenhafter Ruhe alle Dinge annahm, die da kamen, ohne den Versuch zu machen, irgendetwas ändern zu wollen, und Bruder Luca hielt inne, die Schere in der Hand, und er blickte auf den heraneilenden Thomas, runzelte die Stirn angesichts des Wortschwalls, der aus Thomas' Lippen flutete, und Luca seufzte kurz, sah aber mit mildem Lächeln auf die kindlich roten Wangen des Jungen hinab.

Er wisse jetzt, rief Thomas, er wisse jetzt wirklich und ganz genau und hiermit, Thomas deutete auf seine Schläfe, hiermit und nicht nur mit dem Herzen wisse er jetzt ganz genau, dass es einen Gott gebe. »Alle Menschen sind sich einig«, rief er. »Gott ist das vollkommenste Wesen. Das heißt: *Über* Gott kann es nichts anderes geben. Und wenn man zweifelt? Wenn man sagt: Gott existiert nicht wirklich? Gott gibt es nur in unserem Verstand? Gott ist eine Einbildung? Dann aber gibt es immer noch etwas Vollkommeneres! Vollkommener als der ausgedachte Gott ist der *wirkliche* Gott! Luca! Es stimmt! Es ist wahr. Aussage A: Gott ist das vollkommenste aller Wesen. Aussage B: Ein ausgedachtes

Wesen ist nicht vollkommen. Das heißt: Gott *muss* zwangsläufig existieren, um das vollkommenste aller Wesen zu sein. Und *dass* Gott das vollkommenste aller Wesen ist, darüber sind sich alle einig. Ist das nicht wunderschön?« Strahlend stand Thomas da und wusste nicht, wohin mit sich vor Glück.

»Der Beweis des Anselm von Canterbury«, sagte Luca. »Behalte ihn wohl.« Luca klopfte Thomas sacht auf die Stirn. Dann wandte er sich wieder den Rosen zu.

## 20

Später, sagte Thomas zu Stanley, habe er den Anselm-Beweis hinterfragt. Man könne nicht von etwas Gedachtem auf etwas Tatsächliches schließen. Aber er habe diesen Augenblick in seinem Leben niemals vergessen: Um etwas zu hinterfragen, müsse man es zunächst einmal ganz und gar verstehen. Das sei es, was er versucht habe, zeit seines Lebens. Den anderen Standpunkt vollauf vom anderen her zu sehen und nachzuvollziehen. Und erst dann mögliche Gegenargumente ins Feld zu führen. Ein lebenslanger Prozess. Erst vor wenigen Jahren, fuhr Thomas fort, habe er seine Kritik am Anselm'schen Gottesbeweis ein weiteres Mal revidiert. Er habe gesehen: Der Anselm-Beweis entspringe gar nicht der Vernunft, sondern sei in die Form eines Gebets gekleidet und hafte weit mehr am Glauben denn am Denken.

Stanley schwirrte ein wenig der Kopf. Er war froh, dass Thomas sich jetzt wieder sinnlicheren Themen zuwandte: dem Fressen, wie er selbst es nannte. Thomas' Hunger auf Erkenntnis fand eine frappierende Entsprechung in seinem Hunger auf Geflügel. Und auf Brot, Suppen, Pasta, Wurst, Gemüse, auf einfach alles, was in den Magen passte. Leider gab es im Kloster nur lachhafte Portiönchen, ein Bruchteil dessen, was er von zu Hause gewohnt war. Die Köchin in seinem elterlichen Schloss hatte ihn regelrecht gemästet. Oft genug hatte der kleine Thomas in der Küche um Leckereien gebettelt, die Köchin hatte ihm einfach nichts abschlagen können und immer nur gelacht: »Kinder, Kinder! Immer hungrig!« Weil Thomas das spärliche Essen im Kloster nicht reichte, unternahm er nachts heimlich Ausflüge in die Speisekammer und stopfte alles in sich hinein, was seine immer wulstiger werdenden Finger greifen konnten.

So wuchs Thomas heran, und als die Bücher aufgrund des Platzmangels langsam das Stehen lernten, weil man sie so einband, dass sie nicht mehr kippen konnten, da stand auch Thomas immer aufrechter im Gewitter der gelesenen Seiten. Aus ersten Ahnungen wurden Gewissheiten, und Thomas hing an diesen Gewissheiten wie an etwas, das er liebgewonnen hatte: Las er in einem anderen Buch etwas, das seine Gewissheit A in Frage stellen oder umstürzen wollte, wurde er zornig und verteidigte seine Gewissheit A im Kopf mit Klauen und Zähnen, er hatte sie schließlich gerade erst entdeckt. Wenn er aber merkte, dass Gewissheit A der Gewissheit B nicht standhalten konnte, ließ er mit Pauken und Trompeten Gewissheit B in sich einziehen, um sie nicht minder wild gegen eine bedrohlich heraufziehende Gewissheit C in Schutz zu nehmen. Besonders schöne Gedankengänge lernte Thomas auf der Stelle auswendig. Und wenn er im Rhythmus der Benediktiner alle drei Stunden in der Klosterkirche zum Gebet saß, konnte er zwei Dinge gleichzeitig tun: den Singsang der wundersam dunkelschönen Gebete mit klirrender Jungenstimme begleiten und zugleich auswendig Gelerntes innerlich repetieren. Genau das waren die Stunden, da er sich Gott am nächsten fühlte, wenn Gebete und Gedanken sich ineinanderwoben zu einem einzigen lichtsummenden Teppich.

Eines Tages schickte man Thomas wieder ins Skriptorium. Einige der Brüder litten unter Diarrhö, doch die Schriften mussten weiterhin kopiert werden, sodass Thomas endlich nicht mehr nur las, sondern den Worten eines Bruders lauschte, der ihm diktierte. Thomas brachte das Gehörte zu Papier, indem er sein Schriftbild den Wachstafelmustern anpasste. Durch das schreibende Einverleiben des in die Luft Gesprochenen verstand er die schwierigen Gedankengänge viel gründlicher als beim bloßen Lesen.

Fortan erwies sich Thomas als eifriger Kopist, dessen Handschrift klare Züge annahm, und das Kloster erschien ihm wie ein Geschenk des Himmels: Er hatte Wunderbares entdeckt, den unbedingten Drang, etwas zu verstehen, die ewige Suche nach dem Licht der Erkenntnis im Kampf gegen die Finsternis.

»Das«, rief Stanley plötzlich, »wäre auch jetzt hilfreich! Hier!«

»Ich bitte um Vergebung!«, rief Thomas und blieb stehen.

Auch Stanley musste innehalten. »Warum?«, fragte er.

»Habe *ich* etwa die ganze Zeit gesprochen?«

»Ja«, sagte Stanley.

»Aber ich rede eigentlich nie über mich.«

»Das ist dieser Erinnerungszwang. Der zum Reden verführt. Geht mir ähnlich hier drinnen.«

Doch Thomas schien erschrocken über sein langes Sprechen und bat Stanley, ihm die Last der Worte für eine Weile abzunehmen. Obwohl Stanley viel lieber weiter zugehört hätte, kam er der Bitte des anderen nach und sprach über das 20. Jahrhundert, über Flugzeuge, Eisenbahnen, Motorschiffe und über Raketen, die man ins Weltall schoss.

»Alles scheint immer schneller zu werden«, sagte Thomas.

»Das stimmt.«

»Und wohin eilen die Menschen in Ihrer Zeit?«

»Ich weiß nicht.«

»Sprechen Sie bitte. Und lassen Sie uns eine Weile verharren.«

Die Entdeckung Amerikas, die neuen Länder, die Politik, der Wandel der Gesellschaft, die Demokratie und vieles mehr. Noch einmal versuchte Stanley, auch über die wenigen Philosophen zu sprechen, zu denen er etwas Sinnvolles zu sagen wusste, und wenn es nur ein einziger Satz war, ob Albert Camus oder Ludwig Wittgenstein, er sprach über Literatur, über neue wissenschaftliche Errungenschaften, über Musik und Filme, auch über den Film, den er zuletzt gesehen hatte, *James Bond*, geschniegelter Agent mit der Lizenz zum Töten, 007 genannt, Sean Connery, so der Name des Schauspielers. Und Thomas hörte zu. Er sagte nichts. Er schien alles in sich aufzusaugen, ein dicker Schwamm.

Zu Beginn seiner Erzählung standen Stanley und sein Begleiter dort und rührten sich nicht. Im Verharren aber meldete sich wieder jenes dumpfe Gefühl in Stanley: Da nähert sich etwas. Aus der Dunkelheit. Da kommt etwas auf sie zu. Langsam. Und Stanley schüttelte sich. Nein, es war eher die Vorahnung eines Gefühls, der Kokon einer Angst. Doch Stanley wollte nicht warten, bis der Kokon platzte, er wollte wieder Stand gewinnen im Gehen: Und nach einigen Sätzen schon zog er Thomas wieder mit sich. In der Bewegung spürte er sofort Erleichterung und konnte ruhiger und genauer und ausführlicher erzählen.

Irgendwann, völlig erschöpft vom pausenlosen Reden, wollte Stanley seinem Begleiter wieder das Wort übergeben und sagte: »Wie schön es sein muss. Für Sie. Glauben zu können.«

»Es gibt nichts Schöneres.«

»Ist es ein Trost?«

»Es ist mehr als das.«

»Was ist es?«

»Eine vollkommene Sorgenfreiheit.«

»Wie ein Kind sich fühlt an der Mutterbrust?«

»Es ist die Gewissheit: Nichts Böses wird mir begegnen.«

»Aber Sie sagten doch, es gibt Dämonen? Wissen Sie, ich habe auch das Gefühl, da ist etwas. Da kommt etwas auf uns zu. Immer wenn wir stehen bleiben, denke, nein, fühle ich: Da nähert sich etwas. Aus der Dunkelheit. Deshalb bleibe ich lieber in Bewegung. Hier drinnen.«

»Der größte Dämon heißt: Ablenkung vom Wesentlichen. Sich nicht mehr auf das besinnen, worum es wirklich geht.«

»Und worum geht es wirklich?«

»Um die Glückseligkeit.«

»Da fällt mir ein: Wollten Sie nicht von Andra erzählen?«

## 21

Der überkluge Fünfzehnjährige musste gefördert werden: Er verstand Dinge, über die einfache Mönche nur die Hände des Gebetes zusammenschlagen konnten. Abt Sinibald schickte Thomas an die Universität nach Neapel zum Studium generale.

Und Thomas erlebte dort gleich zwei Revolutionen.

Zum einen: die Dominikaner. Bettelmönche. In einer Stadt. Etwas ganz Neues für Thomas. So müsste man leben, dachte er sofort. So wie diese Dominikaner. Die nichts hatten. Auf jeden Firlefanz verzichteten. Nur mit dem, was ihnen am Leib hing, strichen sie durch die Städte und bettelten. Von allen Sorgen befreit: Lilien auf dem Felde. Eine Gegen-, eine Jugendbewegung. Diese Überzeugungskraft! Dieses Unterweisen und Predigen! Diese blitzenden Gedanken und kochend heißen Worte. Die Dominikaner waren so gut darin: Die Menschen hörten viel lieber ihnen zu als den alten Pfarrern. Und die Weltgeistlichen fürchteten um ihre Stellung, denn sie lebten von den Kollekten, und wenn weniger Leute in ihre Kirchen kämen, bedeutete dies auch: weniger Geld. In Paris gab es wahre Hetzkampagnen gegen die Dominikaner. Der König musste Wachen vor das Hospiz St. Jacques platzieren, in dem die Dominikaner untergebracht waren. Dennoch: In Scharen liefen junge Männer und Frauen diesen Mönchen zu, auch viele Geistliche, ja, ein Großteil der Intelligenz sammelte sich bald schon im Bettelorden der Dominikaner.

Zum Zweiten: das Studium. Anfangs hatte Thomas die Gedanken in den Büchern einfach gelesen, still, für sich. Später waren ihm die Gedanken diktiert worden und er hatte sie aufgeschrieben. Jetzt aber lernten dieselben Gedanken fliegen und entflohen dem Staub der Bücher, wurden erklärt, erläutert, hinterfragt. Mit Hilfe seines Lehrers, des Iren Petrus von Hibernia, vertiefte Thomas sein Englisch, auch las er – auf Latein – Averroes, den großen Gelehrten der arabischen Welt, und durch Averroes und Petrus lernte er endlich den *Philosophen* kennen, wie er ihn später beinah zärtlich und ehrfürchtig nennen würde, seinen ewigen Freund und unzertrennlichen Begleiter: Aristoteles.

Und dieser Grieche war ein wilder Hund. Mit einem Faible für alle Sinne. Aristoteles erweckte den Leib aus seinem Dornröschenschlaf. Er weigerte sich, von der wahrnehmbaren Welt wegzusehen. Nein, lieber Platon, die Welt ist nicht nur Widerschein von einstmals geschauten Ideen, die Welt ist, was sie ist, ein Feuerwerk der Eindrücke, dem der Mensch sich zu stellen hat. Der Leib: Man kann nicht einfach so tun, als wäre er ein Klotz am Bein. Der Leib ist nichts, was der Geist sozusagen mit sich herumschleppt und der alles, was einst geschaut wurde, immer nur verzerrt, als wollte er dem Verstand beständig Streiche spielen! Der Leib ist kein dummer Junge! Nein, der Leib ermöglicht erst das Wahrnehmen! Die Sinne geben dem Verstand seine Nahrung. Nicht der Geist führt die Erkenntnis, sondern der Leib! Nur was in den Sinnen gewesen ist, kann in den Verstand gelangen. Ein Feuer ist ein Feuer, das brennt, lodert und schmerzt, wenn man hineinfasst. Weder Idee noch Symbol! Eine Brandblase existiert und schmerzt wirklich und wahrhaftig!

Die Kirchenoberen standen dem klebrigen Griechen skeptisch gegenüber. Noch dazu, da dieser Aristoteles erst über die Vermittlung von Muslimen in die westliche Welt gefunden hatte. Ohne diese Araber: kein Aristoteles. Das war den Oberen von Anfang an verdächtig. Nein, sagten sie, der Körper ist und bleibt ein unreiner Tölpel, nur die Seele ist rein, das sagt schon

Augustinus, und dieser im Staub der Erde kriechende Grieche Aristoteles ist als Freund des Leibes ein Feind der Kirche.

Thomas dagegen war Aristoteles von Anfang an verfallen. Die Bejahung der Natur! Die Bejahung der Schöpfung! Die Bejahung der Welt! »Jeder Irrtum über die Schöpfung«, schrieb Thomas später, »mündet in ein falsches Denken über Gott!« Wie aufregend wäre es doch, die Lehren des Aristoteles mit den Lehren der Bibel zu versöhnen, zu vereinigen?

Ja, alles verschmolz: Bettelmönche, Armut, Lernen, Denken, Predigen, Unterweisen, Aristoteles, Bibel, Geist, Körper, Sinne, Welt. Irgendwann war offensichtlich: Thomas trug die falsche Kutte! Er wollte, nein, er musste die schwarze Benediktiner-kluft ablegen und eintauschen gegen die schwarz-weiße Kluft der Dominikaner. Unbedingt. Lieber heute als morgen. Die Welt ist nicht nur schwarz. Sie ist schwarz-weiß. Es gibt nicht nur Verstand, Seele und Geist, es gibt auch die Sinne und den Leib. Ein Dasein als Benediktinerabt? Unvorstellbar für Thomas. Er wollte kein Kloster verwalten, er wollte ausschließlich lesen und studieren und vielleicht lehren, später. Die Aussicht auf all das aber würde er bei den Dominikanern finden. So hieß es: Wandel, Aufbruch, Neuanfang!

Drei Briefe schrieb Thomas an Mutter und Brüder (sein Vater Landulf war bereits verstorben), wagte aber nicht, einen dieser Briefe abzuschicken. Ihm war bange vor der vernichtenden Antwort. Lieber in aller Heimlichkeit die Familie vor vollendete Tatsachen stellen? Genau so geschah es: Nach einigen Jahren Studium schloss sich Thomas ohne einen Mucks dem Orden der Dominikaner an. Gerade mal neunzehn Jahre jung. Doch er wusste: Erführen Mutter und Brüder davon, wären sie außer sich vor Wut. Denn neben der Erfüllung einer Tradition gab es handfestere Gründe, weshalb Thomas später einmal Abt in Monte Cassino werden sollte: Einfluss, Macht und fette Pfründe.

Darauf zu verzichten würde seine Familie auf keinen Fall dulden. Auch der General der Dominikaner ahnte dies, und so schickte er den jungen, vielversprechenden Mitbruder zum Schutz vor der eigenen Familie klammheimlich fort, weit weg aus dem Dunstkreis dieses trockenen Felsens: Roccasecca. Doch den Spionen der Familie entging nichts.

## 22

Thomas wanderte mit vier seiner neuen Mitbrüder in Richtung Bologna. Sie waren auf den Rappen des Herrn unterwegs: in ihren Schuhen. Die Mönche machten Rast und lagerten an einer Weggabelung, bei der sich eine Quelle fand. Sie kühlten ihre Blasen. Wie köstlich schmeckte das frische Wasser und der Schinken, an dem ihre Zähne zupften.

Da sprengten zwei Reiter heran. Thomas stand auf und grüßte sie, freundlich winkend. Dann zuckte er zusammen: Es waren zwei seiner leiblichen Brüder, die sich anscheinend aufgemacht hatten, den abtrünnigen Thomas einzufangen: zum einen Rivaldo, niemand, der zu Gewalt neigte, eher ein musischer Mensch, der sogar mitunter Liebeslyrik verfasste; zum anderen Gino, kampferprobt und schwerttüchtig, an seinen Händen klebte schon Kriegsblut.

»Was wollt ihr hier?«, fragte Thomas verblüfft.

»Dich wollen wir!«, rief Gino.

»Mich?«

»Weil du zurückmusst.«

»Nein«, sagte Thomas.

»Doch. Du kommst mit!«

Sie banden seine Hände, und Thomas wehrte sich nicht, schaute nur auf das halb gegessene Stück Schinken, das zu Boden gefallen war und über das jetzt drei Ameisen krabbelten. Dieses Bild würde er nie vergessen: der Schinken mit drei Ameisen darauf, die leiblichen Brüder, die seine Hände fesselten, die verschreckten Dominikaner neben ihm, Thomas aber blickte seinen Bruder Gino an und fragte: »Kann ich das hier mitnehmen?«

»Was denn?«, fragte Gino wirsch.

Und Thomas deutete auf den Schinken.

Gino wollte lachen. Thomas aber blieb ernst. Da bückte sich sein anderer Bruder Rivaldo, hob den Schinken auf und legte ihn Thomas in die gebundenen Hände. Dieser nahm den Schinken an die Lippen und blies die Ameisen fort. Er sah zu, wie sie nach unten fielen, und dachte: In Relation zur Größe eines Menschen gleicht dieser Sturz der Ameisen einem Sturz aus tausenden von Metern Höhe. Doch die winzigen Ameisenkörper würden den Sturz ohne Zweifel überleben. Thomas dankte Rivaldo, biss in den Schinken und ließ sich abführen. Sie zogen ihm die Schuhe an, zerrten ihn auf ein reiterloses Pferd, und schon ging es schnellstmöglich zur Burg von Monte San Giovanni Campano.

Thomas wurde eingesperrt. So lange, bedeutete ihm Gino, bis er Einsicht zeige, seine Mutter um Verzeihung bitte und den ihm vorgegebenen Weg zum Benediktinerabt einzuschlagen verspreche. Thomas aber dachte nicht daran. Er lebte wochenlang in diesem Zimmer, sechs auf vier Meter, Fenster, Bett, Tisch, wandelte eilig auf und ab, in diesem fest umrissenen Raum. Ihr kennt mich nicht, dachte Thomas, ich werde euch zeigen, dass ich keinen Deut von meinem Pfad abweiche, ihr werdet euch wundern. Im Zimmer richtete er seine Sinne zunächst auf die äußere Welt, so klein sie auch war, auf jedes Körnchen und jedes Staubbällchen, er kratzte über das Holz von Tisch und Stuhl, strich durch die jeden Morgen gesäuberte Nachtschale, rollte den Teppich zusammen und wieder auf, schnupperte an Wänden, wärmte seine Finger am Kaminfeuer und an einer einzelnen Kerze. Nach vollkommener Inbesitznahme des äußeren Raums verkroch er sich in sich selbst. Das konnte er: sich in seinen Gedanken einrichten wie in einem Unterschlupf mit endlos vielen Winkeln, in denen immer Neues darauf wartete, gefunden zu werden. Er dachte und schrieb innerlich, formulierte in die Luft hinein, redete mit sich selbst, von seinen Lippen warfen sich memorierte Passagen aller möglichen Bücher und Vorlesungen, bis die fremden und eigenen Gedanken wie vielköpfige Lebewesen das Zimmer bevölkerten. Ja, er brauchte Ansprechpartner, er suchte den anderen Standpunkt, um den eigenen zu schärfen, er redete mit den Denkern, die er aus der Erinnerung des Gelesenen und Gehörten heraufbeschwor, er sprach zu Averroes, zu Sokrates, zu Platon, Augustinus und Dionysius Areopagita und wandte sich immer wieder Hilfe suchend an Aristoteles. Ein Gefängnis sollte das sein? Nein. Das Fremd- und Selbstgedachte als Grundlage für den Austausch mit anderen und für ein neues Denken, es hätte Thomas genügt, ein Leben lang.

Angesichts seiner stumpfen Sturheit brachten ihn die Brüder schließlich ins Heimatschloss nach Roccasecca. Die Mutter redete ihm zu, Thomas schüttelte den Kopf. Auch in seinem Elternhaus wurde der Dickkopf weggesperrt, ins Turmzimmer. »So lange«, sagte seine Mutter, »bis du zur Vernunft kommst. Schau. Wir wollen doch nichts Böses, nichts Unmenschliches, wir wollen nur dein Allerbestes, das haben wir immer gewollt. Du weißt es.«

Ein weiteres Mal in seinem Leben wurde Thomas jetzt etwas geschenkt: Seine Lieblingsschwester Lucilla lauschte an der verschlossenen Tür und hörte Thomas' in die Einsamkeit hinein gesprochenen Sätze, die er auch in Roccasecca von sich gab, und durch die antwortlosen Sätze geisterte für Lucilla eine solche Traurigkeit, dass sie Mitleid bekam und Angst, ihr Bruder könnte hier, ganz sich selbst ausgesetzt, den Verstand verlieren. Als sie ihm eines Sonntags das Essen brachte, blieb sie eine Weile stehen und beobachtete, wie Thomas das Brot gierig in sich hineinstopfte, und dann übertrat Lucilla das Verbot, sich an den Gefangenen zu wenden, und sie fragte ihn, ob es denn etwas gebe, was sie für ihn tun könne. Der Zwanzigjährige richtete den Blick auf seine Schwester, lächelte, dankte und sagte: »Tinte.«

»Tinte?«

»Und Papier.«

»Tinte und Papier?«

»Tinte und Papier.«

»Ich denke«, sagte Lucilla, »das wird sich einrichten lassen.«

## 23

Diese Dunkelheit, diese alles verschlingende, vollkommene Dunkelheit der Tinte, dieses rußige, tiefschwarze Gebräu. Diese Helle, diese alles eröffnende, vollkommene Helle des beigeweißen Papiers. Diese Verbindung. Die Verschmelzung von Schwarz und Weiß, Nacht und Tag. Sich tasten durch den Korridor des Nichtwissens, sich hangeln von einem Gedanken zum nächsten bis ins Licht. Wie aus dem kratzenden Kiel Buchstaben und Wörter und Sätze rankten. Wie das Schwarz leuchtete auf dem Untergrund. Wie schön, alles mitzuerleben, nein, es zu Tage zu fördern. Nicht mehr nur lesen und wiederkäuen, nicht mehr nur kopieren und nachvollziehen, nicht mehr nur zuhören und weiterdenken und in Frage stellen, nein, jetzt hieß es: schreiben und Neues erschaffen. Eigenes. Selbstgedachtes. Ohne die vorgefertigten Wachstafeln der Textgestalter. Lieber die eigene Wachstafel des Denkens füllen, aus alten Gedanken neue formen. Seite um Seite floss ihm aus der Feder. Wie schön sich die beschriebenen Blätter schichteten, links auf dem Schreibtisch. Wie schön auch, den Stapel der leeren Seiten zu sehen, Gefäße für alles, was noch kommen würde. Thomas angelte einen Gedanken nach dem nächsten, bis zum Morgengrauen und darüber hinaus, und als Lucilla ihm das Frühstück brachte, war die Tinte aus dem Rinderhörnchen verbraucht und die Kerze abgebrannt.

»Ich muss jetzt schlafen«, sagte Thomas. »Aber wenn du mir neue Tinte bringst, stehe ich auf ewig in deiner Schuld.«

Lucilla nickte.

Monatelang versteckte Thomas das Aufgeschriebene vor Mutter und Brüdern und packte die Papiere einfach unters Bett.

Eines Tages aber betraten Rivaldo und Gino das Zimmer, im neuerlichen Versuch, den sturen Bruder vom rechten Weg zu überzeugen. Sie ließen die Tür offen, denn die Luft war vom Denken und Schreiben ganz verschwitzt. Da pfiff ein lustiger Luftzug zwischen Fensterlücke und offener Tür und wirbelte ein Blatt aus dem Schatten des Bettes. Gino bückte sich erstaunt, hob es auf und las ein paar Sätze, ging in die Knie, entdeckte unterm Bett den dicken Stapel, holte alles ans Licht, kratzte sich am Kopf, und Thomas konnte seine Gedanken erraten: War dies der Grund, weshalb der Bruder so tapfer durchhielt? Fand er die Kraft für seinen sinnlosen Widerstand – im Schreiben?

»Was ist das?«, fragte Gino.

»Wege der Vernunft zum Glauben. Contemplari et contemplata aliis tradere. Betrachtung, Nachdenken, Kontemplation auf der einen Seite. Auf der anderen Seite: die Frucht der Kontemplation an die Menschen weitergeben. Das ist der Leitsatz der Dominikaner und einer der Gründe, weswegen ich zu ihnen gehören mag. Ich trachte nach lebenslangem Suchen und Studieren und Denken und Lehren und Verstehen. Das ist es, was ich will. Aufschreiben, was ich denke und weiß. Der Glaube an Gott, gesehen durch die Vernunft. Lasst mich bitte. Ich werde nicht abrücken von meinem Weg.«

Gino trat vor den Kamin und warf den Stapel in die züngelnden Flammen, die glücklich fauchten und sich mit Heißhunger über die neue Nahrung hermachten. Thomas stand stumm und wie gelähmt im Raum angesichts dieser Gedankenverbrennung.

Als alle Papiere vernichtet waren, fragte Rivaldo: »Kommst du jetzt bitte zur Vernunft, Bruder?«

Thomas presste die Hände zu Fäusten und sagte: »Gut. Ihr könnt die Papiere verbrennen. Ja. Ihr könnt die Tinte dahin zurückschicken, woher sie einst kam: aus der Asche. Aber ihr nehmt mir nicht meine Gedanken. Alles, was ich geschrieben habe, lebt weiter. In mir. Ich kann alles sofort noch einmal auf-schreiben. Wenn ihr mir meine Gedanken endgültig nehmen wollt, müsst ihr mir schon den Kopf abschlagen. Sonst ändert sich nichts.«

»Das werden wir sehen«, sagte Gino. »Wir haben uns etwas überlegt. Gleich wirst du Besuch bekommen.«

»Keine Folter wird mich von meinem Weg abbringen«, sagte Thomas, brach dennoch sofort in Schweiß aus, als sich das Bild einer Fingernagelzange in seinen Kopf schob.

»Nun«, rief der Bruder, »diese Art Folter, die dich erwartet, vielleicht doch.«

Damit verließen Gino und Rivaldo das Zimmer. Und Tho-mas trat ans Fenster. Er fühlte sich nackt und verlassen ohne die beschriebenen Blätter. Schon öffnete sich die Tür, und jemand betrat den Raum. Thomas wagte nicht, sich vom Fenster weg-zudrehen, aus Angst vor dem Folterknecht, den seine Brüder ihm schickten. Er fühlte, wie ein Mensch sich seinem Rücken näherte. Dann spürte er zwei Arme auf seinem dicken Bauch, die ihn von hinten umschlangen.

## 24

In diesem Augenblick stieß Stanley mit dem Fuß gegen ein Hindernis, ähnlich wie vorhin. Er wusste nicht, warum er wieder so überrascht war. Vielleicht war der Gedanke einfach zu unvorstellbar, dass auch das andere Ende des Tunnels versperrt sein könnte, doch Stanley knallte ein zweites Mal mit der Nase gegen eine Wand und hielt seine Melone fest, noch viel zu umnebelt von den Erzählungen seines Begleiters, um begreifen zu können, was hier gerade geschah. Er legte seine Hände ans Hindernis: eine identische Wand, exakt wie vorhin, und es brauchte eine Weile, ehe Stanley verstand: Sie waren gefangen, eingeschlossen in einem langen Gang mit zwei Grenzen, ein auswegloser Tunnel.

Eingang A war versperrt.

Und Eingang B ebenfalls.

Stanley eilte von einer Seitenwand des Tunnels zur anderen, fand aber keine Öffnung. Sie hatten den Hammer an der ersten Kopfwand liegen lassen. Stanley klatschte mit den Fäusten gegen die Wand und hörte sich um Hilfe rufen, in der Hoffnung, auf der anderen Seite könnte jemand stehen, aber die Wand schluckte seine Schreie, und keiner antwortete.

Gefangen jetzt.

Und wie er einmal als Junge zwei Tauben tötete, einfach weil es zu viele Tauben gab in der Gegend und weil alle sagten, es sei eine Plage und man müsse die Viecher vernichten, wo man sie finde. Die Tauben waren in eine Gartenlaube gehüpft und flatterten auf, als Stanley eintrat. Der Zwölfjährige schloss flugs die Tür hinter sich, griff nach einem Stock und raunte den Tauben zu: »Jetzt seid ihr fällig!« Wie ein wild gewordener Kricket-spieler hieb er durch die sinistere Luft, während die Tauben – konzentriert und ohne zu mucken – gen Decke flatterten, um den Schlägen zu entkommen. Stanley erwischte den Körper der ersten Taube mit voller Kraft und den Körper der zweiten nur halb. Überall stoben kleinste, weiße, flaumige Federn auf, als wollten die Tauben ihre Kleider abwerfen, um dem Feind die Sicht zu trüben, und wie merkwürdig: Die Tauben waren nicht etwa hässlich grau, sondern von wunderschönem Braun, und ihre weißen Federn bildeten wohl nur das Unterkleid. Die erste Taube taumelte getroffen gegen die Wand und blieb liegen, der linke Flügel seltsam verrenkt. Stanley ließ den Stock fallen, griff nach einem Holzbrett, setzte es der Taube an die Kehle, lehnte sich mit seinem ganzen Gewicht darauf und sah jetzt, dass es eine kleine Taube war, eine junge, schlanke Taube, mit glattem Gefieder, doch schon hatte die Taube aufgehört zu atmen, Stanley ließ das Brett fallen, er betrachtete die tote Taube, während die zweite Taube, ebenso klein und braun und schön, an der Wand entlangtrippelte und ein einziges Mal nur leise fiepte, in dem Augenblick, da sie über den Körper des toten Geschwisterchens hüpfte, um im Schuppendunkel zwischen dem Zeug einen Unterschlupf zu suchen. Stanley stürzte zurück ins Haus, wo er die nächsten zehn Minuten einfach nur atmete und die Bilder nicht aus dem Kopf bekam, die wirbelnden Federn, das Fiepen, das geschlossene Auge der toten Taube, das Lid über dem erloschenen Geist. Dann aber fragte Stanley sich, was die zweite Taube jetzt wohl machte, allein im Dämmer des Schuppens, zwischen dem Zeug? Ob sie noch einmal zu ihrem toten Geschwisterchen trippeln würde, in der Hoffnung, dass es noch lebte? Stanley schaffte es nicht, die zweite Taube allein zu lassen in ihrem Schmerz und ihrer Verwundung. Er lief noch einmal hinab. Tatsächlich, die zweite Taube hatte sich verborgen in der

Düsternis. Mit dem Stock stocherte Stanley sie hervor, und sie floh nur noch ansatzweise, sie schien genau zu wissen, was jetzt auf sie zukam, Stanley hatte sogar das Gefühl, die Taube bitte ihn um Erlösung, gefangen in der neuen Einsamkeit des geschwisterlosen Lebens und der Gewissheit, niemals wieder fliegen zu können mit gebrochenem Flügel und in Kürze sterben zu müssen, ja, ihm war, als recke die zweite Taube dem Mörder ihren Hals förmlich entgegen, sodass Stanley mühelos ein weiteres Mal mit dem Brett das Genick zerquetschte, und es gab kein Blut, nein, es hatte auch vorhin kein Blut gegeben, jetzt aber spuckte sich ein erbsenkleines, rotes, seelengleiches Kröpfchen aus dem Schnabel der Taube, blieb dicht vor ihr liegen, während das geschlossene Auge so friedlich aussah, so ausgeschlafen.

Im Haus wusch sich Stanley die Hände mit viel zu viel Seife. Und am Abend hörte er das suchende Gurren der Taubeneltern, auf dem Dach des Schuppens: Wo waren ihre Kinder, die sie während der Futtersuche im Schutz der Laube gelassen hatten, gefeit vor Falken und Feinden aller Art, nur nicht vorm schlimmsten Feind namens Mensch? Stanley hielt dieses Gurren nicht aus, und in der Dämmerung schlich er zur Laube und schob die toten Vogelkörper mit dem Fuß aufs Brett, brachte sie nach draußen und kippte sie vor den Schuppen, nur damit die Taubeneltern endlich zu suchen aufhörten. Zurück am Fenster sah Stanley zu, wie die Eltern den toten Kindern fernblieben und von oben zu ihnen hinabgurrten. Irgendwann reckten sie ihre Köpfe in die Luft, als wollten sie die Trauer verschlucken wie Brotkrumen, sie schnäbelten einander Trost zu und versuchten, die Erinnerungen an die Kinder aus ihren Taubenköpfchen zu *eliminieren*.

Stanley fasste sich jetzt mit beiden Händen an die Kehle, eng war ihm, und er lockerte die Fliege und zog sie aus, er warf sie von sich, hörte sie aber nicht auf dem Boden landen, hatte kurz das innere Bild vor Augen, die Fliege flattere mit Taubenflügeln in die Dunkelheit davon, und Stanley stellte sich neben Thomas.

»Sprechen Sie«, sagte Stanley, er ahnte, dass nur die Stimme des Begleiters ihm die wachsende Beklemmung nehmen könnte.

»Es besteht kein Anlass zur Sorge.«

»Warum nicht?«, rief Stanley. »Wir sind ans Ende gekommen. Zweimal. Es gibt weder Ein- noch Ausgang. Es gibt nur Wände.«

»Was bleibt, ist der Weg zum Loch.«

»Wie, zum Loch?«

»Wir sind an der rechten Seitenwand in Richtung A gegangen. Sie sind in ein Loch gefallen. Dann sind wir weiter der rechten Seitenwand gefolgt. Wir sind auf Grenze A getroffen. Von der Grenze A sind wir sodann in Richtung B gegangen. An der anderen Seitenwand des Tunnels. Jetzt sind wir auf Grenze B getroffen. Auf dem Weg hierhin fanden wir keine Ausgänge in den Seitenwänden und keine weiteren Löcher. Noch fehlt uns aber das Stück von hier bis zum ersten Ausgangspunkt unserer Wanderung. An der rechten Seitenwand entlang. Verstehen Sie? Vielleicht gibt es auf dem Weg dorthin einen Ausgang zur Seite.«

»Und was, wenn nicht?«

»Dann bleibt uns nur das Loch.«

»Das Loch?«

»Durch das Sie beinah gestürzt sind.«

»Ich weiß, welches Loch Sie meinen. Aber was wollen Sie mit dem Loch?«, rief Stanley.

»Wir müssen uns fallen lassen. In die Tiefe.«

»Na ja«, sagte Stanley, »selbst wenn wir den Mut dazu fänden, ich fürchte, da passen Sie gar nicht durch, Thomas!«

Stanley hörte jetzt ein seltsames Röcheln seines Begleiters. Lachte Thomas? Nein, es war kein richtiges Lachen. Wenn überhaupt, dann war es ein ansatzweises Lachen, eine Vorhut, der große Bruder eines Lächelns, das nur kurz anhielt, und Stanley dachte: Ich würde ihn zu gern einmal richtig lachen hören. Komplett albern, losgelöst, unkontrolliert, hemmungslos, den dicken Thomas von Aquin. Denn nach wie vor ist und bleibt es das Allerschönste im Leben, einen Menschen zum Lachen zu bringen.

Da sagte Thomas: »Mein Freund! Machen Sie sich keine Sorgen. Ich werde den Bauch einziehen.«

Je länger er darüber nachdachte, schien auch Stanley das Loch die einzige Chance zu sein, die ihnen blieb. Die Vorstellung, sich einfach so fallen zu lassen, in die völlige Ungewissheit hinein, glimmte immer noch tröstlicher als die Möglichkeit, an den Kopfwänden des Tunnels nicht weiterzukommen und hier, wer weiß, auf ewig gefangen zu bleiben und umherzuirren.

Stanley hakte sich bei Thomas ein und zog ihn zur rechten Seitenwand. Und Stanley setzte seine Schritte in die finster vor ihm liegende Zukunft, und die Gedanken in die licht hinter ihm liegende Vergangenheit. Er spürte eine sanfte Zunahme seiner Erregung. Vor dem Wort *Angst* scheute sein Kopf, aber der Atem ging ein wenig flacher jetzt, auch sein Herzschlag zog an. Zugleich aber freute sich Stanley auf ein neues Gespräch, auf die Antworten seines Begleiters, auf die Wärme, die in dessen Worten lag, und Stanley hatte das Gefühl, mehr noch als am Sinn der Worte hielt er sich am Klang der Stimme fest, der ihm auf seltsame Weise Mut zu geben schien, einfach weiterzugehen und auf dem Weg zu bleiben, auf diesem Weg hier, egal, was sie erwartete.

## 25

»Ich verstehe nicht, was hier geschieht«, sagte Stanley.

»Ich auch nicht.«

»Ich dachte, Sie wissen so viel.«

»Es gibt einiges, was der Mensch nicht wissen kann …«

»Ja?«

»… sondern nur glauben.«

»Zum Beispiel?«

»Denken Sie nicht, dass es für den Menschen etwas gibt im Leben, das nicht erkannt werden kann? Etwas, das nicht verstanden werden kann? Etwas Übernatürliches? Etwas Übersinnliches? Etwas, das unserer Vernunft, unserer Einsicht verschlossen bleibt? Zeit unseres Lebens auf Erden?«

Ja, das Übersinnliche, das Unerklärliche, sie mochten sich mittendrin befinden. Aber gab es nicht inzwischen so unglaublich viel, das sie ablenkte vom Gefühl der Verlorenheit? Stanley hatte sich an die wichtigen Stationen seines Lebens erinnert; er hatte seine Erinnerungen mit dem anderen geteilt; er hatte Thomas gelauscht; und sich ausgemalt, nein, vorgestellt, nein, geradezu gesehen und mit Haut und Haar durchlebt, was dem anderen geschehen und zugestoßen war. Vor allem aber versank er so gern in diese Gespräche mit Thomas, in den raschen Wechsel von Rede und Gegenrede, von Satz und Gegensatz, ins Hören, Überlegen und Antworten; immer wieder sammelte Stanley neue Gedanken, unsichtbare Regentropfen, so fern und fremd sie ihm auch schienen auf den ersten Blick: All das, was durch sie in seinem Kopf geschah, glich einer Befruchtung.

»Also?«, fragte Thomas noch einmal. »Etwas für uns Menschen Unerklärliches? Gibt es das?«

»Ja«, sagte Stanley. »Ich denke schon, dass es das gibt.«

»Und denken Sie auch, dass es eine Sehnsucht gibt im Menschen, genau dieses Unerklärliche verstehen zu wollen?«

»Auf jeden Fall.«

»Und nennen Sie mir ein Exempel für das Unerklärliche?«

»Zum Beispiel die Frage, was nach dem Tod geschieht.«

»Und ist es für den Menschen gut oder weniger gut, wenn das Unerklärliche verstanden wird?«

»Hm. Gut, würde ich sagen. Ja. Gut.«

»Also Sie wünschen sich eine Auflösung des Unerklärlichen?«

»Ja.«

»Ein Verständnis all dessen, was man nicht verstehen kann?«

»Ja!«

»Und wenn ich Ihnen sagen würde: Am Boden dieses Loches, auf das wir gleich stoßen werden, findet sich die Lösung all Ihrer Fragen: Würden Sie dann hinabspringen?«

»Ja«, rief Stanley, ohne zu überlegen. »Würde ich. Auf jeden Fall. Vorausgesetzt, Sie sagen mir, ich überlebe den Sprung.«

»So groß also ist Ihre Sehnsucht nach Auflösung des Unerklärlichen auf Erden?«

»Ja.«

»Egal, ob die dahinterliegende Wahrheit schön oder schrecklich ist?«

»Ja. Ganz egal. Hauptsache Gewissheit.«

»Gut. Ich komme später darauf zurück.«

»Herzlichen Dank auch!«

»Zunächst eine andere Frage, Mister Laurel: Wonach strebt der Mensch?«

»Nach dem ... Glück?«

»Sehr wohl«, sagte Thomas. »Nach Glückseligkeit.«

»Wenn Sie es so nennen wollen.«

»Und wie sieht sie aus, diese Glückseligkeit?«

»Ich würde meinen: verschiedenartig. Die schillernden Farben eines Regenbogens.«

»Wie schön. Können Sie Beispiele benennen?«

»Kinder, Gesundheit, Erfolg, Ruhm, Reichtum, vielleicht vor allem das Gefühl einer Sinnhaftigkeit dessen, was man tut.«

»Und was haben all diese Dinge gemein?«

»Sagen Sie doch einfach, worauf Sie hinauswollen! Ich bin keiner Ihrer Schüler, Mister Aquinas!«

»Entschuldigen Sie. Allen Zielen der menschlichen Glückseligkeit, die Sie genannt haben, fehlt eine einzige, wichtige Eigenschaft: die anhaltende Dauer. Alles fällt der Vergänglichkeit anheim.«

»So ist es.«

»Und flieht der Mensch von Natur aus den Tod?«

»Ja.«

»Ist er betrübt über ihn?«

»Ja!«

»Nicht nur in dem Augenblick, in dem er ihn sinnlich kommen spürt, sondern auch dann, wenn er über ihn nachsinnt?«

»Jaha!«

»Und ist *nicht zu sterben* für den Menschen eine Möglichkeit?«

»Nein. Jeder stirbt irgendwann.«

»Folglich kann der Mensch in diesem Leben, das mit dem Tod endet, auch niemals beständig glückselig sein. Weil am Ende einer jeden möglichen irdischen Glückseligkeit immer der Tod steht. Insofern liegt in jeder Vergänglichkeit immer die Vergeblichkeit.«

»Beständig?«, rief Stanley. »Wer redet von beständig? Glück als immerwährendes Licht würde blenden. Man braucht das

Unglück im Leben, um das Glück wieder neu schmecken zu können.«

»Woher wollen Sie das wissen?«

»Versteht sich das nicht von selbst?«

»Würden Sie sagen: Je mehr etwas begehrt und geliebt ist, desto mehr Schmerz und Trauer bereitet sein Verlust?«

»Ja.«

»Und die Glückseligkeit wird am meisten begehrt und geliebt?«

»Ja.«

»Und der Verlust der Glückseligkeit zieht also am meisten Trauer nach sich?«

»Ja!«

»In diesem Leben geht noch das letzte Glück verloren im Tod. Eine irdische Glückseligkeit endet immer in Traurigkeit. Es wird niemals ein vollkommenes Glück geben. Auf die Erde regnen allenfalls Glücksflöckchen. Aber dennoch liegt sie in uns, die Sehnsucht nach dem beständigen, ewigen, vollkommenen Glück. Wenn aber, sage ich Ihnen, Gott uns Menschen diese Sehnsucht gegeben hat, so wird er sie auch erfüllen.«

»Aber warum?«

»Weil Gott die Güte ist, weil er nur die Güte sein kann. Er wird uns nicht fallen lassen am Ende der Tage, er wird uns retten und zu sich führen, in die Ewigkeit. Wahre, beständige Glückseligkeit kann daher nur liegen in Gott.«

Stanley schwieg.

»Und jetzt erinnern Sie sich an das, was ich zu Beginn dieser Unterredung sagte.«

»Sie sagten viel, Thomas.«

»Dass der Mensch sich sehnt nach einer endgültigen Klärung all des Unerklärlichen.«

»Ich erinnere mich.«

»Und im Sein mit Gott, Mister Laurel, nach dem Tod, liegt nicht nur die ewige Glückseligkeit, sondern auch die Klärung dessen, was uns auf Erden unerklärlich scheint. Gott ist ewige Glückseligkeit und das Ende aller Geheimnisse. Daran glaube ich.«

Stanley dachte eine Weile nach, kratzte seine Gedanken zusammen und sagte dann: »Da hätte ich zwei Gegenargumente, mein lieber Thomas.«

»Und die wären?«

»Erstens könnte es sein, dass Ihr Gott gar nicht existiert.«

»Dann wäre das Leben lächerlich und sinnlos.«

»Absurd«, sagte Stanley. »Genau. Das sagt auch ein gewisser Albert Camus, wenn ich mich nicht irre. Ich erzählte vorhin kurz von ihm. Das war der mit dem *Sisyphos-Mythos*.«

»Wenn Sisyphos an der Spitze des Berges angelangt ist, so muss er den Stein nur einfach weiterrollen.«

»Weiterrollen?«

»Ja. Weiter. In die Höhe. Zu Gott. Er muss nur daran glauben, dass der Weg ihn trägt. Und zweitens?«

»Zweitens ist Ihre Aussage, Gott sei Güte, nichts als eine Behauptung. Angenommen, es gibt einen Gott, so könnte er auch böse sein, oder nicht? Ein perfider Ungeist, der Wünsche in uns Menschen schürt, Wünsche nach ewiger Glückseligkeit und nach endgültiger Erklärung, und dann, peng!, lässt er unsere Wünsche am Ende platzen wie Luftballons, also wie Blasen aus Seife, wenn Sie so was kennen. Dann wäre die Welt geschaffen von einem hinterhältigen Teufel, der uns täuscht.«

Stanley merkte, wie Thomas tief Luft holte, anders als sonst, laut, erregt, und Thomas blieb stehen, nahm den Arm aus Stanleys Beuge, legte ihm die Hand fest auf die Schulter, zwang Stanley auf diese Weise dazu, ebenfalls stehen zu bleiben, und von allen Seiten bedrängte Stanley sofort diese unbehagliche Anwesenheit von etwas, und das Schwarz wurde dichter, greifbarer, erstickender.

»Irrlehre!«, rief Thomas, und er rief es auf brachiale Art, in einer Lautstärke, die Stanley zusammenzucken ließ. »Entsetzliche, gefährliche Irrlehre! Sind Sie etwa ein Manichäer?«

Und Stanley sagte kleinlaut: »Ein bitte was?«

## 26

Schon wurde Stanley weitergezogen, und Thomas ging jetzt erheblich schneller als vorhin, seine Schritte verloren jede Vorsicht, er eilte voran, und währenddessen redete er wie entfesselt. Eine solche Wucht und Verve hätte Stanley seinem Begleiter gar nicht zugetraut. Bislang hatte Thomas in einem brummenden Säuseln gesprochen, fast einer Geistseele angemessen, dachte Stanley, ein Schweben auf samtenen Sohlen, jetzt aber sorgte das Wort *Manichäer* für vehementes Brodeln. Schon nach wenigen Sätzen klangen Stanley die Ohren. Dieser Thomas von Aquin musste mit jeder Faser ein Prediger und Lehrer gewesen sein, an Universitäten und Klosterschulen, ein feuriger Kämpfer für den Glauben und für das fremd- und selbstentfachte Denken. Stanley spürte neben sich die wilden Gesten der einzigen freien Hand, die dem Denker fürs Dirigieren der Dunkelheit blieb. Das heftige Zucken des eingehakten Arms, der ans Freie wollte, malte ein Bild in Stanleys Augen: der Lehrer Thomas, am Katheder stehend, seine Worte mit raumgreifenden, beidhändigen Gesten schmückend. Er ist Neapolitaner, dachte Stanley plötzlich. Nördlich von Neapel geboren. Das heißt: im Grunde genommen Süditaliener. Ein südländisches Temperament! Welch Kontrast zur sanftmütig-geduldig-gelassenen klösterlichen Welt. Ein süditalienischer Mönch, dachte Stanley, welch schöne Figur für einen Film.

Manichäer, Manichäer, sein Leben lang hatte Thomas gegen die Manichäer gekämpft, gegen diesen Irrsinn, er konnte es nicht anders nennen, gegen diese Menschen, die allen Ernstes die Welt als Kreation eines Gottes ansahen, der auch das Böse gewollt hatte. Diese Erzfeinde des Christentums. Diese plumpen Nichtdenker, die glaubten, die Natur könne verkommen sein! Aber nein, nein, nein! Gott kann unmöglich etwas Schlechtes erschaffen!

Und einmal saß Thomas bei Ludwig dem Neunten, später Ludwig der Heilige genannt, ein süffisanter Tatmann, der aber jede Form des Scharfsinns bewunderte, und Thomas hatte die Einladung unwillig und nur aus Höflichkeit angenommen, weil ihn Oberflächen immer abschreckten. Allein die protzigen Gebäude, die in Paris zu dieser Zeit errichtet wurden: Als ein vom Hof geschickter Empfangsbote ihm zurief, wie herrlich es sein müsse, dies alles zu besitzen und Herr über diese Stadt zu sein, da entgegnete Thomas trocken, er hätte statt all dieser Gebäude lieber die Handschrift des Chrysostomos über das Evangelium des heiligen Matthäus, denn eine Stadt sei Zeichen des Zeitlichen, und wenn man am Zeitlichen hänge, bleibe einem nichts für das Ewige.

Der geduldige, zurückhaltende Thomas ließ das Essen inmitten der Höflinge über sich ergehen, immerhin *fressen* konnte er hier. Das war nicht das Schlechteste. Während er fraß, achtete er nicht sonderlich auf das Geschwätz des Trosses, sondern tat, was er gerne tat, wenn ihn seine Pflichten in den Kreis der Denklosen führte, Thomas drehte ab nach innen, in die unermesslichen Räume seines Kopfes, durch den er in Begleitung seiner Philosophen und Vordenker streifte, überall gab es Neues und Altes, eng verwoben, Thomas dachte einfach immer, und so dachte und fraß Thomas still vor sich hin, alle hatten fast vergessen, dass er überhaupt anwesend war, doch da wummerten plötzlich seine kolossalen Fäuste auf den Tisch. Sofort kehrte Stille ein. Thomas sprang auf, er warf im Aufspringen mit seinem dicken Bauch unabsichtlich den Tisch um, und all diese kostbaren Speisen und Getränke polterten zu Boden. Ehe die

Wachen herbeilaufen und schauen konnten, welch Geisteskranker hier für Tumulte sorgte inmitten der Festlichkeiten, da rief Thomas schon, als wäre er allein, und er war es auch, denn völlig vergessen hatte er alles um sich her, da rief er also: »Das wird die Manichäer vernichten!«

Der Prior, der neben Thomas saß, murrte leise: »Ihr seid am Hof des Königs! Reißt Euch gefälligst zusammen!«

Alle schauten zum König, gespannt, wie dieser auf den Ausfall reagieren würde. Ludwig der Heilige stand auf, wahrte Ironie und Höflichkeit und sagte: »Bringt dem Denker eine Tafel, damit er sein Argument gegen die Manichäer aufschreiben kann!«

Nein, nein und dreimal nein, das Lob des Lebens, der Natur und der Sinne und der Körperlichkeit, das Lob Gottes und dessen, was Er geschaffen hat, das Lob des Seins und der Wirklichkeit und der Abgesang auf alles, was diese Schönheit der ewigen Wahrheit in den Dreck und die Niederungen des Bösen zerren will. Was an der Natur kann schlecht sein? Was an der Schöpfung? Nichts! Er sah, dass es gut war: Wie oft steht dieser Satz in *Genesis*? Gut ist das Geschaffene. Böse kann nur der menschliche Umgang damit sein.

Und weiter: Gott hat alles erschaffen! Aus dem Nichts. Alles, was aus Nichts erschaffen ist, kann auch ins Nichts zurückfallen. *Kann*, wohlgemerkt, kann, aber die Güte Gottes ist unermesslich! Nein, die Güte lässt nicht zu, dass auch nur eine seiner Kreaturen ins Nichts zurückfällt. Allesamt werden sie aufgefangen. Nichts vergeht. Aus geschmolzenen Pflanzen erwachsen neue Bäume. Ein Tier wird vom anderen gefressen und lebt in ihm weiter. Nichts versinkt im Morast des Nichts. Nichts wird vergessen werden, schon gar nicht der Mensch! Nichts wird zerfleddert werden, abgestoßen oder verbannt, weder Leib noch Geistseele, die Rettung naht, denn alles ist gut, alles muss gut sein, etwas anderes ist nicht möglich, Gott ist die Güte, er muss die Güte sein, denn ansonsten wäre alles nichts.

»Siehst du, was ein wenig Güte ausmacht?«

»Wie bitte?«, fragte Thomas.

»Das sagt schon Ollie in unserem Film *Brats*!«

Stanley wunderte sich, wie sehr er im Gehen, Hören und Sprechen die Dunkelheit vergessen hatte, die ihn die ganze Zeit über umgab. Vielleicht, dachte Stanley, liegt es daran, dass ein Mensch sich an alles gewöhnt, auch an die schrecklichste Finsternis.

Dann prallte Stanley zum dritten Mal gegen eine Wand. Aber das konnte nicht sein. Das durfte nicht sein. Sie hatten das Loch, durch das Stanley vorhin beinah gestürzt war, noch gar nicht erreicht. Sie konnten unmöglich über dieses Loch hinweggeschwebt sein. Und die Strecke, die sie soeben zurückgelegt hatten, schien Stanley viel kürzer als auf dem Weg von der ersten Kopfwand zur zweiten. Dieser Tunnel: Er veränderte sich? Er blieb nicht, wie er war? Mal gab es ein Loch, mal nicht? Er und Thomas: Gefangene in einem Raum, dessen Kopfwände Stück für Stück zusammenruckten und enger wurden, bis, ja bis was? Bis sie zerquetscht wären? Wände nähern sich, ein Loch taucht auf und verschwindet? Atmete das alles nicht den trügerischen Duft von Halluzinationen? Aber nein, Halluzinationen sind versteckte Wünsche. Der Verdurstende in der Wüste sieht die eingebildete Oase, weil er sich so sehr danach sehnt. Aber hier? Eine solche Dunkelheit konnte keine Sehnsucht sein! Oder doch? Nicht zu sehen bedeutet auch: nicht gesehen werden. War das etwa Stanleys Wunsch? Stanleys Sehnsucht? Endlich einmal nicht gesehen zu werden? Nicht in einem Film stehen? Nicht der Leinwand ausgesetzt? Nicht Millionen von Blicken? Endlich zurückgeworfen auf sich selbst? In absoluter Augen-Stille?

Stanley hielt das Zickzack seines Denkens nicht mehr aus,

nein, er musste etwas tun. Sofort. Jetzt. Genug geredet. Genug gehört. Genug gedacht. Die Zeit der Tat brach an. Die Zeit der Entscheidung. Stanley drehte sich von der Wand fort und wandte sich noch einmal zu Thomas neben ihm, er vermeinte, ein Keuchen zu hören, dann aber lief Stanley los. Einfach so. Ohne ein Wort des Abschieds. Er lief zurück. In die Richtung, aus der sie gerade gekommen waren. Thomas rief ihm seinen Namen hinterher, ein paarmal, die Rufe wurden leiser, dann Stille, nur noch die eigenen eilenden Schritte.

Stanley lief, so schnell er konnte, er wollte nicht länger dieses Schattendasein fristen. Er wollte endlich wissen, was hier wirklich los war. Und stürzte ins Schwarz hinein, wollte ungebremst gegen die Kopfwand knallen, gegen die innere und die äußere. Sein Bewusstsein löschen. In eine Ohnmacht der Erleichterung sinken. Es würde ihm guttun. Stanley versuchte, die Richtung beizubehalten und geradeaus zu spurten. Das war schwierig, ohne Licht. Als er mit dem Ellbogen die Seitenwand streifte, korrigierte er die Richtung und steuerte wieder zur Mitte des Tunnels. Er lief ohne Halt und Schutz und Vorsicht und ohne Angst vor dem, was ihn am Ende erwartete, am Ende, am Ende.

## 27

1932 hatte Stanleys Feuer Hal Roach noch überzeugen können, aus rein gar nichts einen Film zu drehen.

»Worum geht es im neuen Film?«, hatte Roach gefragt.

»Um ein Klavier.«

»Ein Klavier? Und weiter?«

»Wir tragen das Klavier eine lange Treppe hoch.«

»Ja, und?«

»Sonst nichts.«

»Und das soll die Idee sein?«

»Je einfacher die Idee, umso besser.«

»Aber *ich* muss das bezahlen, Mister Laurel.«

»Je einfacher die Idee, umso mehr Freiheiten lässt sie uns.«

»Ein Klavier?«

»Ein Klavier.«

»Und eine Treppe?«

»Eine Außentreppe. Hoch hinauf. Zu einem Haus. Hier. In L.A. Mindestens hundert Stufen, Mister Roach.«

»Und wieso sollte das komisch sein?«

»Das«, sagte Stanley, »sehen wir, wenn wir vor Ort sind.«

Stanley setzte die größte Pointe genau in die Mitte des Films: Nachdem Stan und Ollie fünfzehn Minuten lang das Klavier zahllose Treppenstufen hochgeschleppt hatten; nachdem schiefgegangen war, was nur hatte schiefgehen können; nachdem das in einer Holzkiste steckende Klavier etliche Male unter Glockengetöse die Treppen heruntergerutscht war wie ein Schlitten im Schnee; nachdem Stan und Ollie – zehn Jahre vor Veröffentlichung von Camus' *Der Mythos des Sisyphos*, wie Stanley später errechnete – das zu Tal gestürzte Klavier immer wieder und immer und immer und immer wieder den Berg hinaufgeschoben und gewuchtet hatten; nachdem sie das Hinauftragen und Hinunterrutschen so lange *gemolken* hatten, wie es nur irgend ging; und nachdem sie – endlich! – ihr Ziel erreicht hatten und oben standen, vor der Wohnungstür; ja, in genau diesem Augenblick, da sie nur noch hätten klingeln müssen, um das Klavier abzugeben, da tauchte der Postbote auf und fragte belustigt, weshalb sie denn das Klavier die Treppen hochgeschleppt hätten? Es gebe doch eine befahrbare Straße hinterm Haus! Sie hätten das Klavier mühelos dort hochkutschieren können! Und Stan und Ollie schauten sich an, und Ollie fragte: »Warum haben wir nicht vorher daran gedacht?« Und die beiden nahmen nun ganz selbstverständlich das Klavier und trugen es wieder die Stufen hinab, um es auf die Kutsche zu laden und von ihrem weißen Klepper die treppenlose Straße hochziehen zu lassen, so wie es sich von Anfang an gehört hätte.

Und das Ende, dachte Stanley jetzt, während er durchs Dunkle lief, der Anfang vom Ende, als er und Ollie, berühmte Stars inzwischen, Hal Roach den Rücken kehrten, in den 40er Jahren, nach auszehrenden Streitigkeiten, und sich *20th Century Fox* anschlossen. Doch der Vertrag beraubte Stanley jedweder künstlerischen Freiheit. Er konnte nicht mehr eingreifen in die Filme. Er musste sich den Plänen der Produzenten und Regisseure und Drehbuchschreiber unterwerfen. Es fing damit an, dass sie ihnen die Melonen stahlen und Stanley das alterslose Kind abschminkten, das Unschuldige, das Blasse, das Weiße. Sie versuchten, aus ihm einen Schauspieler zu machen. Aber er war kein Schauspieler, er war ein Clown. Immer noch. Ein Pantomime, kein Mime. Die Filme wurden farblos und leer ohne seinen Humor, uninspiriert. Statt grenzenloser Freiheit ihrer Improvisationen war nun alles schriftlich festgelegt und musste abgespult werden, nicht mehr gespielt. Keine Filme mehr, nur noch Streifen! Schaler Aufguss. Der Versuch einer Zähmung von etwas, das nur in spontaner Entfaltung atmen kann. Die Zuschauer, Stanley war sich sicher, sie schauten diese Streifen nur aus dem Gefühl einer Reminiszenz, aus dem Echo ihrer Erinnerung an bessere Tage, sie schauten nur, weil sie Stan und Ollie immer noch liebten für ihre früheren Filme.

Und dann ließen sich die beiden ein allerletztes Mal auf ein Projekt ein: *Atoll K*. Im Jahr 1951. Dieser Inselfilm. Obwohl Stanley das Skript umarbeiten durfte, wollte der Film einfach nicht gelingen. Bei den Dreharbeiten lief allerhand schief, und Stanley erkrankte schwer, die Aufnahmen dauerten ganze neun Monate statt der geplanten drei. Stanley verstand während des Drehs ganz genau: Das war es jetzt. Schluss. Ende. Aus. Ihr letzter Film. Nichts geht mehr.

»Ich werde diesen Film nicht anschauen«, sagte er zu Oliver.

»Sei doch nicht immer so streng zu dir. Vielleicht ist der Film ganz in Ordnung.«

»Nein. Es ist vorbei, wir sind am Ende.«

Am Ende, dachte Stanley. Und entfernte sich vom Set, unendlich traurig, spazierte tiefer ins Landesinnere jener Insel Borneo, auf der sie den Film drehten, er suchte Zerstreuung und ging Richtung Dorf, in dem einige hundert Ureinwohner lebten: sogenannte Dayak. Im Dorf sah Stanley drei große Lagerfeuer, hörte Stimmen, Gesang und Musik, Menschen tanzten, kleine Menschen, bunt gekleidet, fröhlich. Offenkundig platzte Stanley mitten in ein Fest. Über den Feuern knisterten immense Fleischstücke an Spießen, Fett troff in die Flammen. Und diese Freundlichkeit der Menschen: Stanley wurde sofort eingeladen, man brachte ihm ein Stück Ochsenlende und ein Getränk, das er nicht kannte, er sagte, er wolle nicht stören, aber man forderte ihn mit wilden Gesten auf mitzufeiern, und Stanley mochte nicht unhöflich sein, er ließ sich nieder, aß, trank.

Irgendwann zog man los, Prozession, ein Stückchen in den nahen Wald hinein. Ein großgewachsener Dayak hakte sich bei Stanley unter, Stanley hatte keine Ahnung, was hier geschah und aus welchem Anlass überhaupt gefeiert wurde. Der Mann neben ihm konnte sich nur mühsam verständlich machen, er sprach immerhin ein paar Brocken Englisch. Alle waren fröhlich aufgekratzt. Sie erreichten eine festlich geschmückte Lichtung. Jetzt erst sah Stanley die Schaufeln. Ein Mann und eine Frau, ähnlich alt wie er selbst, sie ergriffen die Schaufeln und gruben und warfen den Dreck hinter sich. Sie graben ein Grab, dachte Stanley, so wie ich selbst einst, ein Grab, für meine Frau Vera, damals.

Der Mann und die Frau gruben immer tiefer, bis sie endlich Schreie ausstießen und ins Loch sprangen und aus dem dunklen Loch Gebeine ans Licht bargen. Ja, es war tatsächlich ein Grab, aber kein frisches Grab, sondern ein Grab, in dem schon jemand drinnen lag, seit langer Zeit offensichtlich: Knochen um Knochen wurden aus der Tiefe geborgen und auf ein großes, buntes Tuch gelegt, und Stanleys Herz zog sich zusammen, denn die Knochen waren entsetzlich säuglingshaft vollkommen winzig; der Schädel, der zuletzt ans Licht kam, nur ein Köpfchen. Bottiche mit Wasser wurden jetzt herbeigeschleppt. Man tunkte die Knochen hinein. Der Mann und die Frau beugten sich darüber und wuschen sie, rückten mit dem Wasser den Knochen zu Leibe, säuberten einen nach dem anderen, sorgsam, Erde, Staub und alle Überreste wurden weggeschrubbt. Die Knochen wurden aufs Tuch gelegt, bis am Schluss das gesamte Skelett ihres Kindes kreideweiß und feucht schimmerte. Stanley erfuhr später: Das Kind war vor zwanzig Jahren gestorben. Die Dayak pflegten den Brauch, ihre Verstorbenen zwanzig Jahre nach dem

Tod aus den Gräbern zu bergen, sie vom letzten Dreck des Irdischen zu reinigen, um ihre Geister endgültig fürs Jenseits zu befreien. Der Staub von zwanzig Jahren dämpfe das Andenken an die Toten, hieß es, doch das Andenken an die Toten dürfe niemals ersticken. Ganz am Ende lag das getrocknete Knochenkind im Schrein vor dem Haus der Eltern, hübsch zurechtgemacht, ein geordnetes Skelett. Und Stanley dachte, vollkommen sinnlos: Weshalb sind die Knochen immer noch so klein? Weshalb sind die Knochen unter der Erde nicht weitergewachsen? Und dann weinte er. Seinen eigenen Sohn, beim Tod nur neun Tage jung, hatte er damals einäschern lassen, vor zwanzig Jahren. Stanleys Dayak-Begleiter legte ihm den Arm auf die Schulter, lächelte und sagte: »No, Mister! No sad! Little child free now!«

Als Stanley wieder gesund war und die Dreharbeiten zu *Atoll K* mühsam zu einem Abschluss gebracht wurden, wollte er sich zur Vernunft ziehen: Ja, sie hatten *Atoll K* in Marseille gedreht und nicht auf Borneo! Ja, im Mittelmeer gab es keine Ureinwohner, die er hätte treffen können! Ja, Stanley hatte überaus hohes Fieber gehabt, Schüttelfrost und halluzinatorische Wahnvorstellungen! Ja, er hatte diesen Brauch des Knochenwaschens nur aufgeschnappt! Ja, ein derber Seemann am Nebentisch einer Marseiller Hafenkneipe hatte ihnen davon erzählt! Ja, das mochte alles so sein, ja, es mochte für alles eine Erklärung geben, dennoch, es fühlte sich anders an für Stanley. Es fühlte sich an, als hätte er das Knochenwaschen selbst miterlebt und mitdurchlitten. Auf welche Art auch immer: Er war dabei gewesen, vielleicht nicht körperlich, aber irgendwie anwesend, ja, anwesend, das war das Wort, anwesend.

## 28

Stanley fragte sich im Laufen, wie dunkel es in so einem Grab sein mochte? So dunkel wie hier? Im Tunnel?

Und dann rammte er die Kopfwand.

Die Wucht des Aufpralls traf ihn hart.

Stanley taumelte zurück, griff nach hinten, verlor das Gleichgewicht, sackte zu Boden, jedoch kein Schmerz, keine Bewusstlosigkeit, keine Ohnmacht, nichts. Nur allein, furchtbar allein. Ich habe ihn einfach zurückgelassen, dachte Stanley und wusste nicht mehr, weshalb überhaupt. Ohne Thomas lag er dort. Thomaslos. Nur noch er selbst. Hier, auf dem Boden, wie eine gekippte Schildkröte, da gab es keinen Partner mehr. Nur noch der eigenen Wahrnehmung ausgesetzt, ohne Gegenüber, ohne tröstende Kraft einer anderen Stimme, eines anderen Ohrs, das ihn und seine Worte und Anwesenheit auffing. Ohne den anderen war Stanley nichts hier drinnen. Ohne den anderen würde ihn die Finsternis in kurzer Zeit zermalmen oder verschlucken oder ganz beiläufig einatmen.

Und wie er, Stanley, ganz allein, im Leben nach dem Tod, im Leben nach Oliver Hardys Tod, wie er, Stanley, jeder Bühne, jedem Filmset ferngeblieben war. Doch eines hatte Stanley die ganze Zeit über nicht lassen können: das Schreiben. Sketche, Szenen, Nummern, lustige Dialoge. Und auch nach Oliver Hardys Tod schrieb Stanley alles, was er schrieb, immer nur für Stan & Ollie. Er konnte nicht anders. Ein Solostück? Niemals. Nein, er schrieb ausschließlich für sie beide, er schrieb für das unzertrennliche, nur durch Ollies Tod gesprengte Paar, er schrieb in die Vorstellung hinein, Ollie wäre noch da, noch anwesend, noch bei ihm, ja, Stanley schrieb in der Gewissheit: All diese Sketche werden niemals aufgeführt in der Wirklichkeit, sie sind nur Trost und Futter für den eigenen Kopf.

Stanley tastete nach seiner Melone. Fand sie. Setzte sie auf. Sprang hoch. Lief zurück. Dorthin, wo er hergekommen war, zu Thomas, zu *seinem* Thomas. Spürte immer noch keinen Schmerz, weder an der Stirn noch am Rücken. Ab und an rief er den Namen seines Begleiters und wusste nicht, wann er mit einer Antwort rechnen könnte. Stanley hatte die Zeitorientierung verloren, er stieß wieder an eine Seitenwand, blieb diesmal dort, ließ die Hand beim Rennen über die nackte Glätte streifen, und dann hörte er endlich seinen Namen aus der Dunkelheit, einige Male, »Mister Laurel!«, immer näher, immer lauter werdend. Stanley antwortete sofort, und das kurze Duett der Rufe führte ihn zu Thomas. Er drosselte die Geschwindigkeit, spürte keinerlei Atemnot, die letzten Rufe, wenige Meter entfernt, noch einmal sagte Thomas »Mister Laurel!«, dicht vor ihm schon, Stanley antwortete, machte den letzten Schritt, tastete sich in Richtung der Stimme, da war er wieder.

»Thomas?«

»Warum sind Sie weggelaufen, Mister Laurel?«

»Ich wollte Gewissheit. Gewissheit darüber, wo wir hier sind.«

»Aber das habe ich Ihnen doch des Öfteren zu erklären versucht, Mister Laurel.«

»Ich würde ja gerne das glauben, was Sie glauben, Thomas, aber ich kann es nicht.«

»So lernen Sie es.«

»Und wie soll das gehen?«

»Wenn ich Ihre Filme recht verstehe, würde ich sagen: Ein wenig Stan würde Stanley ganz guttun.«

Stanley lächelte kurz, dann sagte er leise: »Ich will nicht tot sein. Noch nicht. Nicht jetzt.«

Thomas schwieg.

»Wussten Sie«, sagte Stanley, »dass ich selbst schon mal in einem, na ja, in einem Grab gelegen habe?«

»Wie kann das geschehen sein?«

»Ich wollte meine Frau umbringen. Vera. Im Rausch. Und dachte: Bevor ich sie töte, buddel ich lieber erst mal das Grab. Im Garten. Damit ich nachher weiß, wohin mit der Leiche. Aber ich war so betrunken, dass ich selbst reingefallen bin. Ins tiefe Grab. Wer andern eine Grube gräbt ... Und dann liege ich da unten. Auf dem Rücken. Schau raus. Aus dem Grab.« Stanley machte eine Pause. »Und ich ... ich liege da. Und fühle plötzlich genau, was mir bevorsteht. Im Tod. Eine wilde Angst. Eine Angst vor dem Sterben. Im Delirium. Da unten. Klare Aussicht auf die Stunden, Minuten, Sekunden vor dem Tod. Ich schreie, ich weine, ich klammere mich ans Leben, ich will, ich kann nicht loslassen, ich strample, ich schlage um mich, ein Japsen, ein Zappeln.«

»Ich verstehe Sie. Für einen Menschen ohne Glauben gibt es keinen Trost im Augenblick des Sterbens.«

»Wirklich nicht?«

»Lassen Sie mich nachdenken.«

Thomas machte eine Pause.

»Nun«, sagte er schließlich. »Vielleicht doch. Vielleicht gibt es einen kleinen Trost gegen den Tod.«

Stanley schwieg gespannt.

»Vielleicht könnte für einen Ungläubigen wie Sie, Mister Laurel, im Augenblick des Sterbens der folgende Gedanke tröstlich sein, um einigermaßen würdevoll in den Tod zu gleiten. Ohne, wie Sie sagten, Zappeln und Japsen.«

»Ich höre?«

»Der Gedanke: Wenn ich jetzt nicht sterbe, dann wird das Sterben eines Tages ohnehin auf mich zukommen. Und wenn das Sterben eines Tages ohnehin auf mich zukommen wird, dann kann ich es doch auch gleich jetzt hinter mich bringen.«

Stanley lächelte. »Etwas Ähnliches hat mein Papa auch immer gesagt.«

»Ihr Papa?«

»Mein Vater.«

»Über den Tod?«

»Nein. Über das Leben. Er sagte immer: Was du heute kannst besorgen, das verschiebe nicht auf morgen.«

Thomas schwieg.

»Ich bin seinem Rat und seinem Vorbild gefolgt«, fügte Stanley hinzu. »Ansonsten hätte ich wohl kaum so viele Filme gedreht in meinem Leben, manchmal fünf im Jahr.«

»Das scheint eine große Leidenschaft gewesen zu sein.«

»Ja. Wie bei Ihnen das Schreiben.«

»Ich weiß nicht«, sagte Thomas. »Kann man das miteinander vergleichen?«

## 29

Im selben Augenblick erklang von oben her ein Geräusch. Ein dumpfes *Flap*. Als sei ein Gegenstand auf den Boden gefallen.

»Haben Sie das gehört?«, fragte Stanley.

»Ja.«

»Was war das?«

»Ein Buch«, sagte Thomas.

»Wieso ein Buch? Wie kommen Sie darauf? Es könnte sonst was sein.«

»Ich habe viele Bücher fallen hören. In vielen Bibliotheken. Ich kenne das Geräusch. Sehr gut sogar.«

Ein zweites Mal erklang jetzt ein Geräusch über ihren Köpfen, viel leiser als vorhin, fast wie ein Echo. Sie lauschten eine Weile, aber den beiden Geräuschen folgten keine weiteren.

»Dann also los«, sagte Thomas.

»Wohin?«

»In die Höhe. Über unserer Decke gibt es vielleicht einen anderen Raum. Einen Raum, in dem Bücher fallen. Wenn es unter unseren Füßen ein Loch im Boden gegeben hat, warum kann es nicht auch eines geben über unseren Köpfen, ein Loch in der Decke? Und bedenken Sie: Wenn Bücher fallen, wird es jemanden geben, der sie hat fallen lassen. Ein jedes Bewegtes hat seinen Beweger.«

»Und wer könnte das sein?«

»Ich hätte da eine Vermutung.«

»Das dachte ich mir«, sagte Stanley.

Und schon erklomm Stanley ohne weitere Absprache die breiten Schultern seines Begleiters, und als er oben saß, tastete

Thomas sich am Rand des Tunnels entlang, während Stanleys Hände sich an die Deckenwölbung legten, glattkalt verschlossen immer noch, aber die Hoffnung blühte wilder als zuvor, eine Öffnung zu finden, einen Ausweg.

Nach wenigen Schritten nur griff Stanleys ausgestreckte Hand tatsächlich ins Leere. »Ein Loch!«, rief er. »Sie hatten recht, Thomas. Hier ist ein Loch in der Decke!«

Stanley tastete den Rand ab: Das Loch war größer als das Loch vorhin. Und schon schob er ein Schienbein nach dem anderen auf Thomas' Schultern, kniete jetzt auf dem Aquinaten, fasste Mut und setzte den rechten Fuß neben das Ohr des Mönches, klammerte sich am Rand des Loches fest, richtete sich auf, mit wackeligen Knien, und dann trat Stanley auf Thomas' Kopf und rutschte ab, streifte seine Nase, fing sich, hörte Thomas' Schnaufen unter sich. Und das Schnaufen klang genauso wie Ollies Schnaufen in *Berth Marks*: Stan & Ollie mussten in einem Nachtzug die obere Etage eines Bettes erklimmen, Stan kraxelte auf Ollies Schultern, Ollie wurde von Stan hochgezogen, und sie mussten sich in diesem viel zu kleinen und durch die Nähe zur Decke beinah sargähnlichen Bett ausziehen, um einen Platz unter dem einzigen weißen Laken zu erkämpfen. Ohnehin ging es in ihren Filmen niemals um das Ziel, niemals um das eigentliche Leben, niemals um das, weswegen sie am Anfang überhaupt aufgebrochen waren, seien es der Ankunftsort ihrer Reise oder ein Picknick oder ein wichtiges Geschäft oder ein heimlicher Herrenabend oder sonst irgendwas, dem Ollie zu Beginn mit entzücktem Lächeln und einander betupfenden Fingern vor Freude strahlend entgegensah, nein, es ging ausschließlich um das, was dem Eigentlichen in die Quere kam, um die Tücken, die verhinderten, dass sich das wirkliche Leben entfalten konnte.

Dachte Stanley, kurz nur, als er das Schnaufen des heiligen

Thomas unter seinen Sohlen hörte. Auf der Kopfkappe seines Begleiters stehend hangelte sich Stanley schließlich das letzte Stück nach oben, hinauf in den Raum über ihnen. Oben angekommen, blickte Stanley sich um. Sofort war klar: Hier oben herrschte dieselbe Dunkelheit wie unten, nichts zu sehen, wohin er sich auch wandte. Doch eine Sache war vollkommen anders, es fiel Stanley sofort auf, ein geradezu frappierender Unterschied: Stanley konnte hier oben etwas riechen. Es wehte ein Luftzug, der verschiedenste Düfte herbeitrug. Ehe Stanley hätte versuchen können, den Gerüchen nachzuspüren, ertönte von unten die Stimme des Dicken: »Und wie soll *ich* jetzt da hochkommen, Mister Laurel?«

In der Tat, der Gedanke traf ins Schwarze: Es würde Stanley kaum gelingen, den Koloss nach oben zu ziehen. Also gab es nur eine Möglichkeit: Sie mussten die Plätze tauschen.

»Warten Sie!«, rief Stanley. »Ich komme wieder zurück!«

Er hangelte sich mit den Beinen voraus durchs Loch und kletterte wieder an Thomas hinab.

»*Sie* müssen auf *meine* Schultern!«, rief Stanley.

»Sind Sie sicher, Mister Laurel?«

»Eine andere Möglichkeit haben wir nicht.«

»Ich bin aber reichlich schwer«, sagte Thomas.

»Das macht nichts. Ollie war es auch. Das bin ich gewohnt.«

Und Thomas hievte sich jetzt ächzend auf Stanleys Schultern, in der Tat verteufelt schwer, dieser Mönch, Stanley hielt die Füße fest, während Thomas sich mühsam aufrichtete und endlich vermeldete, er habe den Rand des Lochs erfasst, und sofort packte Stanley die Füße und Beine des anderen und schob von unten, bis Thomas leichter wurde und seine Füße entschwebten.

»Ich bin oben«, rief Thomas.

»Gott sei Dank«, murmelte Stanley.

»Es gibt Gerüche hier.«

»Ich weiß«, sagte Stanley. »Legen Sie sich auf den Bauch und reichen Sie mir die Hände.«

»In Ordnung«, sagte Thomas, und Stanley hörte ein Keuchen, ehe Thomas sagte: »Ich bin jetzt so weit.«

»Passen Sie auf!«, sagte Stanley. »Ich werde hochspringen. Sie müssen meine Hände schnappen. Versuchen Sie es.«

Ein paarmal hüpfte Stanley ins Leere, ehe er endlich die Hände des Aquinaten streifte und wusste, wohin genau er zu springen hatte, und nach einigen erfolglosen Versuchen, in denen er zwar Thomas' Hand berührte und zweimal auch kurz packte, aber doch wieder abrutschte, erwischte Stanley endlich den Griff seines Begleiters und fühlte sich festgehalten. Er baumelte mit den Füßen in der Luft und hörte Thomas keuchen: »Ich habe Sie, Mister Laurel. Ich lasse Sie nicht los!«

Und Stanley wurde langsam nach oben gezogen, er packte mit der Linken Thomas' Handgelenk, hangelte sich an den Armen des anderen hinauf, während Thomas zeitgleich weiterzerrte, bis Stanley die Hände an den Rand des Lochs legen konnte, jetzt fasste Thomas ihn bei den Oberarmen, half mit beiden Händen nach, und Stanley schaffte auch den letzten Ruck hinauf zu ihm.

»Wir sind ein gutes Team«, sagte Stanley, oben hockend.

»Team?«, fragte Thomas.

»Ein gutes Paar, meine ich.«

»Ja«, sagte Thomas, »das sind wir.«

»Und wonach riecht es hier?«

Thomas überlegte eine Weile, ehe er sagte: »Ich glaube, es riecht nach Hunger.«

Stanley stand auf und streckte seine Hand aus, in die Dunkelheit hinein, um Thomas zu helfen, sich vom Boden zu erheben, aber er vergaß, dass der andere ihn nicht sehen konnte, auch hier oben nicht, und Stanley hörte, wie Thomas allein aufstand, ohne seine Hilfe in Anspruch zu nehmen: ein kleiner Tropfen Traurigkeit. Als Stanley sich mit Thomas durch den neu gewonnenen Raum tastete, erfüllte sich seine Befürchtung: Der obere Gang glich exakt dem unteren, auch hier gab es zwei Wände an den Seiten, die sich über ihnen wölbten, auch hier gab es denselben etwa fünf Meter breiten Tunnel, auch hier waren die Wände von der gleichen kalten Glätte, auch hier gab es zwei Richtungen, in die sie würden gehen können. Der einzige Unterschied schien dieser Luftzug zu sein, gesättigt von allerhand Düften. Ohne ein Wort darüber zu verlieren, gingen sie los, einander untergehakt, wohin? Natürlich, in Richtung Luftzug: Der Quell möglicher Luft versprach einen Ausgang.

## 30

»In der Tat«, sagte Stanley, »es riecht nach Hunger.«

»Was genau riechen Sie?«, fragte Thomas.

»Ich rieche Hähnchenschlegel, ich rieche selbstgemachte Marmelade, ich rieche frisch gebackenes Brot. Und Sie?«

»Ich rieche Schinken aus Parma, ich rieche die Tomatensoße unserer Köchin im Schloss von Roccasecca, ich rieche Rehbraten.«

Aber da war noch viel mehr, und während sie dem Luftzug entgegengingen, zählten sie gemeinsam die Gerüche auf, die durch den Tunnel wehten, manches kannte Thomas, manches kannte er nicht: Erdbeeren, Hasengulasch, Kaffee, gebrannte Mandeln, Spargel, überreife Kirschen, Oliven.

Doch nicht nur die Gerüche waren neu hier oben. Jetzt, auf dem Weg, im Gehen, bemerkte Stanley eine weitere Veränderung. Unten hatte er eine Beklemmung gespürt, wann immer sie stehen geblieben waren. Hier oben schien das Gegenteil der Fall: Die Vorboten einer Angst näherten sich jetzt, während sie vorwärtsstrebten. Unten hatte Stanley noch verzweifelt einen Ausgang finden wollen. Hier oben aber wirkte die Aussicht auf einen Ausgang eigenartig bedrückend. Weshalb sollten sie weitergehen? Ohne zu wissen, wohin? Um ein Ende zu finden? Warum? Und dann? Wenn am Ende etwas Schreckliches lauerte? Etwas Ungeheuerliches? Noch ungeheuerlicher als der Tod? Wäre es nicht schöner, einfach stehen zu bleiben oder sich hinzusetzen, nah bei Thomas zu sein? Sprechen, Zuhören, Vermischung des Eigenen durch das Fremde? Ja, die Dunkelheit kannte so wenig Grenzen wie Fantasie und Erinnerung, und angesichts der siebenhundert Jahre, die zwischen ihnen lagen, hätten sie Stoff für Äonen. Warum nicht bis in alle Ewigkeit auf der Stelle verharren und reden? Wäre dies nicht auf wundervolle Weise tröstlich?

Stanley schüttelte sich und blieb stehen. Thomas folgte seinem Beispiel. Sofort ließ Stanleys Unbehagen nach. Er holte tief Luft. Und sehnte sich nach der Lebensfreude, nach der Leichtigkeit seiner Filmfigur, er dachte an den Film *Oliver The Eighth*: Ein verrückter Butler servierte Stan und Ollie eine Luftsuppe, der Butler leerte leere Kellen aus einem leeren Suppentopf auf ihre leeren Teller, die auch leer blieben. Erst als Stan aus Höflichkeit die Luftsuppe zu löffeln begann, hellte sich seine Miene auf, und er griff zu Luftsalz und Luftpfeffer, streute es in den leeren Teller und aß weiter die suppenlose Suppe, zufrieden grinsend. Der Verrückte ist ein Kind ist ein Künstler.

Stanley knuffte Thomas in die Seite und rief: »Kommen Sie! Wir machen ein Picknick.«

»Ein Picknick?«

»Ja«, rief Stanley. »Wir breiten eine Decke aus. Nehmen Sie das eine Ende der Decke, ich nehme das andere.«

»Ich verstehe Sie nicht, Mister Laurel.«

»Pantomime«, rief Stanley.

Ein Pantomime tue immer nur so als ob. Er tue so, als wäre er gefangen in einem Käfig aus Glas, in einem ausweglosen Labyrinth, er tue so, als schöben sich seine Hände an den Scheiben entlang, als bekämen sie eine Kante zu fassen, er tue so, als böge sein Gesicht um die Ecke, ein Pantomime tue so, als fände er einen Hammer, ein Buch, ein Kleid oder einen Menschen, der ihn umarme, ein Pantomime erschaffe die Dinge und das Leben aus sich selbst heraus, ein Pantomime ziehe das andere und das Gegenüber aus der eigenen Gestik und Mimik.

»Kommen Sie, Thomas, ein pantomimisches Picknick. So tun,

als ob. Wir spielen gegen die Wirklichkeit. Das ist toll! Glauben Sie mir! Probieren Sie es aus!«

Ein Pantomime habe nur sich selbst, erschaffe alles aus sich heraus und aus der Erinnerung an Dinge und Menschen, ein Pantomime sei ein Jongleur des Nichts, er greife in die Luft und wandle das Fehlende in ein Etwas für die Augen der Zuseher, ein Pantomime sei ein Vollender der Vorstellung, ein Pantomime stelle sich selbst eine Welt *vor* und stelle die Zuschauer zugleich *vor* eine Welt, auf dass auch diese sähen, was er sehe, berührt von dem, was der Mime berühre, wenn auch nur scheinbar.

Stanley entfaltete die Picknickdecke allein, horchte auf die Geräusche des anderen und fragte sich, ob Thomas mitmachen würde oder überhaupt verstand, worum es ihm ging.

»Ein fürstliches Mahl«, sagte Stanley.

Dann setzte er sich auf die Decke und bat Thomas, seinem Beispiel zu folgen. Thomas ächzte und nahm neben ihm Platz. Auch im Sitzen war der Luftzug immer noch zu spüren.

Stanley griff zu Sägemesser und Gabel, säbelte ein Steak in der Mitte durch, von dem der blutige Saft auf den Teller troff, medium, knusprig außen, köstlich weich und dunkelrot innen, nicht zu heiß, angerichtet in Pfifferlingrahmsoße, welche zuzubereiten zwei Stunden gekostet hatte, einem Gedicht gleich legte sich das Fleisch auf die Zunge, Stanley seufzte genussvoll und ließ das Steak im Mund zergehen. Thomas spielte nicht mit, er blieb ruhig, während Stanley seine Geräuschpantomime vollführte, eine Pantomime für Blinde, dachte Stanley, und das Bier gluckerte seine Kehle hinab, das übertrieben laute Aaah des Durstlöschens, Salzgebäck knirschte zwischen den Zähnen, er köpfte ein Ei, ließ sich Erdbeeren mit Schlagsahne auf der Zunge zergehen, schlürfte viel zu heißen Kaffee, zischte Schnäpse und zündete sich eine Zigarre an.

Irgendwann hielt Stanley inne, pappsatt, während sich ein

ungutes Gefühl in ihm breitmachte, ein Völlegefühl, nicht weil er zu viel Luft gegessen hatte, sondern weil er sich plötzlich mit Schrecken an jenes andere Picknick erinnerte, von dem Thomas ihm vorhin noch erzählt hatte. Wie sehr kann ein Mensch von einem anderen Menschen absehen? Wie sehr kann er gefangen sein vom Eigenen? So sinnlich, lustig und befreiend das pantomimische Picknick für Stanley auch war: Thomas, dachte er jetzt, wird sich erinnert haben an das erste Picknick seines Lebens, an den Umschlag des Wetters, an den Blitz, der seine winzige Schwester tötete. Es tut mir leid, hätte Stanley am liebsten gesagt, doch er schwieg und hoffte, er täusche sich, denn wer kann schon wissen, was wirklich in einem anderen vorgeht? Geheimnis, dachte Stanley und wurde jetzt mitgerissen von frischen, fremden Gedanken, Geheimnis, dachte er, Geheimnis, das bleibt. Im Leben weiß der Mensch wenig vom anderen. Sieht ihn und sieht nur die Tarnung, das äußere Lächeln, sieht nicht das, was die Hülle verbirgt. Noch lacht ein Mensch, Minuten später ritzt er den Puls auf. Noch lacht ein Mensch, und Stunden später liegt er betrunken im Loch. Das Unvermögen, den anderen auszuloten, die helldunklen Wände der Haut zu öffnen. Welches Herz schlägt hinter dieser Stirn? Welche Sicht wird geteilt? Und welche Sicht wird getilgt?

## 31

»Warum essen Sie nicht mit?«, fragte Stanley.

»Ich verstehe das Spiel nicht.«

»Sie essen doch gern, oder?«

»Im irdischen Leben schon.«

»Das kann ich mir denken.«

»Was meinen Sie?«

»Entschuldigen Sie. Ich spiele an auf das Ödipöse.«

»Auf das was?«

»Das war nur ein höfliches Wort für Ihre Fettleibigkeit.«

»Sie meinten demnach das Adipöse?«

»Ein Wortwitz, Thomas.«

»Ödipus dagegen war ...«

»Schon gut, schon gut.«

»Wenn Sie darüber sprechen möchten, Mister Laurel, kann ich nur sagen: Ich schäme mich nicht meiner Statur.«

»Ich habe kein Problem mit übergewichtigen Menschen. Im Gegenteil. Ich mag das. Siehe Ollie.«

»Man nannte mich: das wandelnde Weinfass. Oder: der stumme Ochse. Nicht nur wegen des Gewichts, auch wegen meiner Größe. Und wenn ich irgendwo lesen oder schreiben wollte, musste man vorher den Tisch aussägen. Sie verstehen? Eine halbmondförmige Lücke.«

»Für Ihren Bauch?«, lächelte Stanley.

»Genau.«

»Aber ist Völlerei nicht eine der sieben Kardinalsünden?«

»Todsünden. Demgegenüber: Kardinaltugenden.«

»Hören Sie bitte auf, meine Witze zu verbessern.«

»Es stimmt«, murmelte Thomas, »die Fresssucht war meine größte Schwäche. Ich habe versucht, sie zu bekämpfen, aber irgendwann habe ich den Kampf aufgegeben. Ich habe mich gefragt: Was ist eigentlich so schlimm daran? Neben geistiger braucht der Mensch eben auch fleischliche Nahrung! Nicht nur der Kopf, auch der Bauch muss gefüttert werden! Ich konnte immer sehr schlecht denken mit leerem Magen. Besser Fressen und Denken statt Nichtfressen und Nichtdenken.«

»Ein stetes Einverleiben von Geflügel und Gedanken?«

»Wenn Sie es so nennen wollen.«

»Und in der Fastenzeit?«, fragte Stanley.

»Ans Fasten habe ich mich strikt gehalten. Fasten hieß ja: keine feste Nahrung zu sich nehmen. In Köln haben wir uns manchmal mit Starkbier beholfen.«

»Mit bitte was?«

»Mit starkem Bier.«

»Ja, und wie viel?«

»Bis der Magen eben voll war.«

»Das heißt, die Mönche haben auf nüchternen Magen Bier gesoffen, bis sie nicht mehr konnten?«

»So geschah es manches Mal.«

»Wie viele Liter waren denn das? Vier?«

»Mitunter auch fünf.«

»Jetzt wird mir einiges klar.«

»Und was?«

»Die Visionen!«

»Welche Visionen?«

»Ihr Mönche! Ihr redet doch ständig von Visionen! Also, mein lieber Thomas, wenn ich auf nüchternen Magen fünf Liter Starkbier saufe, dann seh aber ich auch die Jungfrau Maria vorm Fenster Kalamaika tanzen, das können Sie mir glauben! Und nicht nur *eine*!«

»Bitte«, sagte Thomas, »mäßigen Sie sich.«

»Mäßigen? Das Maßhalten scheint nicht unbedingt Ihre Stärke gewesen zu sein. Was ist mit dieser ... Askese?«

»Ich habe den Brüdern gesagt: Der Wunsch nach übermäßiger Askese kann selbst zur Begierde werden, die man bekämpfen muss. Die wahre Reinheit liegt nicht in der Weltabgewandtheit des Asketen, sondern in der herzhaften Bejahung der Wirklichkeit.«

»Herzhaft wie in: Fleischbällchen?« Stanley schmunzelte.

»Außerdem«, sagte Thomas, »kann man alles auslegen, auch das Maßhalten. Das rechte Maß ist nichts Absolutes. Man kann es immer koppeln an die Bedürfnisse der jeweiligen Person.«

»Und das heißt konkret?«

»Ich habe den Mitbrüdern gesagt, dass ich beileibe liebend gern doppelt so viel fressen könnte, wie ich tatsächlich fraß. Auf diese Weise habe ich für meine Person das eigene und rechte Maß gefunden. Verstehen Sie? Indem ich nur halb so viel fraß, wie ich hätte fressen können. Dennoch war das immer noch weit mehr als das, was die anderen Mönche fraßen.«

»Sie lieben das Wort *fressen*, nicht wahr?«, fragte Stanley.

»Nicht nur das Wort, Mister Laurel. Schlimm aber waren die Freitage.« Und dann rief Thomas, als erinnerte er sich an etwas Ekelhaftes, noch einmal: »Freitage!« Seine Stimme überschlug sich, völlig unerwartet für Stanley. »Freitage sind erschütternde Tage! Kein Fleisch darf das Licht des Tisches erblicken an einem Freitag! Stattdessen Fisch! Immer nur Fisch! Entsetzliche, fleischfreie Fischtage! Ich hasse Fisch!«

»Ich auch«, sagte Stanley. »Obwohl ich mein Leben lang immer gern geangelt habe! Es gibt nichts Schöneres, als auf einer Yacht zu sitzen, auf hoher See, ins dunkle Wasser zu starren und zu warten, bis ein fetter Fisch anbeißt. Aber es stimmt, gegessen habe ich die Viecher nicht!«

»Dieser farblose, blinde Geschmack!«, rief Thomas, immer noch in diesem seltsamen, schrillen, befremdlichen Ton. »Diese Flossenkreaturen! Auf ewig zum Hin- und Herschwimmen verdammt! Diese Schuppen! Diese Gräten! An denen man ersticken kann! Nur zweimal in meinem Leben habe ich Fisch gekostet«, sagte Thomas, allmählich wieder ruhiger werdend. »Beim ersten Mal habe ich den weißen Brei gleich wieder ausgespuckt. Beim zweiten Mal bin ich krank geworden nach Verzehr eines offenbar verdorbenen Fisches. Danach habe ich verkündet, im Lauf meines ferneren Lebens auf jedweden Fisch zu verzichten.«

»Und was haben Sie dann an Freitagen gegessen?«

»Dieser Hunger an Freitagen hat mir zu schaffen gemacht«, sagte Thomas. »Ohne ein gutes Essen war ich nicht ich selbst. Aber ich habe die fleischlosen Freitage umschifft.«

»Und wie?«

»Ich habe den Mönchen erklärt: Wasservögel sind fischähnliche Geschöpfe. Und fischähnliche Geschöpfe dürfen auch an Freitagen verspeist werden.«

»Sie kleiner Teufel!«, rief Stanley.

»Die Brüder fanden das gut.«

»So konnten Sie auch an Freitagen Ihre Enten schmausen?«

»Und Gänse!«, rief Thomas. »Und wenn es sein musste, auch mal Seemöwen oder einen halben Schwan am Mittag und die andere Hälfte am Abend. Und falls das alles nicht zur Hand war, dann halt ein Hähnchen.«

»Wieso denn Hähnchen?«

»Hähnchen«, sagte Thomas, »können ebenfalls schwimmen. Wenn auch nur selten jemand auf die Idee kommt, so einen Hahn ins Wasser zu werfen.«

## 32

Auf der eingebildeten Picknickdecke sitzend stellte Stanley sich die Mönche vor, die an Hähnchenknochen nagen und eine Entensuppe schlürfen, mit fettig glitzernden Augen und Fingern, eine *Duck Soup*, und genau so hieß Stans und Ollies erster Stummfilm als Duo, basierend auf einem Sketch, den Stanleys Vater fürs Theater geschrieben hatte, *Duck Soup*: Unsinn oder Kinderspiel. Und Stanley verpasste den Augenblick, in dem das Gespräch kippte, überhörte die Sekunde, da sich die fettigen Finger der Mönche in die zarten Hände einer Frau verwandelten, die Thomas' dicken Bauch umfassten, denn da war er wieder, endlich, Thomas, der gefangene Zwanzigjährige im Turmzimmer von Roccasecca, und Stanley bekam nicht mit, weshalb Thomas so plötzlich von der einen Todsünde auf die andere zu sprechen kam, von der Völlerei auf die Wollust. Nein, Thomas' leibliche Brüder hatten dem jungen Mann in seinem Gefängnis keinen Folterknecht geschickt, sondern eine nackte Dirne namens Andra. Warum das? Vielleicht, um dem Starrkopf zu zeigen, welch selige, lustvolle Zukunft ein Leben als Abt für ihn bereithielte? Und jetzt? Was tut ein Junge in so einer Lage? Kann er der Versuchung widerstehen? Mit seinen mickrigen zwanzig Lenzen? Wohl kaum.

Stanley sah alles vor sich: Thomas werden die Sinne reißen, schweißfeuchte Brüste, funkelnde Mamillen, als wären sie eigens dafür geschaffen, von der Trinitas der Kuppen umspielt zu werden, ein schlanker Hals, ein Kinn, jetzt das Gesicht pflücken, zu sich heranziehen, die Lippen mit dem Daumen öffnen, Zähne beknabbern Finger, Züngeln der Münder, unabwendbar das, was jetzt geschehen muss, nein, es sind nicht die Sinne, die reißen, gerissen ist das Seil der Kontrolle, das Thomas so liebt. Doch Kopf löst sich auf in quadratischem Blitz, Körper übernimmt Führung jetzt, fühlt sich anders an, Ketten der Scham gesprengt, Thomas berührt sich selbst, bellender Berg aus Fleisch, krängendes Schiff, das zu kentern droht, Wellen, die ihn über Bord schleudern, Masse der eigenen Nacktheit, wer zaubert hier? Schamlosigkeit und Treten der Gewohnheitssinne, Bewegungen aus Leisten, als hätte er sein Lebtag nichts anderes getan. Küken springt in seinen Körper, kann sofort schwimmen, weiß alles, geborener Wasservogel, kennt alles, Hautwissen, weise weiße Hülle, die fühlt, sieht, riecht, atmet, schmeckt, Haut öffnet sich, hinab geht's in die Tiefe der Oberfläche. Und mit einem Mal sieht Stanley sich selbst, fast wie von außen, eine seltsame Verquickung der Erlebnisse, hier ist Stanleys nackter Körper unter der Dusche mit Mae, auf den Boden sinken die zwei, Wasser, das in die Augen und Ohren sprudelt und ins Dunkle zwingt und ins Rauschen.

Und keiner, der Stanleys Filme sieht, dieses unschuldige Grinsen, diese weinerliche Flenngrimasse, keiner wird sich vorstellen können, dass er, der Schauspieler, der das unbedarfte Stan-Kind mimt, dass dieser Mensch im filmfernen Schattendasein nicht lassen kann von der Versessenheit, Frauen zu erobern; und keiner, der diesen fetten ungelenken Thomas in seiner Kukulle sieht, diesen geschlechtslosen Mönch, der in der Schreibstube hockt, eigenem und fremdem Denken horcht, vier Sekretären gleichzeitig seine Einsichten diktiert und wie ein dicker Irrwisch von einem zum anderen wankt, um keine Sekunde seines Lebens zu vergeuden, Simultandenker Thomas, der zwischen den Schriften zu versinken droht, aber sich schreibend, sprechend, schwimmend über Wasser hält inmitten des pausenlos aus ihm sprudelnden Gedankenstroms, Thomas, der seinen Sekretären so lange diktiert, bis die Kerze in seiner Faust heruntergebrannt ist und – glaubt man den Sekretären – der Daumen noch ein Weilchen weiterbrennt, ohne dass der im Denken versunkene Thomas davon etwas spürt, ehe der Daumen erlischt, Thomas endlich zu sich kommt und die erschöpften Sekretäre in den anbrechenden Morgen entlässt, keiner, der Thomas' Schriften und Gedanken kennt, wird sich vorstellen können, dass jener Mensch ein einziges Mal in seinem Leben roh, wild, Fleisch, Lust, Andra.

Ja, es könnte so gewesen sein, in der Wirklichkeit, in der Einbildung, im wahren Erkennen oder in nächtlicher Fantasterei, gesündigt in Gedanken, Worten oder Werken, jaja, Thomas könnte irgendwann die Augen geöffnet und die Frau neben sich liegen gesehen haben, Andra, die ihn anstarrt, als sei soeben ein Orkan über sie gefegt, Thomas hat all das verraten, was ihn ausmacht, ist in eine Kopfleere gestürzt, hat geglaubt, nie wieder in seinem Leben irgendetwas denken zu können, Andra hat ihn beraubt seiner Stärke, und zugleich kriecht Thomas zurück in die körperliche Erhabenheit des soeben Erlebten, betrachtet die Frau, schwankend im Impuls, sie zu töten, und im Wunsch, noch einmal zu tun, was er gerade getan hat: auf der einen Seite seine Angst, nie wieder eine klare Erkenntnis zu fassen, auf der anderen Seite die Angst des jungen Mannes, nie wieder diese Frau erkennen zu können.

Der Gewohnheitskopf gewinnt, Thomas springt auf und zückt einen glühenden Scheit aus dem Kamin, verbrennt sich die Finger, ohne darauf zu achten, fuchtelt mit dem Scheit vor Andra herum, schreit immer wieder: »Weiche von mir!«, Büffel von Mann, die entsetzte Andra entflieht, und Thomas kratzt mit dem glühenden Scheit ein schwarzes Aschekreuz auf die Tür, die seine Brüder von außen wieder verriegelt haben, und endlich ist Thomas unendlich allein, stellt sich an das Fensterloch, springt im Geist hinab, hoch genug für den Tod wäre der Turm, doch wo äußere Gitter fehlen, hindern ihn innere, er kleidet sich an, setzt sich, zieht aus der Tischlade jene Papiere hervor, die er zuletzt beschrieben hat, unverzehrt vom Bruderzorn und von den Flammen des Feuers, er zwingt sich zu lesen, was er vor Stunden geschrieben hat, doch Buchstaben fügen sich nur qualvoll in Worte, und die Worte gleichen Schafen, die ein torkelnder Hirtenhund in Reih und Glied zusammenscheuchen will, es gelingt ihm nicht, die Helle der Sätze ist versumpft vom Erlebten, und Thomas nimmt die Feder, sticht sie in Hand und Stirn, will den verschütteten Geist hervorlocken, will den Körper zum Schweigen bringen durch spitzen Schmerz, und als dies nichts hilft, schlägt er mit all seiner Masse den Kopf auf den hölzernen Tisch unter den Seiten, die sich mählich rot färben, als wäre der Text von besonderer Wichtigkeit, wer braucht schon rote Tinte, mein lieber Rubrikator, wenn es Blut gibt? Er rammt die Stirn in die Schrift, ehe er das Bewusstsein verliert und in eine Ohnmacht sinkt, die ihm Linderung verschaffen soll, vor allem aber Zeit, Zeit, Zeit, denn die Zeit, sie wird ihn doch wohl vergessen lassen, was hier gerade geschehen ist, die Zeit, sie wird ihn doch wohl dazu führen, das Erlebte ins Eingebildete zu kleiden, die Zeit, sie wird ihm doch wohl das Denken zurücksenden, und er träumt von einem Engel des Herrn, der ihm erscheint und ein glühendes Tuch um ihn legt, einen brennenden Keuschheitsgürtel, damit er von nun an in seinem Leben vor Versuchungen der Lust gefeit sei, und Thomas weiß es, spätestens jetzt weiß er es, in der Sekunde, da er aus dem Traum erwacht und das Bewusstsein wiedergewinnt, da weiß er, dass er es nie wieder verraten will: das Denken, die Klarheit, die Ordnung, den leuchtenden Geist.

## 33

Seine leiblichen Brüder hielten Thomas in Roccasecca gefangen. Seine leiblichen Schwestern dagegen wollten ihn befreien. Denn sie konnten nicht mit ansehen, wie der Kleine litt. Und schmiedeten Pläne. Seine Lieblingsschwester Lucilla übte wochenlang das Schießen mit der Armbrust. Und eines Nachts schlichen die fünf Schwestern von außen zum Turm, banden ein langes Seil an den Pfeil der Armbrust samt einer Benachrichtigung, Lucilla schoss den Pfeil hoch hinauf zum Turmzimmerfenster. Zweimal prallte der Pfeil ans Gemäuer und trudelte wieder zu Boden, beim dritten Mal aber zischte der Pfeil durch die Fensterscharte ins Turmzimmer hinein. Sämtliche fünf Schwestern hielten die Luft an und sahen von unten, wie Thomas mit dem Pfeil und dem Ende des Seils an die Fensteröffnung trat, hinabschaute und ihnen winkte. Dann tat Thomas genau das, was die Schwestern ihm aufgetragen hatten: Er führte das Seil durch eine der Scharten am unteren Fensterrand, ließ das eine Ende mit dem Pfeil daran nach unten ab und zog das andere Ende hoch, an dem ein wahrhaftiger Weidenkorb hing, kein mickriges Moses-Körbchen, nein, ein gigantischer Weidenkorb, den die Schwestern in langen Nächten eigenhändig geflochten hatten, groß genug für den gewichtigen Bruder, und Thomas kratzte nun all sein Gottvertrauen zusammen und sprang auf der Stelle und ohne groß nachzudenken in den Weidenkorb hinein. Die Schwestern waren überrascht von der Schnelligkeit des Bruders. Damit hatten sie niemals gerechnet. Allein schon angesichts seiner Körperfülle. So hielt nur eine von ihnen das Seil fest, Lucilla, zwei andere Schwestern sanken in Ohnmacht, als sie den ungeschützt herunterrasselnden Thomas auf sich zustürzen sahen, Lucilla aber ließ nicht los und klammerte sich todesmutig ans Seil, um den Brudersturz abzufedern, sie wurde hochgerissen, ein mickriges Fliegengewicht, zog das entschlüpfende Seil wie eine Schleppe mit sich, doch schon sprang die zweite und dann die dritte Schwester ihr nach, ans Seil, bis der Weidenkorb endlich langsamer wurde und die Gewichte sich einpendelten, Thomas-Korb auf der einen, Zappelschwestern auf der anderen Seite, und während Lucilla schon bis zum Turmfenster hochgeschnellt war, baumelte die zweite Schwester einen Meter unter ihr und die dritte auf Höhe ihres Bruders, zwischen Erde und Himmel. Thomas hockte verdutzt im Weidenkorb und schien nicht zu wissen, was er tun sollte.

Dann aber flammten auf einen Schlag sämtliche Scheinwerfer auf und tauchten die Pappmaché-Kulisse der nachgebauten Mittelalter-Schloss-Fassade in ein grelles, künstliches, elektrisches Licht. Lucilla kletterte flink durchs offene Fenster ins Turmzimmer hinein: Aufgrund des geringeren Gewichts auf der Gegenseite sackte Thomas in seinem Weidenkorb langsam ab und erreichte den Boden, ebenso mathematisch-physikalisch-logisch präzise wie sanft und von Nadelspitzenengeln getragen. Unten sprang er sofort aus dem Korb, hielt aber das Seil fest und zog nun an ihm, sodass auch die Schwestern Zwei und Drei nach oben entschweben und ebenso ins Turmzimmer klettern konnten, wie Lucilla es ihnen vorgemacht hatte: gerettet. Doch Thomas blieb keine Zeit, denn das gigantische Tor zum Schloss wurde aufgedonnert, und es erschien der kleine, schmächtige, mit schlecht aufgeklebtem Walrossschnäuzer bestückte James genannt Jimmy Finlayson, das rechte Auge wütend zusammengeknautscht, in weißem Nachthemd und spitzlich abgeknickter Nachtmütze, das Schrotgewehr in Händen, und er feuerte es sogleich ab, der Rückstoß ließ ihn im Zeitraffer wie ein Käfer zu

Boden plumpsen, die Beine mit den Schluffen an den nackten Füßen in die Luft gegrätscht, und der dicke Tommie floh rasch ins Dunkel der Winternacht, er zog die Knie hoch im Laufen und rief immer wieder: »Oooh! Oooh!«, die rechte Hand auf seine Melone gepresst, denn die Melone, nein, die Melone, die durfte er auf keinen Fall verlieren, auf keinen Fall, nein.

## 34

Nach seiner Flucht aus dem Turm studierte Thomas in Paris und in Köln, bei Albertus Magnus, und Thomas sagte nicht viel, eigentlich sagte er gar nichts, saß nur dort und hörte zu, und er dachte bei sich, es wäre gut, zunächst zum Gefäß zu werden, in dem sich etwas sammelt, ehe es irgendwann überfließen möge, ganz von allein. Während die anderen Studierenden Fragen stellten und auch untereinander disputierten und den Ausführungen des Albertus Magnus lauschten, saß Thomas still dort, hörte zwar zu, schrieb aber im Geiste an einem Kommentar, denn sein Kopf vermochte mehrere Dinge gleichzeitig zu tun: dem denkerischen Strampeln der Schüler und den Worten des Lehrers folgen; sich fragen, wieso denn keiner der Schüler die Lösung für das einfache Problem sah; und nicht zuletzt: innerlich schreiben. Albertus Magnus schaute öfter zu Thomas hin, der jedes Mal zusammenzuckte, wenn er den Blick des Lehrers auf sich spürte.

Und eines Tages, als Thomas immer noch vor sich hin schwieg wie ein Stein, da rief Albertus am Schluss seiner Unterweisungen, nach der Entlassung der Studenten, denen er ein gewieftes syllogistisches Problem mit auf den Weg gegeben hatte: »Der Thomas. Der Thomas Aquinas! Bitte. Soll noch hierbleiben!«

Thomas erschrak und schlich gesenkten Hauptes zu seinem Lehrer.

»Was hast du geschrieben?«, begann Albert.

»Entschuldigung. Geschrieben?«, fragte Thomas.

»Während meiner Unterweisungen?«

»Bitte. Ich verstehe Euch nicht.«

»Du hast geschrieben, Thomas. Ich sah es in deinen Augen. Am Flackern in deinen Augen. Während ich sprach, schweifte dein Blick ins Innere. Du hast innerlich geschrieben, leugne es nicht.«

»Ich bin Euren Worten aufmerksam gefolgt.«

»Wenn ich das glauben soll, bring mir morgen beides mit!«

»Beides? Entschuldigt bitte mein Unverständnis.«

»Du wirst *der stumme Ochse* genannt. Warum sagst du nichts? Kein Wort?«

»Ich möchte lieber hören denn sprechen.«

»Noch einmal, du bringst mir morgen beides: Erstens eine Abschrift dessen, was genau ich heute hier gesagt habe. Und zweitens eine Abschrift dessen, was du während meiner Vorlesung gedacht hast. Jedes einzelne Wort.«

»Und das syllogistische Problem?«, fragte Thomas.

»Das löse ebenfalls. Wie alle anderen. Wir sind hier nicht in Italien!«

»Entschuldigung«, sagte Thomas und zog sich zurück.

Ein Student namens Johannes hatte auf ihn gewartet, aus Mitleid mit dem stummen Ochsen, und nachdem Thomas von den ihm gestellten Strafaufgaben erzählt hatte, bot Johannes an, ihm zu helfen, die Vorlesung aus dem Gedächtnis niederzuschreiben.

Sie setzten sich gemeinsam in eine stille Ecke der Bibliothek.

»Wir überlegen zusammen. Ich schreibe!«, rief Johannes und tauchte den Federkiel in die Tinte. »Gemeinsam«, sagte Johannes, »werden wir es schaffen, uns an die Worte des Lehrers zu entsinnen. Nicht an alle, aber an die wichtigsten!«

Thomas nickte.

Gemeinsam erinnern? Davon war nach drei Sätzen keine Rede mehr. Thomas diktierte nicht nur alles, was Albertus Magnus vorgetragen hatte, und zwar buchstäblich Wort für Wort (er hätte sogar das siebenmalige Husten des Lehrers an den entsprechenden Stellen der Vorlesung einfügen können, wenn es irgendeinen Sinn ergeben hätte), Thomas diktierte alles aus seinem blitzblanken Gedächtnis heraus, mehr noch, gerade an den schwierigen Stellen, an denen nicht klar war, was genau Albert überhaupt gemeint hatte, stellte Thomas Fragen, die wie Fackeln leuchteten, und Thomas ergänzte, kommentierte, ließ sich fortschwemmen vom eigenen Denken, scherte aus, ja, das Denken ist ein freies Tier, Thomas konnte nichts dafür, zeit seines Lebens, er musste dem Tier einfach folgen, wie schön es sprang und eilte und den Kopf in den Nacken warf, nein, ein simples Kopieren dessen, was er von Albert gehört hatte, war nicht Sinn der Sache, Thomas hatte während der Vorlesung weitergedacht, und er dachte auch jetzt, beim flüsternden Diktieren, weiter, weiter, beides im steten Wechsel: die Gedanken des Lehrers und die eigenen Gedanken. Getreu der ihm auferlegten Strafarbeit.

Als Thomas fertig war, machte er keine Pause. Er verachtete Pausen. Die Vorlesung hatte er diktiert. Seine Gedanken hatte er diktiert. Es blieb noch das logische Problem. Und Thomas diktierte einfach weiter. Johannes kam kaum mit. Mit fünfzehn flinken Sprüngen löste Thomas das syllogistische Problem, er jonglierte derart mit seinen logischen Figuren, dass Johannes ab und an das Mitschreiben einfach vergaß und ihn fast erschrocken anstarrte. Dann wartete Thomas kurz und fragte: »Kann ich fortfahren?«, und Johannes nickte ihm zu.

Ganz am Ende, als alles fertig ausgebreitet vor ihnen lag und Johannes das Geschriebene noch einmal überflogen hatte, geblendet und erschöpft von dem, was soeben geschehen war, mit kleinen Schweißperlen auf der Stirn und seltsam atemlos, da legte er die Feder fort, die er noch in den tintenbefleckten Kuppen hielt, versenkte die Hände in den Ärmeln des Gewandes, rieb sich mit dem Stoff den Schweiß von der Stirn, und dann sah er Thomas eine lange Zeit einfach nur an, von oben bis unten, und schließlich schüttelte er den Kopf und sagte: »Was bist du denn für ein Mensch, Thomas? Sagst kein Wort und weißt doch alles.«

Als Albertus Magnus am nächsten Tag Thomas' Papiere auf seinem Katheder vorfand, nahm er sie mit mokantem Lächeln hoch und schien nur einen flüchtigen Blick darauf werfen zu wollen, doch sein Blick biss sich fest, und Alberts Lächeln wurde von Satz zu Satz, den er las, ernster, verlor von Seite zu Seite, die er aufs Katheder legte, seinen Spott und mündete in ein ehrliches Funkeln. Ja, der Lehrer vergaß die Studenten um sich her und die Vorlesung, die er jetzt eigentlich hätte halten müssen, er nahm die Blätter mit und setzte sich, und er las offensichtlich jedes einzelne Wort, das Thomas geschrieben hatte.

Die Studenten blieben still.

Schließlich legte Albert die letzte Seite weg.

Er blickte zu Thomas. Dieser saß reglos dort und senkte die Augen aufs Pult. Albert nahm die Blätter und ordnete sie in aller Seelenruhe, Seite für Seite stellte er den kleinen Stapel wieder her. Dann ging er zu Thomas und blieb vor ihm stehen. Thomas erhob sich sofort. Immer noch mit gesenktem Blick. Albertus Magnus streckte seinem Schüler die Papiere entgegen.

Jetzt schaute Thomas ihn an.

»Nimm das wieder an dich!«, sagte Albert.

Thomas gehorchte und fasste die Papiere.

Doch Albert ließ sie nicht los.

Drei Sekunden lang hatten beide die Papiere gleichzeitig in der Hand. Jeder an einem der Enden. Und drei Sekunden lang ließen sie sich nicht aus den Augen. Albert lächelnd, Thomas erstaunt. Endlich öffnete Albert die Zange seiner Finger und gab die Papiere frei. Albert kreuzte die Arme hinter dem Rücken. Und Thomas verschränkte die Arme vor dem Bauch, die

Papiere sanft eingeklemmt, es sah aus, als wollte er die Papiere umarmen.

Albert drehte sich um. Ging zurück. Und Thomas setzte sich wieder. Doch Albert blieb noch einmal stehen. Abrupt. Nach drei Schritten. Stand er im Saal. Mit dem Rücken zu Thomas. Er verharrte in dieser Haltung. Einige Sekunden lang. Sein Blick zu Boden gerichtet. Er wandte sich nicht zu seinem Schüler. Und sprach los. Sagte, jedes einzelne Wort betonend: »Ach. Habe ich das etwa schon gesagt? Ich brauche jemanden. Schon bald. Einen Assistenten. Thomas Aquinas: Willst *du* das sein?«

Thomas zuckte zusammen. Er wusste nicht, was er sagen sollte. Also nickte er. Da Albert ihn nicht sehen konnte, murmelte Thomas mit einem Krächzen in der Stimme: »Ja. Ich danke Ihnen.«

»Das ist gut«, sagte Albert. »Das ist gut.«

Und er ging zum Katheder zurück.

Die Studenten begannen sofort zu tuscheln. Doch Albert hob die Hand und sorgte für Stille. Er blickte sich im Saal um, und dann deutete er zu Thomas. Ohne ihn anzusehen, rief er den Studenten zu: »Ihr! Ihr alle, die ihr anwesend seid! Vergesst niemals, was ich euch jetzt sage! Ihr nennt diesen Mann den stummen Ochsen! Ich aber sage euch, das Brüllen dieses stummen Ochsen wird immer lauter werden, bis es die ganze Welt erfüllt!«

## 35

Stanley hörte jetzt ein Geräusch: Thomas schien sich nach hinten abzustützen und ein wenig auszustrecken und eine bequemere Sitzhaltung zu suchen. Dann erklang ein verblüfftes Seufzen.

»Hier liegt etwas«, sagte Thomas. »Hinter mir. Es ist ein Buch. Ein Buch ist es.«

»Was für ein Buch?«

»Vielleicht eines der Bücher, die vorhin auf den Boden gefallen sind. Diese dumpfen Geräusche. Hier. Nehmen Sie es.«

Stanley tastete dem anderen entgegen. Seine Hand streifte die Hand des Aquinaten. Dann wuchtete er das Buch in seinen Schoß. Es fühlte sich unsagbar alt an. Ohne Staub, aber sehr, sehr schwer. Zwei metallische Schließen, deren Mechanismus Stanley erst sorgfältig begreifen musste, ehe er sie öffnen und den Buchdeckel langsam aufklappen konnte, und der mächtige, hölzerne Umschlag knackte morsch, die dicken Seiten ließen sich nur schwer verblättern.

»Ich ahne, was für ein Buch das sein könnte«, sagte Thomas mit fester Überzeugung in der Stimme.

»Ohne es sehen zu können?«

»Wir befinden uns im Übergang. Nichts von dem, was wir erleben, kann gemessen werden mit dem Maßband des Irdischen. Alles, was geschieht, hat eine besondere Bedeutung.«

»Und welches Buch ist das also?«

»Der verlorene Teil der *Poetik* des Aristoteles.«

Stanley schnupperte am Buch, roch die Fäulnis von Tierhaut, beißende Schärfe, etwas Metallisches, wie verrostet.

»Wieso verloren?«, fragte er.

»Keiner meiner Zeitgenossen hat dieses Buch je gelesen oder gesehen oder in Händen gehabt.«

»Woher weiß man denn dann, dass es existiert?«

»Aristoteles verweist in seiner *Rhetorik* auf sein zweites Buch der *Poetik*. Folglich muss er es auch geschrieben haben. Doch nur das erste Buch ist erhalten. Das zweite ist verschollen.«

Stanley gab ihm das Buch zurück.

»Und worum geht's in diesem Buch?«

»Ich denke, dass ich langsam Klarheit gewinne.«

»Worüber?«

»Über die Frage, warum ausgerechnet wir beide uns begegnen.«

»Und?«

»Nach allem, was ich von Ihnen weiß, Mister Laurel, muss ich jetzt sagen: Aristoteles hat im zweiten Buch seiner *Poetik* über niemand anderen geschrieben als über Sie.«

»Wie? Über mich?«

»Über Sie! Über Stan Laurel.«

Und Stanley sagte: »Ja, aber der kannte mich doch gar nicht, der alte Aristoteles.«

»Exakt diesen Satz habe ich von Ihnen erwartet, Mister Laurel.«

Stanley schwieg, ein wenig beschämt über seinen lauen Witz.

»Aristoteles«, sagte Thomas, »hat natürlich nicht über Sie persönlich geschrieben, aber er hat geschrieben über das, was Sie tun, was Sie getan haben, Ihr Leben lang. Er hat geschrieben über die Komödie, über das Lachen.«

Stanleys Stimme wurde jetzt seltsam leise, als er fragte, aber diese Frage kam schnell wie ein Reflex: »Und *Sie*? Thomas? Wann haben *Sie* das letzte Mal gelacht?«

Eine Weile hörte Stanley nichts. Dieses schweigende Nachdenken als Teppich für Thomas' Antwort, Stanley schien, als würde die Stille durchdrungen von kaum wahrnehmbarem Knistern.

Endlich sagte Thomas: »Meinen Sie ein Schmunzeln? Ein heiteres, verständiges Lächeln? Ein wissendes, maßhaltendes Lachen?«

»Was hat Lachen mit Maßhalten zu tun? Maßhalten bedeutet Kontrolle. Im Lachen verliert man die Kontrolle. Ich spreche vom Lachen als Attacke. Vom Lachen, gegen das man nichts tun kann! Ich spreche vom wirklichen Lachen! Albern! Kindlich! Explosiv!«

Wieder dachte Thomas lange nach.

»Das letzte Mal«, sagte er, »da ich auf solch eine Weise gelacht habe, das wird wohl mit fünf Jahren gewesen sein. Anlässlich einer Schneeballschlacht. Schnee in Süditalien ist ein seltenes Gut.«

»Und danach kamen Sie ins Kloster?«

»So war es.«

»Und seither haben Sie nie wieder gelacht?«

»Nicht dass ich mich erinnern könnte.«

»Das tut mir unfassbar leid.«

»Aber warum?«

»Ist ein Mensch, der niemals lacht, überhaupt ein Mensch?«

»Was ist das für eine merkwürdige Frage, Mister Laurel?«

»Das Lachen unterscheidet den Menschen vom Tier.«

»Ich denke, das dürfte eher die Vernunft sein. Verstehen Sie bitte, ich bin aufgewachsen mit der Regel des heiligen Benedikt: Leere oder zum Gelächter reizende Worte meiden. Ungezügeltes Gelächter nicht lieben. Albernheiten aber, müßiges und zum Gelächter reizendes Geschwätz verbannen und verbieten für immer und überall. Wir gestatten nicht, dass der Jünger zu solchem Gerede den Mund öffne.«

»Entsetzlich«, murmelte Stanley. »Das klingt wie eine Hinrichtung. Aber sagen Sie: dieser Aristoteles? War das ein Komiker?«

»Wieso?«

»Ich meine: Hat er die Leute zum Lachen gebracht?«

»Er selbst? Wohl kaum.«

»Und trotzdem hat Aristoteles in diesem zweiten *Poetik*-Buch über das Lachen geschrieben?«

»Es wird sich um eine gedankliche Annäherung handeln.«

»Ich habe nie viel nachgedacht über das Komische. Ich habe es ausprobiert. Lustig ist das, worüber die Menschen lachen. Das ist der einzige Satz, den ich gelten lasse. Für mich ging es immer nur darum, die Menschen zum Lachen zu bringen. Ausschließlich.«

»Ich schlage Ihnen Folgendes vor«, sagte Thomas. »Sie beschreiben und erklären mir das Komische in Ihren Filmen. Das, worüber die Menschen lachen. Ich wiederhole anschließend das von Ihnen Gesagte. Mit meinen eigenen Worten. Und dann …«

»Weshalb denn das?«

»Macht man das nicht mehr so bei Ihnen?«

»Nicht dass ich wüsste.«

»Sehen Sie, wenn zwei Menschen reden, muss der eine ganz genau nachvollziehen, was der andere sagt. Sonst spricht man nicht mit dem anderen, sondern nur mit sich selbst, also mit dem, was man im anderen hört oder hören will, nicht aber mit dem, was der andere gesagt oder wirklich gemeint hat. Wir sind immer so verfahren in unseren Disputationen.«

»Disputationen?«

»Streitgesprächen.«

»Ach, wir haben ein Streitgespräch?«

»Angesichts unserer unterschiedlichen Auffassungen über das Lachen: Ja!«

»Verstehe.«

»Um also zu prüfen, ob ich Sie wirklich verstehe, muss ich Ihre Worte in meinen eigenen Worten wiedergeben. Ich werde außerdem ohnehin ständig nachfragen müssen, angesichts des Zeitunterschieds von siebenhundert Jahren, denn ich muss und will begreifen, was Sie meinen. Aber erst, wenn Sie endgültig sagen *Thomas, Sie haben mich verstanden*, darf ich meinen eigenen Standpunkt darlegen.«

»Hm. Das klingt ganz vernünftig. Schade, dass unsere Politiker das nicht hören können. Aber: Wie lange dauert denn so was?«

»Solange es eben braucht. Wir haben doch reichlich Zeit, Mister Laurel.«

## 36

Stans scheinbare Dumpfheit auf der einen, Ollies scheinbare Überlegenheit auf der anderen Seite. Stan, der all die Misslichkeiten, die ihm selbst widerfuhren, entweder stoisch ertrug oder aber umschiffte, ohne etwas dafür zu können, und stattdessen Ollie in die Bredouille stürzte. Stans scheinbare Dumpfheit mischte sich mit einer seltsamen, fast schlafwandlerischen Sicherheit, einer Gelassenheit und höheren Würde des Erduldens; Ollies scheinbare Überlegenheit mischte sich mit einer seltsamen, fast schlafwandlerischen Tollpatschigkeit, mit entnervtem Aus-der-Haut-Fahren und niederen Wutgelüsten. Und die Sympathie lag eher bei Stan. Die Zuschauer mochten ihn, weil er so unverstellt agierte, bar jeder Berechnung. Zwar richtete sich auch Stans Bedürfnis immer erst auf sich selbst, aber dies geschah in einer Natürlichkeit, die an die Befriedigung der Bedürfnisse eines Säuglings erinnerte: Wenn Stan Pfeife rauchte, grinste er zufrieden. Wenn die Pfeife aus seiner Faust bestand und die Pfeifenspitze aus dem Daumen, an dem er nuckeln konnte wie ein Kleinkind, grinste er noch zufriedener. Die Stan-Figur kalkulierte nicht, schaute nicht voraus, plante nicht, organisierte nicht, sie konnte nicht unterscheiden zwischen Chaos und Ordnung, zwischen wirklich und unwirklich, Stan nahm alles als gleichrangig gegeben an, er wunderte sich über nichts, auch nicht darüber, dass Ollies Hut durchaus lecker schmecken konnte, wenn man ihn mit ordentlich Salz würzte, nein, Stan lebte voll und ganz in dem Augenblick, in dem er gerade steckte, und wenn Stan dann doch einmal etwas plante und seinem Ollie eine Idee mitteilte (»Sag, Ollie, ich hab eine Idee!«), die sich auf das bezog, was die beiden jetzt gleich tun wollten, wurde Stans Grinsen zu einem Strahlen der Erleuchtung, das sofort auf Ollie übersprang und ihn sagen ließ: »Eine sehr gute Idee, Stanley!«, Präludium zu einer Orgie der maßlosen Verwüstung. Nein, Stan war das einfache, das unschuldige, das nie berechnende, unverdorbene, kindliche Gemüt, Ollie dagegen war mehr als Stans Freund, ein großer, dicker Bruder, zwar ein stets maßregelnder, tadelnder, herumschubsender Bruder, der den Kleinen, den Lebensunfähigen, aber dennoch niemals hätte allein lassen können, wenn er ihm auch nicht das Allergeringste zutraute: »Du hast uns genug eingebrockt! *Ich* mache das jetzt!«, sagte er, schubste den Kleinen weg, tupfte mit fünf oder zehn Fingern oder mit seinem Anhalterdaumen auf die eigene Brust, und wenn dies geschah und Ollie als Erster irgendetwas tat oder irgendwo hineinging, so folgte immer die Katastrophe.

Das Wichtigste aber war der Blick. Ollies Blick in die Kamera. Der verschwörerische Blick, der den Zuschauer zum Verbündeten machen sollte. Ein solcher Blick zu den Zuschauern war nichts Neues. Auch Chaplin hatte hin und wieder in die Kamera geblickt, aber eher flüchtig, fast wie in einen Spiegel. Ollies Blick dauerte länger, er verharrte beim Zuschauer, wurde mit der Zeit kultiviert und zu seinem Markenzeichen. Dieser kopfschüttelnde, dieser aufstöhnende, dieser seufzende Blick. Dieser O-mein-Gott-Blick, der immer dann kam, wenn Stan sich wieder mal einer Einfältigkeit schuldig gemacht hatte. Oder wenn Ollie (durch Stan) in eine schmerzhafte Falle gestürzt war. Oder wenn Stan sich anschickte, etwas zu tun, das nicht dem entsprach, was Ollie erwartete. In diesem Das-darf-doch-nicht-wahr-sein-Blick lag ein verzweifeltes Womit-habe-ich-das-verdient! Oder ein Können-Sie-das-etwa-glauben? Ein Wie-kann-man-nur-so-blöd-sein! Oder ein fragendes Was-führt-der-jetzt-schon-wieder-im-Schilde? Und Stanley hatte diese Blicke gern drehen lassen am Ende des Drehtages, wenn sein Freund bereits tatsächlich genervt war und endlich auf den Golfplatz wollte. Durch diesen Blick wandte sich Ollie an seine Komplizen, an die Zuschauer, an die vernünftigen, denkenden, wissenden Menschen, die ihm zusahen in seiner Verzweiflung über diesen Freund, den er sich angelacht hatte, doch Ollie erreichte mit dem Blick das Gegenteil dessen, was seine Filmfigur versuchte, er zog die Zuschauer nicht auf seine Seite mit diesem Blick, sondern mehrte noch die Sympathie für Stan.

Ja, Ollie hielt die Fahne der Konvention hoch, all das, was die Gesellschaft von den Menschen erwartete, das, womit man rechnen und worauf man sich verlassen konnte, Ollie wusste immer ganz genau und pikiert, wie falsch, wie lächerlich, wie peinlich die Situation war, in der sie gerade steckten, er wedelte verlegen mit der Krawatte, er betupfte seine Finger, er lächelte sein um Nachsicht heischendes Lächeln, er wollte nichts weiter als ein gewöhnliches Leben führen, konform, unauffällig, nicht ertappt werden von den Augen der anderen: Ollie hielt seine Würde hoch. Und wie lustig, wenn man jemanden sieht, der würdevoll und schlicht zugleich ist und außerdem denkt, er sei schlau.

Stan dagegen schien nicht zu kämpfen. Nein, Stan lebte in seiner eigenen Welt, er kreierte ungewollt ein permanentes Chaos, lehnte sich nicht auf in einem revolutionären Ansturm gegen das Leben, nein, er durchbrach die Erwartungen der anderen, weil er sie in seiner Unschuld gar nicht sah oder nicht kannte oder nicht auf die Idee kam, sie als Prinzip einer höheren Ordnung zu sehen, ein unabsichtlicher Anarchist. Darin lag etwas, nach dem die Zuschauer sich unausgesprochen sehnten: Freiheit von allen Konventionskäfigen, Freiheit im Kleid der Selbstverständlichkeit, Freiheit, nicht errungen im Kampf gegen Widerstände, Freiheit, für die Stan überhaupt nichts konnte, die ihm einfach so in den Schoß fiel, weil er genau der Mensch war, der er war. Vielleicht könnte man sagen: Die Leute lachten über Stan, den Unbedarften; doch Stan, den Unbekümmerten, den liebten sie.

## 37

Stanley war verblüfft über diese Einsichten, die er gemeinsam mit Thomas gefunden und auf für ihn ungewöhnliche Weise mit theoretischem Stroh unterfüttert hatte, eine ihm unbekannte Form der Abstraktion. Zugleich spürte er aber einen großen inneren Widerstand gegen diese Art des Sezierens seiner Komik: War es nicht lächerlich, das Lächerliche erklären zu wollen? Nein, das fühlte sich nicht gut an, es fühlte sich an, als hätte er seine stumme Begabung für das Komische mit diesen Worten beschmutzt, als hätte er das Geheimnis seines Humors verraten. Und ehe Thomas nun – wie verabredet – Worte hätte finden können für eine mögliche Antwort oder einen Angriff auf jene Beschreibungen dessen, worüber die Leute lachen, da fragte Stanley: »Und jetzt?«

»Was meinen Sie, Mister Laurel?«

»Ihr Nachfragen, meine Beschreibungen, unsere gemeinsamen Gedanken, die Zusammenfassungen, all diese Erklärungen, all unsere Versuche, das Komische auf eine höhere Ebene zu hieven, es mag mich zwar zu einer neuen Erkenntnis bringen, aber sehen Sie nicht: Wir wissen vielleicht jetzt, worüber die Zuschauer lachen, aber während unseres gesamten Gesprächs haben Sie selbst kein einziges Mal gelacht.«

»Das war auch nicht unser Zielpunkt!«

»Dennoch!«, rief Stanley wie ein trotziges Kind. »Erklärt man das Lachen, so ist es tot.«

Thomas schwieg eine Weile, und Stanley hatte das Gefühl, sein Begleiter habe eigentlich etwas ganz anderes sagen wollen, er schien mit sich zu ringen, doch dann stolperten plötzlich ein paar Wörter vor Stanleys Füße, als hätten sie sich verirrt: »Dann versuchen Sie es doch«, sagte Thomas, äußerst leise und behutsam.

»Was soll ich versuchen?«

»Mich zum Lachen zu bringen.«

»Sie? Thomas von Aquin?«

»Warum denn nicht?«

»Einen Menschen, der das Lachen hasst?«

»Ich hasse es nicht. Ich lehne es ab. Bei Lukas steht: Weh denen, die da lachen! Chrysostomos sagt über Jesus: Weinend sehen kann man ihn oft, lachend niemals, nicht einmal stille lächelnd.«

»Und Sie haben wirklich nie gelacht?«

»Nie.«

»Und die anderen Mönche?«

»Mitunter schon, wenn auch selten.«

»Und wenn die anderen Mönche gelacht haben?«

»Dann habe ich sie in ihre Schranken verwiesen.«

»Zum Beispiel wie?«

»Einmal, ganz zu Anfang noch, in Neapel, da riefen die Mönche: Vor dem Fenster fliegt ein Esel! Ich bin gleich aufgesprungen und zum Fenster gelaufen.«

»Und die Mönche haben gelacht?«

»Ja. Über meine Einfältigkeit. Ich aber sagte ihnen: Worüber lacht ihr? Mir schien es wahrscheinlicher, dass ein Esel durch die Luft fliegt, als dass ein Mönch die Unwahrheit spricht.«

Stanley schmunzelte.

»Daraufhin«, sagte Thomas, »ist den Brüdern das Lachen wie eine Gräte im Halse stecken geblieben.«

»Gut, gut«, sagte Stanley. »Das ist lustig. Wirklich lustig. Sie haben Humor, Thomas, ohne es zu wissen.« Dann rief er, mit dem Glucksen der Vorfreude: »Also gut! Thomas! Ich nehme Ihren Vorschlag an. Ich werde versuchen, Sie zum Lachen zu bringen. Ich weiß, es wird schwierig. Aber ich liebe Herausforderungen!«

Stanley straffte sich. Er dachte nach. Er brauchte einen Witz. Jetzt. Schnell. Einen guten Witz. Sofort fiel ihm einer ein. Stanley lächelte. Meine Miene hellt sich auf, dachte er. So sagt man doch. Hier drinnen scheinen unsere Mienen das Einzige zu sein, was sich aufhellen kann. Gut. Dem Thomas ein Lachen entlocken. Ein Witz über den Tod! Witze über den Tod sind die lustigsten.

»Wissen Sie«, begann Stanley munter, »meine Schwiegermutter, also genauer gesagt, eine meiner vielen Schwiegermütter ...«

»Die Mutter Ihrer Ehefrau?«

»Wie Sie wissen, hatte ich mehrere Frauen, Thomas.«

»Ich erinnere mich.«

»Also. Eine meiner Schwiegermütter war lebensüberdrüssig.«

»Und welche genau? Die Mutter von Mae? Von Vera? Von Virginia? Von Lois? Oder von Ida?«

»Sie haben sich alle Namen gemerkt?«

»Natürlich.«

»Aber es ist völlig unwichtig, welche Schwiegermutter es war. Wichtig ist ihr Lebensüberdruss.«

»Was genau meinen Sie mit Lebensüberdruss?«

»Sie war alt und gebrechlich, sie wollte einfach nicht mehr leben. Das sagte sie auch jeden Tag, unermüdlich: Wär ich mal tot und begraben! Oder: Wär das Leben doch endlich vorbei! Oder: Ich will einfach nur sterben, sterben, sterben!«

»Eine Melancholie?«

»Schlimmer! Und eines Tages fragte meine Schwiegermutter ihre Tochter: Wo bleibt denn der Arzt? Es ist doch Oktober! Höchste Zeit für die Grippeimpfung!«

»Impfung?«

»Auch das noch. Eine Impfung, na ja, das ist, hm, ein Medikament, also eine Arznei, die wird gespritzt, vorbeugend, man kann dann keine Grippe mehr bekommen, für gewöhnlich.«

»Gut. Sehr gut. Und gibt es solche Impfungen auch gegen andere Krankheitsübel?«

»Sagen wir so: Wir haben recht viel im Griff heutzutage.«

»Und heißt das, der Tod ist nicht mehr täglich gegenwärtig bei euch neuen Menschen?«

»Wie meinen Sie das?«

»Bei uns gab es Hunger, Durst, Kälte, Hitze, Müdigkeit und zahllose Krankheiten. Alles konnte jederzeit den Tod bedeuten. Dem unberechenbaren Tod täglich ins Auge schauen, sagt der heilige Benedikt. Wenn wir das schützende Haus verließen, war mit allem zu rechnen. Jede Reise konnte ins Ende führen. Wegelagerer, schlechtes Wetter im Gebirge oder Seuchen. Der Tod war ein kleiner großer Vogel, der uns auf der Schulter hockte.«

»Kann ich jetzt endlich meinen Witz zu Ende erzählen?«

»Witz? Wieso Witz? Ein Witz, wie Sie ihn verstehen, das ist doch, wie Sie sagten, eine kurze, erfundene Geschichte?«

»Ja, und?«

»Ich dachte, Sie hätten das wirklich erlebt. Sie sprachen doch von Ihrer Schwiegermutter!«

»Nein. Ja. Das sagt man nur so, wenn man einen Witz erzählt.«

»Dann also lügen Sie?«

»Aber nur, um Sie zum Lachen zu bringen!«

»Ich soll über eine Lüge lachen?«

»Ja! Bei einem Witz tut man so, als ob die Dinge wirklich passiert wären. Dadurch wird es lustiger.«

»Ich halte also fest: Es war gar nicht Ihre Schwiegermutter, von der Sie erzählten?«

»Nein. Aber Witze mit Schwiegermüttern sind beliebt.«

»Und es war demnach auch gar nicht Ihre Frau?«

»Mein Gott! Vermutlich gab es überhaupt nie eine lebensüberdrüssige Schwiegermutter, die sterben wollte. Und die ihre Tochter fragte: Wo bleibt denn der Arzt? Wegen der Grippeimpfung!«

»Nein?«

»Nein! Und es gab auch keine Tochter, die rief: Wozu brauchst *du* denn eine Grippeimpfung, Mutter? Du sagst doch die ganze Zeit immer nur, dass du sterben willst, sterben, sterben, sterben!«

»Ein guter Punkt!«

»Ruhe! Und die Schwiegermutter entgegnet: Ja, sterben will ich schon, aber doch nicht an der Grippe!«

Thomas schwieg.

»Sehen Sie, jetzt haben Sie mir die Pointe vermasselt!«

## 38

Es schien in der Tat unmöglich, den heiligen Thomas zum Lachen zu bringen. Nicht nur aufgrund seiner ablehnenden Haltung dem Lachen gegenüber und der Zeit- und Weltkluft von siebenhundert Jahren, nein, vor allem wegen der Dunkelheit: Für seine physical comedy, für Grimasse und Körpersprache, da brauchte Stanley einfach Licht. Doch er wollte nicht aufgeben und klammerte sich an eine Reihe seiner liebsten Filmwitze.

Ollie: Und dein Onkel? Lebt der noch?

Stan: Nein. Mein Onkel ist tot. Er ist durch eine Falltür gestürzt und hat sich das Genick gebrochen.

Ollie: Oh, hat er ein Haus gebaut?

Stan: Nein. Sie haben ihn aufgehängt.

Thomas lachte nicht.

Stan: Ollie? Bevor du gehst. Da gibt es eine Sache, die ich dich fragen wollte.

Ollie: Was denn?

Stan: Wenn du tot bist, möchtest du begraben werden oder soll ich dich ausstopfen lassen?

Ollie: Nun, ich denke, ich würde lieber … Was meinst du? Ausstopfen lassen?

Stan: Ich dachte, es wäre schön, dich im Wohnzimmer zu haben.

Thomas lachte nicht.

Miss Roberts: Ist es wahr, dass mein Vater tot ist?

Stan: Nun, Miss Roberts, ich hoffe es für ihn!

Miss Roberts: Aber warum?

Stan: Weil sie ihn beerdigt haben.

Thomas lachte nicht.

Doch Stanley machte unermüdlich weiter und stürzte sich jetzt kopfüber in eine Reihe wilder Späße aus den Filmen, Szenen, die er mit unsichtbaren Gesten nachspielte, weitere Worte, die er wiederholte, und endlich ruckte er ganz dicht an seinen Begleiter heran und spielte ihm vor: Kniechen, Näschen, Öhrchen.

»Sie schlagen zuerst mit den Händen auf die Schenkel. Dann fassen Sie sich mit der linken Hand an die Nase und mit der rechten Hand ans linke Ohr.«

»Und dann?«

»Schlagen Sie sich wieder auf die Schenkel. Und dann fassen Sie sich mit der rechten Hand an die Nase und mit der linken Hand ans rechte Ohr.«

Stanley machte es Thomas vor, er lauschte in die Dunkelheit, und Thomas folgte seinem Beispiel, er gab sich Mühe, ja, er schien verstehen, nachvollziehen, sich auf Dinge einlassen zu wollen, die ihm wie Ausgeburten der Verrücktheit erscheinen mussten.

»Und jetzt?«, fragte Thomas, nasal irgendwie, weil zwei Finger wohl gerade seine Nase quetschten.

»Jetzt werden Sie immer schneller!«, rief Stanley und erhöhte das Tempo.

»Und wie lange?«

»So lange, bis Sie sich verheddern.«

»Verheddern?«

»Bis Sie sich vertun. Bis Ihre Hände nicht mehr wissen, wohin.«

Das Schenkelklatschen verstummte nach kurzer Zeit.

»Und das ist lustig?«, fragte Thomas.

»Ja. Das ist lustig«, sagte Stanley.

»Ich lache nicht.«

Schon riss Stanley dem anderen die Kappe vom Kopf, nahm seine Melone und tauschte Kappe und Melone, immer wieder, aber Stanley sah ein: Auch das war nur im Licht lustig und auch nur mit zwei Melonen. Stanley sang jetzt *The Trail of the Lonesome Pine*, zunächst in seiner gewohnten Tonlage, dann aber plötzlich und ohne erkennbaren Grund in sonorem Bass, der Ollie im Film hatte zusammenzucken lassen, und Stanley unterbrach seinen Gesang immer wieder kurz, um Thomas zu erzählen, was im Film geschah während des Singens: Wie Ollie dem Barkeeper winkte, einen kleinen Holzhammer entgegennahm, mit dem er Stan, als dieser seine Melone lüftete, auf den Kopf schlug, doch Stan sang weiter, nach dem Schlag in vogelzwitschernder Fistelstimme, ehe er die Melone wieder aufsetzte und dann erst den Schlag zu spüren schien, schräg zur Seite kippte und mit dem Kopf auf einem Spucknapf zu liegen kam, schnarchend und schlafend und mit verschränkten Armen, und dieser Mix aus Beschreibung und gleichzeitiger Ausführung dessen, was geschah, wusste Stanley, würde niemals komisch wirken, dennoch: Stanley hörte nicht auf, er spielte, sang und clownte sich durch eine Reihe weiterer Szenen.

Am Schluss wollte Stanley zu seinem letzten Strohhalm greifen. Etwas, das immer wirkte, todsicher. Etwas, das kein anderer Komiker so gut konnte wie Stanley. Seine Geheimwaffe: das alberne Lachen, das ansteckende Lachen, das alle mitreißende, infizierende Lachen, das wie ein Flächenbrand wuchernde Lachen, das funkensprühend von Zwerchfell zu Zwerchfell hüpft und dem niemand etwas entgegensetzen kann. Wer immer dieses Lachen hört, ist verloren, verdammt dazu, mitzulachen. Mal wurde das alberne Lachen durch falschen Einsatz von Lachgas hervorgerufen, mal wurde Stan von einer Frau gekitzelt, mal geschah es aber auch einfach so, wie in *Blotto*: Dann schlich es sich an, von innen, wurde lauter, wilder, heftiger, riss ihn vollends mit sich, auch Ollie und alle anderen. Doch sosehr Stanley sich in die rechte Stimmung bringen wollte für jenes alberne Lachen, sosehr er an etwas Lustiges dachte und sich zurückversetzte in eine Situation, in der er tatsächlich einmal albern gelacht hatte, er merkte sofort, dass es nicht gelingen würde, nicht jetzt, nicht hier. Lag es an der Dimmung seiner Gefühle, seit er durchs Finstere streifte? Und war Freude nicht eine der wichtigsten Empfindungen? Und das Lachen der wesentliche Ausdruck der Freude? Nein, es ging nicht. Nicht hier drinnen. Nicht im Finstern. Nicht neben Thomas. Nicht in dieser Lage, in der sie sich befanden. Und Stanley schwieg, erschöpft.

## 39

»Also dann«, sagte Thomas, »bleibt uns, Folgendes festzuhalten: Wir haben erstens zu klären versucht, worüber die Menschen lachen, wenn sie Ihre Filme sehen, auch wenn ich dies nicht wirklich nachvollziehen kann und lieber den wohlwollenden Mantel des Schweigens darüberbreite. Sie haben zweitens, ohne jeden Erfolg, versucht, mich zum Lachen zu bringen. Jetzt müssen Sie mir drittens noch etwas anderes verraten.« Thomas schien die folgende Frage wie Spucke auf der Zunge zu sammeln. »Was genau«, sagte er, »ist überhaupt der *Sinn*? Der Sinn des Lachens?«

»Der Sinn?«, rief Stanley und antwortete sofort, beinah wie fremdgelenkt, und von Satz zu Satz sprudelten seine Gedanken klarer, schneller als je zuvor. »Der Sinn des Lachens? Es scheint, der Sinn des Lachens ist Entlastung und Erleichterung. Oder Auflehnung und Kampf gegen Autoritäten und Konventionen. Vielleicht: Anarchie. Was aber ist mit dem albernen Lachen? Das mitreißende, ansteckende, entzündende, infizierende Lachen, das Lachen, dem keiner, der es hört, etwas entgegensetzen kann, das Lachen, bei dem man selbst nicht mehr aufhören kann und bei dem alle anderen einfach mitlachen müssen ...«

»Ein solches Lachen kenne ich nicht.«

»Das alberne Lachen ist ein vollkommener Kontrollverlust: Wir können nicht mehr anders als lachen. Wir geben uns hin, Lachtränen fließen, wir halten uns den Bauch, wir ersticken beinah, es geht um Leben und Tod. So heißt es doch: Wir lachen uns tot!«

»Diese Wendung ist mir unbekannt.«

»Aber ist der Augenblick des Todes nicht der andere Punkt

auf der Skala des Lebens, an dem der Mensch die Kontrolle verliert?«, rief Stanley im Gefühl, diese ungewohnten Gedanken stürzten wie von selbst aus seinen Lippen. »Und zwar endgültig?«

»Der Augenblick des Todes?«

»Der Sinn des albernen Lachens scheint eine Einübung zu sein. Der komplette Verlust der Kontrolle im albernen Lachen könnte Vorbereitung sein. Eine Vorbereitung auf den letzten Verlust der Kontrolle unseres Lebens: im Tod.«

»Das klingt nachdenkenswert, Mister Laurel.«

»Vorhin sprachen wir davon: Die Sekunde des Todes, in der ich die Kontrolle verliere, wird entsetzlich sein, und wie schön es doch wäre, in dieser Sekunde einfach loslassen zu können: um in Würde zu sterben. Jetzt sage ich: Und wenn ich Hilfe hätte beim Loslassen? Beim letzten aller Kontrollverluste? Wenn ich vorbereitet wäre? Wenn ich den Verlust der Kontrolle schon kennen würde? Von irgendwoher? Vom albernen Lachen? Ja! Das alberne Lachen als Einübung ins Sterben! Als Trost! Ein Trost wie der Glaube?«

»Das soll der Sinn sein, der Sinn des albernen Lachens?«

»Nein!«, rief Stanley. »Nein! Es scheint nur so. Aber meine Antwort ist zu schön, um wahr zu sein.«

»Die Wahrheit ist immer schön.«

»Erstens ist das viel zu weit hergeholt. Zweitens hat Lachen nichts mit Würde zu tun. Drittens wäre das alberne Lachen durch eine solche Antwort zu schwer beladen. Das alberne Lachen muss doch Leichtigkeit sein, oder nicht? Der Dichter sagt: Am Ende hat der Humor keinen Zweck außer sich selbst. Das heißt: Man soll das Lustige um seiner selbst willen genießen. Und nicht, weil es zu irgendetwas dienlich sein könnte.« Stanley strich sich über die Stirn. »Dienlich? Ich weiß nicht, Thomas«, sagte er, »woher diese fremden Wörter so plötzlich in mir auftauchen.«

»Es ist die Macht des Denkens.«

»Sehen Sie, Thomas, *Sie* glauben: Da ist einer, der alles Unerklärliche auflösen wird: Gott. Und es stimmt: Einem Menschen, der *nicht* an Gott glaubt, dem fehlt etwas, Thomas. Das Aufgehoben- und Geborgensein, der Trost und vielleicht auch der Sinn. Aber hören Sie zu: Sie haben zwar für sich Ihre *eine* Wahrheit gefunden, Thomas, aber zu welchem Preis? Haben Sie nicht das Lachen verloren? Verraten? Die Möglichkeit, einen Schritt zurückzutreten? Von Ihrer einzigen Wahrheit?«

»Warum sollte ich von ihr zurücktreten?«

»Um sie nicht zu ernst zu nehmen. Um sie nicht absolut zu setzen! Um sie nicht allen Menschen aufzuzwingen! *Eine* Wahrheit, absolut gesetzt, eine einzige Wahrheit, für die man kämpfen und sogar töten würde, ist die nicht gefährlich?«

»Warum? Sie brennt und steckt an und springt über, und wie ein Flächenbrand erweckt sie die Menschen aus ihrem Schlaf.«

»Das tut das alberne, ansteckende Lachen auch.«

»Wie wollen Sie das vergleichen? Angesichts des Absoluten, angesichts Gottes muss jede Possenreißerei verstummen!«

»Wir reden aneinander vorbei«, sagte Stanley. »Der Sinn des albernen Lachens, darum ging es doch! Das wollten Sie wissen!«

»Ja, Mister Laurel.«

»Vielleicht gibt es ihn nicht. Vielleicht ist das die Wahrheit des albernen Lachens. Vielleicht ist der Sinn des albernen Lachens der fehlende Sinn. Die Menschen, sie lachen, weil es endlich einmal keinen Sinn geben muss in ihrem Leben. Die Menschen lachen über den Unsinn. Sie dürfen albern sein. Ja, das Lachen mag entlastend sein, erleichternd, tröstend oder aufrüttelnd; das alberne Lachen aber entspringt dem Gefühl der Vergeblichkeit allen Strebens. Ich hample hier herum auf Erden. Marionette der Sinnlosigkeit. Ich stehe auf, ich ziehe mich an, ich esse, ich schlafe, ich arbeite, ich treffe Menschen, ich verstricke mich, ich atme, ich liebe, ich pisse und sterbe. Im Gegensatz zu Ihnen, Thomas, finde ich keinen höheren Sinn im Leben. Und deshalb lache ich. Über die unerklärliche Vergeblichkeit meines Tuns auf Erden. Ja, das alberne Lachen darf sich erschöpfen in sich selbst. Vielleicht, Thomas, sind das alberne Lachen und der Glaube nur zwei Weisen, sich dem Unerklärlichen zu nähern. Sinnhaft und sinnentleert. Ihr Glaube zielt auf einen außer uns liegenden Sinn. Mein albernes Lachen zielt auf das in mir liegende Gefühl einer tief empfundenen Sinnlosigkeit. Die Sinnlosigkeit macht sich Luft im Unsinn. Und warum«, fragte Stanley und wurde langsamer und leiser zugleich, »warum könnten Sinn und Unsinn nicht Partner sein?«

»Partner?«

»Nebeneinander. Miteinander. Sie haben im Glauben Ihr Heil gefunden, Thomas! Ich nicht. Lassen Sie mir doch bitte das Heillose! Das heillose Lachen.«

## 40

Stanley war erstaunt. Über diese Worte. Aus seinem eigenen Mund. All diese Sätze: noch nie in seinem Leben gedacht oder gar ausgesprochen! Er hatte Thomas anstecken wollen mit seinem albernen Lachen, jetzt aber schien es umgekehrt zu sein: Das Denken des heiligen Thomas steckte ihn an, färbte mehr und mehr auf ihn ab, ja, Stanley schien, als habe er den Ton seines Begleiters sogar ein klein wenig nachgeahmt, und das Nachahmen, wusste Stanley, war eine seiner großen Stärken: Als junger Mann hatte er Filme in Chaplin-Maske und -Montur gedreht, und alle hatten ihn ohne jeden Zweifel für das Original gehalten.

»Ich sehe, Sie denken endlich«, sagte Thomas.

Stanley hockte dort, die Beine angezogen, die Ellbogen auf die Kniescheiben gestützt, das Kinn in die Hände gelegt, jetzt aber löste er seine Haltung auf, suchte Bequemlichkeit und streckte die Beine nach vorn und die Hände nach hinten. Seine rechte Hand landete nicht auf dem Boden, sondern auf einem Gegenstand, der im Dunkeln lag. Weich und pappig. Ein Buch, das fühlte Stanley sofort, ebenfalls ein Buch, wenn auch wesentlich kleiner als das Buch, das Thomas gefunden hatte: ein Taschenbuch. Stanley wunderte sich nicht im Geringsten über seinen Fund im Dunkeln. Ihm war, als habe er – wie sein Filmzwilling Stan – das Wundern verlernt. Zwei Geräusche, zwei Bücher, leises Geräusch, lautes Geräusch, leichtes Buch, schweres Buch. Und mehr noch: Stanley wusste sofort, *welches* Buch er aus dem Dunkeln zog. Er ließ es in seinen Schoß fallen, als hätte er sich verbrannt, dann griff er zu Thomas hinüber und berührte dessen Arm.

»Was ist Ihnen?«, fragte Thomas.

»Sind Sie da?«, fragte Stanley.

»Was meinen Sie?«

»Sind Sie wirklich da? Bei mir? Hier?«

»Ich verstehe Sie nicht.«

»Dieses Buch.«

»Die *Poetik* des Aristoteles?«

»Nein«, sagte Stanley. »Dieses Buch hier. Es lag hinter mir.«
Stanley reichte Thomas das Taschenbuch.

»Und das soll ein Buch sein?«, fragte Thomas und sein Daumen brachte die Seiten des Buches zum Flüstern.

»Ja«, sagte Stanley, »ein Buch unserer Zeit, ein Taschenbuch, das man mitnehmen kann, um es im Zug zu lesen, also, in der Kutsche, unterwegs jedenfalls.«

»Und wissen Sie, was für ein Buch das ist?«

»Ich weiß es.«

»Und wie lautet seine Überschrift?«

»Das Buch hat mir die Schwester gebracht. Meine Krankenschwester. Sie war nicht nur Krankenschwester, sie war auch Ordensschwester. Eine Dominikanerin. Ich habe sie um irgendwas zum Lesen gebeten, um eine Ablenkung. Sie sagte, sie könne mir das Buch leihen, das sie selbst gerade lese. Dann brachte sie es mir. Es ist ein wunderbares Buch, sagte sie.«

»Und wie lautet der Name des Verfassers?«

»Es ist eine Biographie. Also eine Art Bericht. Über das Leben und Wirken eines Menschen, der tatsächlich gelebt hat. Der Verfasser des Buches heißt Gilbert Keith Chesterfield. ... Nein. Chesterton hieß der. Chesterfield sind meine Zigaretten. Die ich geraucht habe. Früher. Drei Packungen am Tag. Was würde ich jetzt darum geben. Eine Chesterfield. Und ein Feuerzeug.«

»Zigaretten?«

»Nicht so wichtig. Jedenfalls: Gilbert Keith Chesterton ist ein englischer Autor, der auch Krimis geschrieben hat.«

»Was sind Krimis?«

»Bücher, in denen jemand umgebracht wird, und ein anderer versucht herauszufinden, wer der Mörder ist.«

»Und so was lesen die neuen Menschen?«

»So was lesen die neuen Menschen.«

»Dieses Buch der Schwester aber war eine Biographie?«

»Genau.«

»Und über wen?«

Stanley holte tief Luft und sagte: »Über Sie!«

»Über mich?«

»Gilbert Keith Chesterton: *Saint Thomas Aquinas. The Dumb Ox.*«

Thomas schwieg kurz, dann sagte er: »*The Dumb Ox.* Ja. Aber wieso *Saint?* Und wann wurde das Buch geschrieben?«

»1933. Ich habe das Buch verschlungen. Mitreißend, erhellend, unterhaltsam. Wenn auch auf geradezu fanatische Weise einseitig. Vom Glauben getragen. Geradezu polemisch gegen all Ihre Gegner. Jetzt aber«, sagte Stanley, »habe ich Angst, nein, Unruhe, Sie, Thomas, Sie sitzen gar nicht wirklich neben mir, sondern ich bilde mir Ihre Anwesenheit nur ein. Im Sterbewahn. Eine Unruhe, dieses Buch über Thomas könnte eine Erklärung sein für diese Begegnung mit Ihnen, eine widerliche, rationale Erklärung dafür, dass unsere Begegnung keine echte, äußere Begegnung ist, sondern eine falsche, innere. Eine Erklärung dafür, dass ich Sie kenne und so gut über Sie Bescheid weiß, über Ihr Leben und Ihre Lehren. Weil ich eben jenes Buch gelesen habe. Eine Erklärung, die mir sagt, dass Sie, Thomas, gar nicht sprechen, hier, in der Dunkelheit, sondern nur in meinem verdammten Kopf. Verstehen Sie das?«

»Nicht in Gänze.«

»Ich aber würde gerade jetzt viel lieber im Unerklärlichen bleiben, Thomas. Ich teile nicht Ihre Ansichten, aber ich teile gern Ihre Gegenwart. Und ich wünsche mir nichts mehr, als dass Sie da sind, dass Sie wirklich da sind. Und ich nicht allein.«

»Ich bin wirklich da!«

»Sind Sie sicher?«

»Ich kann Sie beruhigen, Mister Laurel«, sagte Thomas und kniff in Stanleys Arm, so heftig, dass es eigentlich hätte weh tun müssen, aber Stanley spürte nur einen tiefen Druck und keinen Schmerz. »Ich bin leibhaftig anwesend«, rief Thomas, lauter als sonst, und er beugte sich dabei so dicht zu Stanley, dass dieser den anderen erstmals riechen konnte, eine Mischung aus Tannennadeln, verbranntem Holz, Milch und Regen. »Ich bin keine Einbildung«, fügte Thomas hinzu. »Ich bin Thomas von Aquin.«

»Das«, sagte Stanley, »könnte auch ein Eingebildeter sagen.«

»Außerdem: Sie berühren mich, ich berühre Sie, Sie hören meine Stimme, deutlich und klar.«

»Thomas! Kneifen Sie mich bitte noch einmal.«

Thomas tat es.

»Ich spüre keinen Schmerz. Ich spüre Ihre Finger, aber keinen Schmerz. Vielleicht ist der Schmerz der letzte Sinn, der uns fehlt.«

Thomas schwieg.

»Lassen Sie uns einfach hierbleiben!«, rief Stanley, von einer plötzlichen, ungewohnt deutlichen Euphorie umspült.

»Hierbleiben?«

»Hierbleiben und weiterreden. Nichts sonst. Gemeinsam der Zeit ein Schnippchen schlagen.« Stanley hakte sich im Sitzen bei seinem Begleiter ein, in der Absicht, ihn auf keinen Fall wieder loszulassen. »Reden, über alles, über Gott und die Welt. Ich will mehr erfahren über das, woran Sie so unerschütterlich glauben, Thomas. Es wäre schön, wenn ich es auch könnte. Jedenfalls ein kleines bisschen.«

»Ich bin nicht abgeneigt. Aber sagen Sie, Mister Laurel: Gerade sprachen Sie von *Saint* Thomas. Wie kommen Sie dazu?«

»Na ja. Das Buch heißt so. Weil man Sie heiliggesprochen hat.«

»Mich? Das kann ich nicht glauben. Für eine Heiligsprechung sind Wunder vonnöten. Ich habe niemals Wunder gewirkt.«

»Man sagt Ihnen nach, dass Sie sich mehrmals erhoben haben vom Boden, schwebend sozusagen, Levitation.«

»Das ist Unsinn.«

»Aber ich hab es gelesen.«

»Man soll nicht alles glauben, was geschrieben steht.«

»Außerdem haben Sie bis zu vier Sekretären parallel Ihre Gedanken diktiert.«

»Das stimmt, aber was daran soll ein Wunder sein?«

»Als Sie sich einmal beim Diktieren schlafen legten, so heißt es, sollen Sie auch im Schlaf weitergesprochen haben. Beziehungsweise Gottes Stimme durch Ihre Lippen.«

»Daran kann ich mich naturgemäß nicht erinnern.«

Stanley holte tief Luft und sagte: »In diesem Buch, Thomas, da steht auch drin, wie genau Sie gestorben sind.«

»Und? Wie?«

»Das verrate ich nicht.«

»Warum nicht?«

»Weil *Sie* es mir sagen wollten, Thomas. Ihre letzte Erinnerung. Die sind Sie mir schuldig. Jetzt. Die letzte Erinnerung. Ehe Sie hierherkamen. Im Dunkeln. Ehe Sie an der Wand hockten. Ehe ich über Sie stolperte. In der Finsternis.«

## 41

»Ich stand auf einer Kanzel«, sagte Thomas, nachdem er eine Weile überlegt hatte.»Ich predigte. Und ich sprach über die Vögel am Himmel und die Lilien auf dem Felde. Eine Bibelstelle. Wie gut es den Vögeln und den Lilien gehe, und wenn Gott so gut für die Vögel und die Lilien sorge, wie gut er erst für die Menschen sorge, für sein Ebenbild. Dann wurde mir schwarz vor Augen, und ich brach zusammen. Zugleich aber flog ich selber wie ein Vogel über die Lilienfelder. Das ist meine letzte Erinnerung. Danach befand ich mich hier drinnen, im Dunkeln, ich kauerte an der Wand, und schon kamen Sie, Mister Laurel.«

»Das stimmt nicht!«, rief Stanley.

»Wie meinen Sie das?«

»Das kann nicht Ihre letzte Erinnerung sein! Das ist nicht Ihre letzte Erinnerung! Jedenfalls nicht die letzte Erinnerung vor Ihrem Tod!«

»Wie kommen Sie darauf?«

»Weil Sie nicht auf der Kanzel gestorben sind! Und auch nicht danach, in der Sakristei.«

»Und woher wollen Sie das wissen?«

»Von Chesterton.«

»Ach, dieser Chesterton!«

»Chesterton schreibt *auch* über den Zusammenbruch auf der Kanzel, von dem Sie gerade sprachen, Thomas. Sie predigen, Sie stocken, Sie sacken zusammen, Sie werden in die Sakristei getragen, Ihr Begleiter, Reginald von Piperno …«

»Reginald? Ich habe ihn nie erwähnt. Woher kennen Sie ihn? Steht das auch bei Chesterton?«

»Reginald war Ihr Assistent.«

»Er war mein Freund.«

»Also dieser Tag, der Nikolaustag 1273 ...«

»Das ist richtig!«, rief Thomas mit Staunen in der Stimme.

»Aber nach diesem Zusammenbruch, Thomas, da haben Sie noch drei Monate weitergelebt!«

»Daran erinnere ich mich nicht.«

»Aber glauben Sie mir, so war es.«

»Kann dieser Mister Chesterton sich täuschen?«

»Nein, das ist alles überliefert! Es heißt in dem Buch, Sie sind nach dem Zusammenbruch auf der Kanzel irgendwann wieder zu sich gekommen in der Sakristei, und dann haben Sie gesagt, Sie hören auf mit dem Schreiben.«

»Warum hätte ich das tun sollen?«

»Wegen all der Dinge, die Sie gesehen haben im Augenblick des Zusammenbruchs, wegen all dessen, was Ihnen offenbart worden ist, während Ihnen schwarz vor Augen war.«

»Und welche Dinge sollen das gewesen sein?«

»Das steht leider nicht bei Chesterton.«

»Na toll«, sagte Thomas, und Stanley stutzte, weil der andere seinen eigenen ironischen Tonfall nachzuahmen schien.

»Sie haben zu Lebzeiten keinem davon erzählt«, sagte Stanley. »Man vermutet eine mystische Erfahrung. Die Schau Gottes. Licht und so weiter. Vereinigung. Verschmelzung. Solche Sachen eben.«

Thomas dachte eine Weile nach. »Ich frage mich«, sagte er, »warum Sie sich erst jetzt an das Chesterton-Buch erinnern!«

»Vielleicht, weil ich das Buch eben erst fand?«

»Unser Erinnern hier folgt einer unklaren Logik.«

»Welcher Logik?«

»Lassen Sie uns schauen«, sagte Thomas. »Wenn Chesterton

recht hat. Wenn meine letzte Erinnerung nicht die Erinnerung an meinen letzten Lebensaugenblick ist. Dann könnte auch Ihre letzte Erinnerung, Mister Laurel, nicht die Erinnerung an Ihren letzten Lebensaugenblick sein.«

»Und das heißt?«

»Sie sagen zwar der Schwester, dass Sie lieber Ski fahren würden als sterben, aber Sie sterben noch nicht, sondern leben weiter.«

»Aber wohin?«

»Bitte?«

»Wohin lebe ich weiter?«

»Ich weiß es nicht.«

»Wenn dem so wäre«, rief Stanley, »gibt es Hoffnung? Nichts weiter will ich! Hoffnung! Dass ich wieder aufwache, in meinem Bett, in Santa Monica, in meinem Bett, das noch gar kein Sterbebett ist? Dass ich gesund werde? Alle meine Menschen noch einmal sehen und in die Arme schließen kann? Dass ich das Ende des Lebens noch nicht erreicht habe?«

»Warum wehren Sie sich so sehr gegen das Ende?«

»Wer will schon das Ende erreichen?«

Da fragte Thomas plötzlich: »Verraten Sie mir etwas?«

»Was wollen Sie wissen?«

»Wie genau bin ich gestorben?«

Stanley sagte: »Ich hätte nie gedacht, dass ich so eine Frage jemals von einem Menschen hören würde.«

»Nun, ich möchte wissen: Wenn ich nicht auf der Kanzel starb oder in der Sakristei: Wie genau bin ich gestorben gemäß dem Buch Ihres Mister Chesterton?«

»Sie reisten nach Lyon«, sagte Stanley.

»Wie schön.«

»Es fiel Ihnen ein Ast auf den Kopf. Ein schwerer Ast wohl. Aus heiterem Himmel. Sie bekamen ein Fieber, wurden ernstlich krank, man brachte Sie zu Ihrer Schwester. Deren Haus lag auf dem Weg.«

»Zu Lucilla?«

»Ja.«

»Das ist gut.«

»Lucilla und die Ärzte konnten nichts für Sie tun. Sie wurden in ein Zister ... Zaster ... in ein Kloster geschickt, keine Ahnung, wie das hieß.«

»In ein Zisterzienserkloster?«

»Genau.«

»Ins Kloster Fossanova?«

»Ja.«

»Es ist wunderbar, wenn man einem Menschen begegnet, der mehr über einen weiß als man selbst.«

»Ich glaube, Sie haben recht«, sagte Stanley. »Gemeinsam weiß man mehr als allein. Die Antworten auf unsere Fragen. Vielleicht werden wir sie nur finden, wenn wir sprechen, uns zuhören, voneinander lernen, die Dinge ins rechte Licht rücken! Thomas! Ich glaube: Solange wir reden, leben wir.«

»Mister Laurel«, entgegnete Thomas. »Dieser Satz klingt ebenso simpel wie weise. Beantworten Sie mir noch eine letzte, wichtige Frage: Habe ich vor meinem Tod die Sakramente empfangen?«

Stanley sagte nichts. Die Stimme seines Begleiters hatte bei der Frage gezittert. Und so seltsam diese Frage Stanley schien, er spürte doch, wie ungeheuer wichtig eine Antwort für Thomas war.

»Davon steht nichts in dem Buch«, antwortete Stanley. »Aber ich denke, wenn Sie in einem Kloster starben, werden Sie auch die Sakramente empfangen haben, oder nicht?«

»Vielleicht starb ich ja auf dem Weg dorthin?«

»Nein, Sie starben im Kloster.«

»Woher weiß man das so genau?«

»Die Mönche, heißt es bei Chesterton, hatten große Mühe, Ihren schweren ... also ... Entschuldigung ... ich meine ... Ihren Körper nach dem Tod die Treppe hinunterzutragen.«

»Wie kamen die Mönche denn überhaupt auf den Einfall, mich vor meinem Tod nach oben zu schleppen?«

»Gute Frage, Thomas. Aber noch etwas anderes habe ich gelesen bei Chesterton. Ich weiß nicht, ob ich es Ihnen erzählen soll. Etwas, das Ihr Beichtvater sagte.«

»Dann«, sagte Thomas und atmete hörbar und erleichtert auf, »herrscht jetzt endgültige Gewissheit. Durch die Hand des Beichtvaters empfängt der Sterbende die Sakramente.«

»Oh«, sagte Stanley, »das war mir nicht bekannt.«

»Wie hieß denn mein Beichtvater?«, unterbrach Thomas ihn, und in seiner Stimme lag ein seltsamer Eifer, der Eifer eines Menschen, der gerade erfährt, wie er gestorben ist.

»Es war Ihr Freund. Reginald von Piperno.«

»Reginald? Und was hat er gesagt?«

»Wollen Sie das wirklich hören?«

»Es ist nur ein Buch, in dem es steht.«

»Aber ich weiß nicht, ob es Ihnen gefallen wird.«

»Reden Sie frei, Mister Laurel.«

»Also gut. Bei Chesterton steht, dass Reginald weglief. Aus Ihrem Sterbezimmer, Thomas. Nach der letzten Beichte.«

»Weglief? Wohin?«

»Zu den übrigen Brüdern in den Kreuzgang. Bleich. Erschrocken. Oder geblendet. Seine Beichte!, sagte Reginald immer wieder. Seine Beichte! Seine Beichte!«

»Was war denn mit meiner Beichte?«, rief Thomas.

»Reginald sagte: Er hat gebeichtet wie ein fünfjähriges Kind!«

Thomas atmete hörbar auf. »Das bedeutet, dass ich starb ohne Sünde? Wie ein unschuldiges Kind?«

»Ich weiß nicht«, sagte Stanley. »Vielleicht bedeutet es auch: Sie haben gebeichtet wie ein fünfjähriges Kind: ehe es ins Kloster geschickt wird. Und aufhören muss, ein fünfjähriges Kind zu sein.«

Thomas sagte nichts.

»Ein fünfjähriges Kind, das gerne über Felder und Wiesen läuft. Im Winter einen Engel in den Schnee wedelt. Das Quatsch macht. Und die Zunge rausstreckt.«

»Hören Sie auf, Mister Laurel.«

»Vielleicht bedeutet es: Sie starben mit dem Lachen eines fünfjährigen Kindes auf den Lippen. Mit dem albernen Lachen eines fünfjährigen Kindes.«

## 42

Thomas stand auf.

»Was ist los?«, fragte Stanley.

Er fühlte, wie Thomas ihn hochzog.

»Habe ich etwas Falsches gesagt?«, fügte Stanley hinzu.

»Im Gehen«, sagte Thomas, »kann ich besser denken.«

»Sie wollen gehen?«

»Ja.«

»Und die *Poetik* des Aristoteles?«, fragte Stanley.

»Das Buch nehme ich mit.«

»Aber Sie können es nicht lesen ohne Licht.«

»Ich lasse kein Buch zurück!«

»Es ist mordsschwer! Und wozu brauchen Sie ein Buch über die Komödie?«, rief Stanley. »Sie haben doch jetzt mich!«

Thomas reagierte nicht, er hakte sich bei Stanley unter und ging los. Stanley hielt Schritt. In der freien Hand hielt er sein kleines Taschenbuch. Er überlegte kurz, dann aber ließ er es in die Dunkelheit gleiten, einfach so, er lauschte, hörte aber nicht, wie das Buch auf dem Boden landete. Vielleicht war das Buch in ein Loch gefallen? Ein weiteres Loch, an dem sie – ohne es zu bemerken – vorbeigestreift waren? Oder aber das Buch war aufgefangen worden? Von irgendwelchen dunklen Klauen? Sofort spürte Stanley wieder dieses Unbehagen, etwas Altes, dachte Stanley plötzlich, etwas Dunkles, etwas, das noch dunkler war als die Dunkelheit, durch die sie streiften, etwas, das jetzt immer näher kam, je länger sie gingen, oder etwas, dem sie immer näher kamen.

Und Stanley klammerte sich an Thomas und zog ihn ein wenig zu sich hinüber, bis er seine freie Hand wieder an die Wand des Tunnels legen konnte.

»Woran denken Sie gerade?«, fragte Stanley, um sich von diesem schwarzen Gefühl abzulenken.

»An die Picknickdecke.«

»An die Picknickdecke?«

»Auf der wir saßen.«

»Aber …«

»Sie haben sie liegen lassen«, sagte Thomas.

Stanley schwieg.

»Hauptsache«, fügte Thomas hinzu, »wir tragen die Bücher bei uns.«

»Meines habe ich fallen gelassen.«

»Warum?«

»Sie, Thomas, sind mir lieber *in natura*.«

Stanley hörte ein Geräusch, als kratzte Thomas mit dem Daumennagel über das Aristoteles-Buch, das er unter seinen freien Arm geklemmt haben musste.

»Ich muss gestehen«, sagte Thomas, »ich habe mir den Weg in die Ewigkeit gänzlich anders vorgestellt.«

»Und wie?«

»Mit mehr Licht.«

»Mit *mehr* Licht?«

»Also sagen wir, überhaupt mit Licht.«

Es stimmte: Ihrer beider Leben auf Erden war ermöglicht worden durch das, was ihnen hier drinnen fehlte: Licht. Das innere Licht von Stanleys Ideen. Das äußere Licht seiner Filme. Das innere Licht von Thomas' Gedanken. Das äußere Licht seiner Kerzen fürs Schreiben.

»Es bleibt mir nur ein letzter Schluss«, sagte Thomas. »Wenn das Licht nicht von außen kommt, so kann es nur aus dem Inneren leuchten.«

»Aus uns selbst?«

»Ja.«

»Und wie soll das gehen?«

»Das weiß ich nicht.«

»Sie wissen reichlich wenig für einen Heiligen.«

»Vielleicht«, sagte Thomas, »müssen wir das Licht gemeinsam zum Leuchten bringen.«

»Gemeinsam«, wiederholte Stanley, und es klang wie ein Echo. »Dann brauchen wir eine Antwort. Auf die Frage, weshalb ausgerechnet *wir zwei* uns hier drinnen gefunden haben.«

Nun, die Parallelen waren offensichtlich: Thomas hatte seine Säuglingsschwester beim Picknick verloren, Stanley den Säuglingsbruder durch Kindstod. Stanleys Mutter starb ebenso früh wie Thomas' Vater. Thomas las sein Leben lang Bücher, Stanley schaute sein Leben lang Filme. Thomas kopierte die Schriften, Stanley kopierte Chaplin. Beide schrieben wie die Teufel, Thomas schrieb Summen und Kommentare im Auftrag des Denkens und des Glaubens, Stanley schrieb Ideen und Gags im Auftrag des Lachens und der Albernheit. Sie beide brauchten Hilfe: fürs Zünden der Gedanken wie fürs Zünden des Humors. Thomas fand seinen Partner in Aristoteles, Stanley in Oliver Hardy. Thomas wollte andere Menschen ins Verstehen geleiten; und Stanley wollte andere Menschen zum Lachen bringen.

Und beide hassten sie Fisch.

Doch auch die Gegensätze bildeten Paare. Bis zu seinem fünften Lebensjahr sprang Thomas fröhlich durch die italienische Sonne, die sein Lachen erhellte; bis zu seinem fünften Lebensjahr lebte Stanley bei seiner strengen, methodistischen Großmutter, die jedes ungehörige Lachen bestrafte. Eine Amme brachte den fünfjährigen Thomas ins Kloster; eine Nanny den fünfjährigen Stanley ins Theater. Dem kleinen Thomas wurde das Lachen gestohlen, das dem kleinen Stanley wie ein rettendes

Elixier erschien. Thomas lebte nur noch für den Glauben, den Stanley verlor. Thomas erstickte jede sexuelle Begierde; und Stanleys Lust sprengte alle Dämme.

Ja, und beide verschwanden sie mehr und mehr hinter einer Rolle, die sie spielten, ohne sie je ablegen zu können: das alberne Kind und der gewissenhafte Lehrer. Ein Leben im Erspüren und Mitteilen des Komischen und im Erfahren und Mitteilen der Offenbarung: unverfügbar und finster für den jeweils anderen.

»Sie glauben doch an Gott?«, fragte Stanley.

»Was ist das für eine Frage?«

»Wenn es einen Gott gibt, dann kann es doch kein Zufall sein: dass wir beide uns hier drinnen begegnen.«

»Ja. Es scheint, Gott führte mich hierher, um Ihnen etwas zu zeigen, um Sie etwas zu lehren.«

»Und wie sieht es umgekehrt aus?«

»Wie bitte?«

»Wir müssen in jedem Fall weiterreden!«

»Das ist richtig«, sagte Thomas. »Platon schreibt in seinem *Siebten Brief*: Durch Sich-Unterreden viele Male und durch langes vertrautes Zusammensein um der Sache willen entzündet sich wie von einem fliegenden Funken im Nu ein Licht.«

»Wie schön.«

»Die Menschen sind halbe Kugeln. Sie suchen ihr ähnliches Gegenteil. Im Leben scheinbar genauso wie im Tod.«

»Halbe Kugeln?«

»Die zueinanderfinden müssen.«

Vielleicht, dachte Stanley, ist es auch vollkommen egal, wer genau sich hier im Finstern trifft, vielleicht geht es nur um das Ende der Einsamkeit. Und kaum hatte Stanley diesen Gedanken ausgedacht, blieb er stehen. Jetzt. Hier.

Auch Thomas hielt inne.

Und Stanley schob seinen Körper vor den Leib des Aquinaten, in Düsternähe, Stirn an Stirn, wie ferngelenkt, Stanleys Nasenspitze tippte vor das Kinn des anderen, Thomas' Mund berührte seine Stirn, Stanley ging auf die Zehenspitzen, bis die Nasen sich trafen, die Münder nur Zentimeter voneinander entfernt, ihre Atemzüge mischten sich, und ein scharfer Geruch strömte Stanley entgegen, etwas Beißendes, aber klar und frisch, beinah wie Lysol, und diese Erleichterung, als sie sich beide gleichzeitig in den Arm nahmen, auch wenn Thomas ihn nur einhändig umarmte, denn Stanley spürte an der Hüfte das schwere Aristoteles-Buch, das Thomas mit dem rechten Arm festhielt. Einerlei: Wie warm das tat, den anderen so nah zu spüren, auf den Zehenspitzen wippend, Stanley schloss die Augen, und seine Wange legte sich an die seines Begleiters und schien mit ihr zu verschmelzen zu einer einzigen Haut.

Das Licht, dachte Stanley, das Licht, es muss von innen kommen, Thomas hat recht, wir müssen es nur noch zum Leuchten bringen, in uns, aus uns, durch eine ungeheuerliche Tat vielleicht, durch ein Ding der Unmöglichkeit, und Stanley dachte an jene Dinge der Unmöglichkeit, die seine Filmfigur Stan so unerschütterlich hingenommen hatte in diesem unbedarften Kinderglauben, *weiße Magie*, hatte er es einmal genannt, *weiße Magie*. Ja, Stan war durch die Filme gestolpert und Stanley durchs Leben. Gäbe es so etwas wie eine Geistseele, dann wäre Stan sein Geist und seine Seele: Stan hatte ihn begeistert und beseelt. Gäbe es so etwas wie einen Sinn, dann wäre Stans Unsinn Stanleys Sinn. Eine *weiße Magie* muss her, ein Ding der Unmöglichkeit, dachte Stanley, und er lächelte sofort, weil der Schlüssel zu allem auf einmal so klar vor ihm lag, erwachsen aus dem lustigsten und kindlichsten Einfall, der ihm je für seine Filme gekommen war, in *Way Out West*, ja, der Ausweg, der einzig mögliche Ausweg.

Und er löste die rechte Hand vom Rücken des Aquinaten und streckte sie in die Finsternis. Die Finger legten sich leise um den Daumen. Ohne weiter nachzudenken, schnipste Stanley den Zündholzdaumen an die Luft. Als wäre der Nagel in Schwefel getaucht und die Innenhand eine grobe Reibefläche. Ein Kratzen, ein Zischen, und die Kuppe des Daumens entflammte sofort. Stanley blieb ruhig, das Feuer schmerzte nicht. Obwohl die in Spiritus getränkte Kappe fehlte, die den Trick in den Filmen erst ermöglicht hatte. Von der nackten Daumenspitze zwirbelte sich eine zehn Zentimeter hohe Flamme in die Dunkelheit, Thomas zuckte kurz und überrascht in Stanleys Arm, doch Stanley klammerte sich noch fester an Thomas, ebenso einhändig jetzt wie sein Begleiter, Stanley ließ Thomas nicht los, wippte auf den Zehenspitzen, und sein Blick wurde gebannt von der Flamme vor ihm, aus ihm, in ihm, und im selbst entfachten Daumenkino tanzte eine traumgleich-geisterhafte Szene vor seinem Auge: aus einem niemals gedrehten Film.

## 43

Stan und Ollie in vollkommener Dunkelheit, durchbrochen auch hier: vom Feuer an Stanleys Daumen.

Ollie: »In welchen Schlamassel hast du uns jetzt schon wieder gebracht, Stanley?«

Stan hob die Arme in reiner Unwissenheit.

Ollie: »Sind wir tot?«

Stan, wimmernd: »Aber ich will noch gar nicht tot sein, Ollie!«

Ollie: »Das hättest du dir vorher überlegen müssen!«

Stan: »Was sollen wir denn jetzt tun, Ollie?«

Ollie: »Keine Sorge, Stan, lass mich das machen!«

Stan wollte schon vorangehen, doch Ollie schlug ihm mit dem Handrücken auf die Schulter, Stan drehte sich um, und Ollie tippte mit fünf gespreizten Fingern auf seine eigene Brust, zum Zeichen, dass er vorangehen wolle. Er nickte kurz und bestimmend und gab einen Ton von sich, der klang wie: »Hm!« Dann sagte Ollie: »Bleib dicht hinter mir.«

Und Ollie ging los, langsam, Stan folgte, indem er sich mit der Linken an seinem Freund festhielt, das Licht seines rechten Daumens in die Luft gereckt, hell genug, auch für den Vorangehenden die nächste Umgebung zu beleuchten.

Da blieb Ollie stehen, um zu lauschen.

Ollie: »Sssst! Sssst!«

Stan: »Was ist denn, Ollie?«

Ollie: »Sei leise, Stanley!«

Stan: »Aber ich bin doch leise.«

Ollie wedelte mit den Armen.

Auch Stan lauschte jetzt, drehte sich angstvoll nach hinten, merkte nicht, wie er seinen Feuerdaumen zu tief sinken ließ und der Daumen sich Ollies Hinterteil näherte, und die Hose begann zu kokeln, Stan sah nach vorne, zog den Daumen zurück, aber es war zu spät, er hob die Augenbrauen und schaute zur Seite und kurz hilflos in die Kamera und wusste nicht, was er jetzt tun und wie er seinen Freund Ollie von der misslichen Situation in Kenntnis setzen sollte, ohne gleichzeitig in Schwierigkeiten zu geraten. Schon drehte Ollie sich um und schnupperte in Stans Richtung.

Ollie: »Riechst du das, Stanley?«

Stan: »Ja.«

Ollie: »Was ist das?«

Stan: »Deine Hose, Ollie. Sie brennt.«

Stan hob die Augenbrauen und nestelte mit der Linken an seiner Fliege. Erst jetzt bemerkte Ollie den weißen Rauch, sah überrascht in die Kamera, rief dann »Ooooh« und hüpfte auf der Stelle, beklopfte mit beiden Händen seinen Hosenboden, und als das nichts half, trippelte er los, Knie nach oben, Hand auf Melone, immer weiter ins Dunkel hinein, und Stan rannte greinend hinterher, den brennenden Daumen vorangereckt.

Noch einmal erscholl Ollies lautes »Ooooh!«.

Es klang jetzt, als sei er in etwas hineingefallen.

»Ollie?«

»Wo bist du, Stanley?«

»Ich bin hier. Und wo bist du?«

»Ich bin hier!«

»Wie kannst du hier sein, wenn ich hier bin?«

»Hier unten!«

»Wo denn unten, Ollie?«

Jetzt trat Stan an ein Loch und leuchtete hinein.

»Was machst du denn da, Ollie?«

»Warum tust du denn nichts, um mir zu helfen?«

»Reich mir deine Hand, Ollie!«

Stan bückte sich und streckte die Hand mit dem brennenden Daumen ins Loch.

Ollie warf einen entnervten Blick in die Kamera und rief dann: »Du musst zuerst den Daumen ausmachen!«

Stan zog den Daumen zurück, wusste nicht, wo er ihn hinstecken, was er mit ihm tun sollte, spitzte schon die Lippen, um die Flamme auszupusten, hob die Augenbrauen, nahm die Melone ab, wusste nicht, wohin mit ihr, klemmte sie sich unter den rechten Arm, kratzte mit spitzen Fingern seine Haare, setzte die Melone wieder auf, beendete das Nachdenken, trat mit brennendem Daumen wieder ans Loch und sagte: »Ollie?«

»Worauf wartest du denn?«

»Wenn ich den Daumen ausblase, dann wird es wieder dunkel sein. Mhm!«

Ollie atmete genervt ein. »Wie willst du mich denn hochziehen, Stanley, wenn dein Daumen noch brennt? Du kannst ihn ja nachher wieder anmachen, wenn ich oben bin!«

Stan dachte kurz nach und grinste zufrieden. Endlich blies er den Daumen aus. Schlagartig wurde es dunkel. Stan streckte die Hand ins Loch und nach ein paar Versuchen gelang es ihm, Ollie hochzuziehen. Ollies Hintern qualmte noch ein wenig. Stanley schlug seinem Freund den Staub aus den Kleidern.

Ollie: »Lass das, Stanley! Mach lieber wieder Licht!«

Doch sooft sich Stan bemühte, sein Daumentrick wollte nicht mehr gelingen.

»Hättest du mir das nicht vorher sagen können, Stanley?«

»Was denn, Ollie?«

»Dass hier ein Loch ist!«

»Du hast mich ja nicht gefragt.«

»Und jetzt?«

»Ich hab eine Idee!«, sagte Stanley.

»Ich hab genug von deinen Ideen! Lass uns weitergehen!«

Stan: »Wie du meinst, Ollie.«

Und dann gingen sie, einander untergehakt, in die Dunkelheit hinein. Stan versuchte noch ein paarmal, seinen Daumen anzuknipsen, aber es gelang ihm nicht mehr, nie mehr.

»Ich habe Angst, Ollie.«

»Es gibt keinen Grund, Angst zu haben«, sagte Ollie. »Ich bin ja bei dir.«

Und dann erklang die Laurel-und-Hardy-Melodie, sie gingen weiter und immer weiter, bis plötzlich das Wort *Ende* ins Schwarz wuchs. Danach kam nur noch der Abspann.

Und Stanley dachte: Die ganze Szene ist sinnlos, es gibt keine Dramaturgie, keine Erlösung, kein befriedigendes Ende. Es ist die schlechteste Szene, die wir jemals nichtgedreht haben.

## 44

»Woher kommt das Licht?«, fragte Thomas jetzt.

Stanley blickte hoch. Er löste sich aus der Umarmung, schob sich zurück, stand Thomas gegenüber, endlich konnte er ihn sehen, den Bruder, der ihn begleitet hatte auf dem Weg hierher.

»Ihr Daumen!«, rief Thomas. »Er brennt.«

Thomas strich sich mit der freien Hand übers Kinn.

Der Aquinate sah ein wenig anders aus, als Stanley ihn sich vorgestellt hatte: Der stichelige Bart und das schwarz-weiße Gewand und die Kappe entsprachen dem Bild, auch der imposante Körper, aber Thomas war ein wunderschöner Mann mit makellosen, markanten Zügen und scharfen Augen, und auch das Frauenkleid, das Thomas unter den Gürtel geklemmt hatte, störte ein wenig.

»Thomas?«

»Mister Laurel?«

Wie merkwürdig, dachte Stanley, diese Stimme gemeinsam mit dem Mund zu hören und zu sehen, aus dem sie kam.

»Sie erinnern mich an jemanden!«

»Sie mich auch!«, erwiderte Thomas.

»James Bond!«, rief Stanley. »Also ich meine: Sean Connery. Das ist ein Schauspieler. Er spielt einen Helden. In diesen Filmen. Einen, der immer für das wahre Gute kämpft. Hm. Fast so wie Sie, Thomas. Na ja. Vielleicht eine Kleinigkeit anders.« Stanley lächelte. »Aber auch James Bond hat die Lizenz zum Töten. Wer nicht gut ist oder an das Gute glaubt, kann eliminiert werden.«

»Und Sie«, sagte Thomas, »erinnern mich an meinen Freund und Assistenten.«

»An Reginald von Piperno?«

»Ja.«

»Wirklich?«

»Nur Ihre Kopfbedeckung stört das Bild.«

Stanley trat noch einen Schritt zurück, hob die Flamme seines Daumens und leuchtete den Tunnel aus. Obwohl er die nackten, glatten Wände, den nackten, glatten Boden und die nackte, glatte Decke zum ersten Mal sehen konnte, wirkte alles vertraut. Es war kein Stein, kein Stahl, kein Beton, es war ein pechschwarzes Material, das Stanley nicht kannte: Nahtlos, ohne die geringsten Rillen oder Spuren, ohne Steinchen und Staub erstreckte sich der Tunnel in beide Richtungen.

»Wieso brennt Ihr Daumen?«, fragte Thomas.

»Es ist ein Ding der Unmöglichkeit. Aus meinen Filmen. Sie sagten doch, das Licht muss aus uns selbst kommen. Ohne diese Worte hätte ich es wohl niemals versucht.«

»Ich glaube«, sagte Thomas, »das mit dem Licht habe ich anders gemeint. Eher bildlich irgendwie.«

Stanley grinste.

»Er brennt«, murmelte Thomas und schüttelte den Kopf. »Der Daumen brennt, als wäre er aus Stroh. Es ist ein Wunder.«

»Wenn Sie es so sehen wollen.«

»Ein Zeichen des Herrn.«

»Was für ein Zeichen?«

»Alles, was Sie sagten, scheint mir nun in einem anderen Licht.«

»Sogar buchstäblich.«

»Tut es nicht weh?«

»Nein. Und ich bin auch nicht überrascht. Mir scheint es ganz natürlich. Dass der Daumen brennt. Komisch eigentlich.«

»Also«, sagte Thomas, »können wir jetzt nicht mehr nur tasten, hören und riechen, sondern auch sehen?«

»Und schmecken. Mir liegt etwas Metallisches im Mund!«

»Unsere Sinne«, sagte Thomas, »kehren zu uns zurück. Das bedeutet: Unsere Geistseelen sind bald in Gänze mit unseren Leibern vereint. Machen wir uns bereit für die Auferstehung.«

»Oder«, rief Stanley, »es heißt: Unsere Sinne sind wieder da! Die lebenden Körper! Machen wir uns bereit für die Rückkehr ins Irdische! In die Wirklichkeit! Zu den Menschen! In die Welt!«

»Das allerdings«, murmelte Thomas, »glaube ich kaum.«

»Der dunkle Spuk hat bald ein Ende!«, rief Stanley noch und dachte traurig, still, für sich: Es gibt keinen Zweifel daran, dass Thomas tot ist, seit 700 Jahren, so viel steht fest. Für mich aber könnte es weitergehen, ich könnte noch atmen, jetzt, in der Gegenwart, ich könnte aufwachen in meiner Wohnung in Santa Monica, ich könnte Ida wiedersehen. Die einzige Frau, die bei mir geblieben ist.

Da ging Thomas vor ihm auf die Knie. Und Stanley zuckte zusammen. Doch Thomas legte nur sein dickes Buch auf den Boden, sorgsam, als könnte es zerbrechen. Er bat Stanley um Licht. Stanley hielt seinen Daumen ein Stückchen nach unten, Thomas schlug das Buch auf, er blätterte durch die Seiten, aber Stanley konnte von oben sehen: Es war nicht die *Poetik* des Aristoteles. Es war auch nicht irgendein anderes Buch. Es war gar kein richtiges Buch. Es war ein Buch vor der Geburt. Denn das Buch war noch leer. Es war unbeschrieben. Immer schneller blätterte Thomas jetzt durch die Seiten, doch wohin er auch kam, die Seiten blieben weiß. Leuchtend weiß. Es blendete beinah. Am Schluss klappte Thomas das stumme Buch zu, ließ es liegen und stand auf.

»Gehen wir?«, fragte Thomas.

Das Licht änderte alles. Das Licht gab Sicherheit, Hoffnung. Und Mut. Das Licht hieß Zukunft, Einblick in das, was vor ihnen lag. Sie waren nicht mehr ausgeliefert. Sie konnten ruhigen Schrittes weitergehen. Sie hakten einander unter. Sie strebten voran. In stummem, sehendem Einvernehmen. Das Licht schluckte Stanleys aufkommendes Unbehagen: Nichts konnte ihn mehr bedrängen, nichts kam mehr näher. Das leere Buch ließen sie liegen. Der Luftzug war stark. Und der Ausgang lag nah.

## 45

Gern hätte Stanley noch einmal geredet mit Thomas, auf diesem
vermutlich letzten Weg, aber alles, was ihm in den Sinn kam, waren die unzähligen Legenden, die sich um Thomas' Leichnam
rankten. Doch diese Geschichten konnte er seinem Begleiter
unmöglich auftischen, nein, Thomas hätte das alles womöglich
für bare Münze genommen und wäre entsetzt gewesen, denn
das Ringen um den Thomas-Leichnam glich dem Gezerre in
einem Slapstick-Film: Zunächst begruben die Zisterzienser-
mönche den toten Thomas vor dem Hochaltar der Abteikirche
Fossanova, wurden aber von der Angst gepackt, ihre Dominika-
nerkollegen könnten den berühmten Leichnam ihres Ordens-
bruders für sich reklamieren und des Nachts heimlich entfüh-
ren, weshalb die Zisterzienser den toten Thomas nach nur einem
Tag wieder aushoben und in der Stephanus-Kapelle desselben
Klosters beisetzten, wo die Dominikaner ihn weder vermuten
noch finden würden, doch nach sieben Monaten erschien der
tote Thomas dem Prior Jakobus im Traum und sagte: »Bring
mich wieder an meinen früheren Ort!«, und man buddelte den
toten Thomas erneut ans Licht, überführte ihn zurück in die
Abteikirche, ein Leichnam-Schleppen sondergleichen, und nein,
man gönnte dem toten Thomas-Körper keine Ruhe, denn das
Grab sollte weiterhin aus verschiedenster Begier geöffnet werden, einmal, um sein Haupt abzutrennen, einmal, um seine Hand
zu entfernen, aufgrund des Wunsches nach Reliquienverehrung,
aber wie dem auch in Wirklichkeit gewesen sei, eines las sich
in sämtlichen Heiligenlegenden gleich: Wann immer das Grab
des toten Thomas eröffnet wurde, ob mit oder ohne Haupt und

Hand – einmal sogar zwanzig Jahre nach dem Tod und auch ganz am Schluss bei der Überführung der Gebeine nach Toulouse –, der Leichnam lag stets leuchtend dort (was hätten dazu wohl die Dayak auf Borneo gesagt?), verströmte einen unfassbaren Wohlgeruch, und auch die Thomas-Hand-Reliquie duftete durch die verstreichenden Zeiten hindurch und blieb all die Jahre weizenfarbig, unverwest. Lediglich der Daumen fehlte, so hieß es in den Legenden, der Daumen, »aus Verehrung« entfernt, derselbe Daumen, den Thomas sich einst folgenlos versengte beim Diktieren seiner Schriften, derselbe Daumen, den Ollie sich einst folgenschwer verbrühte beim Braten der Lammkeule, derselbe Daumen, der schon für Aristoteles von höchster Wichtigkeit war für die Hand des Menschen, obwohl er im Vergleich zu den anderen Fingern nicht etwa zwei, sondern nur ein einziges Gelenk aufweist, einsam und dick, und Stanley schaute jetzt auf seinen eigenen Daumen, der fröhlich und schmerzfrei flackerte und ihnen Licht und Richtung wies.

## 46

Der Luftzug wurde zunehmend kälter. Stanley fröstelte. Er hätte gern sein Jackett am Revers hochgeschlagen, hatte aber keine Hand frei. Immer mehr Gerüche wehten ihm zu, so viele, dass er sie kaum auseinanderhalten konnte. Nicht mehr nur Essensdüfte, nein, Stanley roch jetzt auch das stickig-schwitzende Beißen eines verkohlten Vorhangs und das kitzelnde Schweben von feuchten Federn, er roch den sanft modrigen Mundgeruch von frisch ausgeworfener Erde und eine winzige Wolke seines eigenen bitteren Schweißes, oder war es der Schweiß seines Begleiters? Und nicht nur Gerüche, auch Geräusche, Geräusche vor dem inneren Ohr: Kindergeschrei, zerdeppernde Scherben, das Plopp eines Korkens, die Leier von ewig wiederkehrenden Sätzen (»Say, Ollie, I've got an idea!«), und das Lachen seines Vaters in Stanleys Lieblingsfilm. Und das war nicht etwa ein Stan-und-Ollie-Film, nein, es war ein Film, der die Wirklichkeit fing, ein privater Film sozusagen, ein Film, der zeigte, wie Stanley als berühmter Schauspieler in seine Heimat zurückkehrte, nach England. Einen Ausschnitt aus diesem Film hatte Stanley mehr als hundertmal angeschaut. Jenen Ausschnitt, da er neben seinem Vater steht. Dieser Stolz, der seinem Vater schier aus den Augen platzt. Der Stolz auf den Sohn, den Komödianten, der dem Vater nachgeeifert und ihn weit mehr als nur überflügelt hat. Stanley sprudelt über vor Lachen. Das Glück, den Vater neben sich zu sehen. Das Glück, ihm die Hand auf die Schulter zu legen mit der fast abgebrannten Kettenraucherzigarette zwischen den Fingern. Das Glück, die Hand des Vaters auf der eigenen Schulter zu spüren, und der Vater drückt Stanleys Schulter zweimal kurz, diese zarte Andeutung eines väterlichen Schulterklopfens, als wollte Papa ihm sagen: Das hast du prima hingekriegt! Und Stanley küsst ihn plötzlich auf die Wange, ja, er küsst Papa kurz auf den Mund in seinem Übermut. Dieses stille, innere Glucksen des Vaters, sein vergebliches, spaßhaftes Bemühen, ernst zu wirken, vom Zucken der Mundwinkel unterwandert. Stanleys Manöver, seinen Vater zum Lachen zu bringen, sein Vater, der endlich aufgibt angesichts des ansteckenden Lachens neben ihm, Vater, der sich zu seinem Sohn wendet und leise lächelnd antwortet: Du Quatschkopp, du! Und dann streicht Papa ihm sanft über den Schopf und wandelt die Liebesgeste sofort ins Komische, indem er seinem Sohn pantomimisch die Haare kratzt, und beide quellen sie jetzt über vor Lachen, Stanleys Stolz auf den Stolz des Vaters, siehst du, Papa, sagt Stanley, jetzt bin ich auch ein Sch/auspieler.

Doch auch diese Bilder verschwammen und verschwanden. Und Stanley musste an seine graue Wolldecke denken, die er nach den sonntäglichen Mittagsschläfen immer fein säuberlich zusammenlegte, er musste daran denken, wie er vor einigen Jahren – einfach so, ohne irgendeinen Grund – begonnen und nie wieder damit aufgehört hatte, die Wolldecke anders zusammenzulegen als gewohnt, indem er die Decke nicht in der dicken Mitte, sondern längsseits an den Ecken faltete und zusammennahm, und es war ein regnerischer Tag gewesen, erinnerte er sich, mit Nebelwolken, die herabreichten bis in die Wipfel der Bäume.

Stanley schaute jetzt zu Thomas hinüber und gab ihm einen Kuss auf die Wange. Thomas ruckte ein wenig erschrocken den Kopf in Stanleys Richtung, doch dann grinste Stanley, machte seine Stan-Grimasse, presste die Lippen aufeinander, zog die Brauen hoch, und Thomas lächelte, schien lächeln zu müssen, und beide ließen sich jetzt nicht mehr aus dem Blick, sie hielten sich fest, während sie weiterschritten, mit den Armen und mit den Augen, Arm in Arm gingen sie – und Aug in Aug.

So erreichten sie das Ende der Röhre.

Der Boden kippte ins Nichts.

Ihr Gang hörte auf.

Da war Schluss.

Einfach so.

Kante.

Aus.

Der Luftzug legte sich, zupfte nur noch schwach an der Daumenflamme. Stanley löste sich von Thomas, näherte sich vorsichtig dem Rand des Tunnels, der Boden fehlte vollkommen. Stanley verbeugte sich, schaute hinab, hinauf, zu den Seiten, nach vorn. Und seine Enttäuschung war maßlos: In jeder erdenklichen Richtung herrschte dort draußen dieselbe Dunkelheit wie im Innern des Tunnels. Das Licht des Daumens reichte nur ein paar Meter ins Schwarz hinein und ersoff dann kläglich: Stanleys Hoffnung auf Licht und Leben zerschmolz in diesem Ungetüm eines Raums, der sich endlos erstreckte wie nachtschwarzes All, nur ohne den geringsten Stern. Dicht am Rand des Tunnels stehend blickte Stanley in die fünf Abgründe, nach oben, nach unten, nach rechts, nach links und voraus: Doch wohin er auch schaute, nichts gab es, was einen Menschen würde halten können. Ein mächtiger Sog ließ ihn schwindeln, er wippte kurz und griff zur Seitenwand des Tunnels. Thomas tat einen raschen Schritt und hielt ihn fest, dann stellte er sich neben ihn und legte, ganz sanft, den linken Arm auf Stanleys Schultern, die Armbeuge in seinem Nacken. Thomas zupfte jetzt mit der freien Hand das Kleid aus seinem Gürtel, jenes Frauenkleid, das sie mit dem Hammer gefunden hatten, es war ein luftiges Sommerkleidchen, und tatsächlich, Stanley konnte einige Blumen erkennen. Ohne ihn zu fragen, warf Thomas das Kleid in den Abgrund, und das Kleid sank nicht nach unten, sondern wurde vom Luftzug verwirbelt, ehe es sich ausbreitete und in die Höhe entschwebte wie ein großer, fremder Vogel: Schon war es verschluckt von der Dunkelheit.

In diesem Augenblick spürte Stanley einen Stich im Daumen, und dieser Stich tat weh. Zum ersten Mal überhaupt, seit er sich im Tunnel befand, traf ihn ein Schmerz. Es war offensichtlich, woher dieser Schmerz rührte, vom Feuer nämlich, das immer noch aus seinem Daumen spross. Stanley schrie auf. Die Lammkeule, Ollies Lammkeule in der Ofenröhre, sein ganzes Leben hing am Faden dieser Lammkeule, am heißen Fett dieser zufälligen Lammkeule, sein ganzes Leben, erwachsen aus Ollies Verbrennungen dritten Grades. Stanley handelte sofort, wollte einfach nur dieses Weh loswerden, holte Luft und blies mit aller Kraft Richtung Daumen, um die Flamme mitsamt der Schmerzen zu löschen.

Doch die Flamme erstarb nicht.

Die Flamme tat ganz was anderes.

Die Flamme, sie löste sich.

Von seinem Daumen.

Die Flamme hüpfte ein Stück fort, zuckte kurz, als wollte sie überlegen, was zu tun sei, und dann blieb sie einfach hängen in der Luft der fünf Abgründe, im Schwarz des Raums, zwei Meter entfernt und unerreichbar. Diese Dunkelheit, diese alles verschlingende, vollkommene Dunkelheit, sie trug jetzt ein Licht.

Stanleys Schmerz am Daumen ließ sofort nach.

Thomas sagte: »Ein kleines Feuer gegen die Finsternis.«

Dort standen die zwei.

Immer noch nebeneinander.

Arm in Arm.

Und mit einem Mal fühlte Stanley sich im Reinen, er wusste

genau, was er wollte: gehen, mit Thomas, zurück in die Dunkelheit, weg von diesem Licht, das jetzt nicht mehr zu ihm und zu seinem Daumen gehörte, weg von all diesen Abgründen in die Tiefe, in die Höhe, in die Weite, weg von dieser jetzt immer stärker aufziehenden Traurigkeit, nein, lieber wieder eintauchen in die Gänge, die sie gemeinsam durchstreift hatten, bekannte und fremde Räume erobern, untere und obere Ebenen, reden, denken, sich kennenlernen bis in alle Ewigkeit, vielleicht gemeinsam lachen irgendwann oder gemeinsam glauben, ja, diese Aussicht atmete etwas Tröstliches, und Stanley wäre nicht allein, nie wieder, sie hätten sich unsagbar viel zu sagen, die beiden, Thomas würde ihm die gesammelten Gedanken seiner Schriften vortragen, und Stanley würde weiter berichten, was in den siebenhundert Jahren zwischen ihren Leben geschehen war, genügend Stoff für zwei Ewigkeiten, und Stanley würde haarklein seine Filme nacherzählen und alle Witze wiederholen, und sollten sie je fertig werden, könnten sie noch einmal von vorn beginnen oder zwei gänzlich andere Leben erfinden mit anderen Witzen und anderen Gedanken. Im Schutz der Dunkelheit wachsen die Bilder wie Blüten. Sie brauchten kein Licht, sie brauchten ihre Blicke nicht, und um diese Einsicht zu bekräftigen, hätte Stanley am liebsten seine Augen aus den Höhlen gekratzt und in einen der fünf Abgründe geschleudert. Ohne Thomas hätte Stanley es kaum eine Stunde hier ausgehalten, aber mit Thomas an seiner Seite hatte sich der Weg durchs Dunkle immer mehr gewandelt zu einer unfassbaren Entdeckungsreise.

Stanley drehte sich um hundertachtzig Grad. Jetzt stand er mit dem Rücken zum Abgrund, den Blick in die Röhre. Den Rücken zur Flamme. Und Stanley grinste nicht. Er lächelte.

»Gehen wir bitte zurück?«, fragte er.

Doch Thomas war an seinem Platz geblieben. Er hatte sich nicht mit Stanley umgedreht. Er drehte sich auch jetzt nicht um.

Thomas stand noch so da wie vorhin. Sein Gesicht zum Licht. Und zum Abgrund. Körper an Körper standen sie. Nebeneinander. Aber seitenverkehrt. Und der Arm des Aquinaten blieb, wo er war. Thomas' Armbeuge berührte jetzt nicht mehr Stanleys Nacken. Thomas' Armbeuge berührte jetzt Stanleys Kinn.

»Der Augenblick ist wohl gekommen«, sagte Thomas.

»Was meinen Sie?«

Sie schauten sich an. Über die Schultern hinweg.

»Es ist der einzige Weg, wie mir scheint.«

»Könnten Sie etwas deutlicher werden, Mister Aquinas?«

Thomas ließ den Arm sinken, auf Höhe von Stanleys Brust, er legte Stanley die Hand sacht aufs Herz, als wollte er ihn streicheln oder beruhigen. Doch dann kam der Stoß. Mit der ganzen Kraft dieses massigen Körpers. Und Stanley kippte hintüber, viel zu erschrocken, um schreien zu können. Mit allem hätte Stanley gerechnet. Nur nicht damit, dass Thomas ihn stoßen könnte.

Und Stanley stürzte.

Fiel aber nicht weit. Sackte nur ein kleines Stück in die Tiefe, ehe er aufgefangen wurde von nackter Luft, er kam zum Schweben im Schwarz und schaukelte reglos und waagerecht und rücklings auf dem Luftzug, getragen vom starken Wehen aus der Dunkelheit unter ihm, als wäre er leicht wie ein Taschentuch. Stanley blickte hoch. Über ihm blakte die Flamme. Immer noch. Die fortgeblasene Daumenflamme. Und seine Melone? Er hatte sie nicht festhalten können. Sie war ihm beim Sturz vom Kopf gerutscht und gondelte jetzt fort von ihm, nicht nach unten, sie segelte zur Seite und entschwand in der unendlichen Weite neben ihm.

Thomas aber stand noch da, im Gang, vielleicht einen Meter über Stanley, am Rand des Tunnels, und schaute hinab.

Stanley rief: »Tommie! Was hast du getan? Zieh mich hoch!«

Doch Thomas schüttelte langsam den Kopf.

Stanley streckte seinen rechten Arm aus, nach Hilfe und Halt, und in sein Blickfeld, zwischen ihn und Thomas, schob sich jetzt die Kuppe des eigenen Daumens, und diese Kuppe war vollkommen schwarz, verkohlt wie eine erloschene Zündholzspitze, und dieses Schwarz, es wuchs und wucherte rasch, legte sich über die Haut, ein flammenloser Brand von der Kuppe über den einsamen Knöchel und die Wurzel des Daumens zu den übrigen Fingern, Hand, Handgelenk, tiefer, wohl auch in seinen Arm hinein und in den restlichen Körper. Thomas winkte Stanley zu und nickte, Stanley holte Luft, doch ehe Stanley etwas hätte fragen können, wich über ihm das Gesicht des Aquinaten zurück in den Tunnel und löste sich auf.

Endlich kam die Angst. Eine stürmische Angst. Eine heillose. Eine herzzerfressende. Eine Angst. Und die Flamme, die zitternde Flamme über Stanley wurde größer und größer, wuchs in unfassbarer Rasanz zum lichterloh brennenden Taschentuch, zum Gürtel, zum Handtuch, zum Kleid, zum Laken, zum Vorhang. Und der brennende Vorhang flatterte hinab und breitete sich sacht über Stanley, über Beine, Hände, Brust und Gesicht, über seinen Mund und sein ersticktes Lachen. Diese Helligkeit, diese alles verschlingende, vollkommene Helligkeit. Wohin er sich wandte, Stanley sah nichts. Der Feuervorhang wölbte sich in eleganter Schwingung und ummantelte ihn ganz und gar: den Rücken, die Sohlen, den Nacken und den melonenlosen Schopf.

Jedoch kein Schmerz.

Das Feuer war nicht heiß.

Das Feuer war kalt.

Auf beruhigende Weise: eiskalt.

»Bin ich wirklich allein?«

Keiner antwortete.

»Bin ich endlich allein?«

Stille.

»Ich möchte jetzt lieber sterben als Ski fahren.«

Er atmete ein.

Er atmete aus.

Ein letztes Mal.

Und das war alles.

Aber Schluss mit dem Tod.
Was bleibt, ist das Leben.

Thomas öffnete die Augen.

Er lag auf dem Boden der Sakristei, neben ihm kniete Reginald von Piperno, sein Freund und Assistent. Eine Decke war über Thomas' Bauch gebreitet. Dicht hinter ihm standen zwei Ministranten und der Kirchenpförtner.

»Was ist geschehen?«, fragte Thomas und hustete.

»Ihr seid zusammengebrochen, Meister. Auf der Kanzel.«

»Hast du Wasser für mich?«

Reginald scheuchte die Knaben mit einem Wedeln fort und tupfte Thomas' Stirn und Wangen. Als die Ministranten zurückkehrten, führte Thomas den Krug an den Mund, setzte ihn noch einmal ab und fragte: »Hast du auch Eis, Reginald?«

»Eis?«

»Eiswürfel?«

Reginald sah ihn fragend an.

Thomas lächelte, griff in die Tasche seiner Kukulle, holte zwei Eiswürfel heraus, ließ sie in den Krug klimpern und nippte am Wasser. »Gut, gut«, sagte Thomas. »Es geht mir schon besser.«

»Wirklich?«, fragte Reginald und bekreuzigte sich.

»Ein Wunder!«, murmelte der Kirchenpförtner und deutete auf die Eiswürfel.

»Was ist geschehen, Meister?«

»Ich weiß nicht. Ich habe das Gleichgewicht verloren. Nicht das Gleichgewicht des Körpers, das Gleichgewicht des Geistes. Ein Vogel flog fort, und ich, ich flog mit ihm, in die Leichtigkeit des Schwebens hinein, ich sah die Erde unter mir und die Hügel und die Lilien, doch dann kauerte ich plötzlich auf dem Boden, in einer Röhre.«

»In einer Röhre aus Licht?«

»In einer Röhre aus Finsternis.«

»Aus Finsternis?«

»Aus Finsternis.«

»Und was geschah dort?«

»Ich traf einen Mann, Reginald.«

»Einen Heiligen?«

Thomas lächelte. »Eher nicht. Er sah fast ein wenig so aus wie du, lieber Reginald. Ich konnte ihn nur kurz betrachten.«

Reginald warf die Kapuze zurück und kratzte sich am Kopf. »Im Dunkeln?«

»Er schuf am Ende ein kleines Licht.«

»Wie denn? Was hat er gesagt, dieser Mann? Was hat er getan?«

Thomas schaute Reginald lange an. Dann rappelte er sich hoch, mit Hilfe des Freundes, er setzte sich auf einen Holzstuhl in der Sakristei und legte seine Hände auf die Oberschenkel.

»Er will beten!«, raunte Reginald und sank auf die Knie.

Der Kirchenpförtner und die Ministranten folgten seinem Beispiel. Sie knieten jetzt vor Thomas, als dieser seine Hände anhob und mit voller Wucht auf die Oberschenkel krachen ließ.

»Meister?«, rief Reginald.

»Sehen, wissen, sterben!«

»Soll ich Papier und Feder holen?«

»Tasten, riechen, hören!«

»Wollt Ihr diktieren?«

Da schnellte Thomas' rechte Hand nach oben, packte sich an die eigene Nase, während die linke Hand das rechte Ohr ergriff, die Hände wechselten, und die Rechte packte das linke Ohr, die Linke die Nase und so fort, zwischendurch erscholl immer wieder das harte Schenkelklatschen, und Thomas versuchte, schneller zu werden, er rief: »Tasten, riechen, hören! Tasten, riechen, hören!« Und dann: »Kniechen, Näschen, Öhrchen!« Und immer wieder: »Kniechen, Näschen, Öhrchen!« Bis er sich verhedderte und die Finger vor der Nase zusammenkrachten.

Seine Lippen zuckten. Thomas nahm schützend die rechte Hand vor den Mund. Denn unter der Hand, da wollte was raus. Unter der Hand, da knisterte es schon. Da kicherten Luftbläschen aus der Tiefe. Unter der Hand, da klopfte es gegen die Lippen: all das begrabene Lachen seines Lebens. Thomas schob jetzt seinen Daumen in den Mund, er nuckelte daran, blies hinein wie in eine Flöte, alsdann legte er den Daumen an die Nase, wedelte mit den Fingern und streckte Reginald die Zunge raus.

Jahrzehnte hatte das Lachen in Thomas' Bauch gelegen, eingerollt wie ein Tier, in den Schlaf gezwungen, ruhig gestellt von Geist und Vernunft, eingemottet von der Hoheit der Bedeutung und des Glaubens. Jetzt aber erwachte das Tier, räkelte sich, blinzelte leise ins Licht. Und dann war es da. Von einem Augenblick auf den anderen. Ohne Anlauf. Ohne Vorbereitung. Voll und ganz. War es da. Wach. Auferstanden. Einfach so.

Thomas konnte sich nicht mehr zurückhalten. Ein Bellen, ein Brüllen, eine Fontäne, ein Vulkan: wie glühend kalte Lava platzte das Lachen aus Bauch, Lunge, Herz, Mund. Es gab keinen Grund zu lachen. Aber es gab auch keinen Grund, es nicht zu tun. Das Lachen packte Thomas ganz und gar und umfasste seinen Leib, der massige Körper bebte wie von unsichtbaren Händen geschüttelt. Und Thomas spürte eine Leichtigkeit, die er nie gekannt oder die er längst vergessen hatte, er ließ sich fortwirbeln wie eine Feder im Sturm. Seine Hände! Sie wussten nicht, wohin. Aber sie mussten etwas tun! Die eigenen Hände schlugen ihn auf Wangen und Schenkel, boxten ins Luftige, dirigierten das Nichts, rissen seine Kappe vom Kopf, zogen ihm die Ohren lang, deuteten auf Reginald, auf die Messdiener, auf den

Kirchenpförtner, auf den Boden und zur Decke, als läge dort der Grund für alles Komische, der Leuchter, der Teppich, die Stühle, die Gewänder, die Mienen der anderen, die verdutzten Augen, einfach alles war lustig, die ganze Welt, komisch und heilig zugleich. Thomas' Lachen erfüllte jetzt die Sakristei: ein Scheppern, als kippte jemand Kugeln in einen eisernen Bottich; ein Dröhnen, als röhrte ein Hirsch in der Brunft; ein Zischen, als senkte ein Schmied eine glühend geklopfte Klinge ins Wasserbad; ein Hecheln und Japsen, als würde einem Reh die Luft abgebissen, den Hals zwischen reißenden Wolfszähnen.

Reginald blickte zum Kirchenpförtner. Der Kirchenpförtner blickte zu Reginald. Beide mit offenem Mund.

»Derart«, flüsterte der Pförtner, »hat er nimmer gelacht.«

»Eigentlich«, murmelte Reginald, »habe ich ihn überhaupt noch nie lachen hören.«

Doch schon merkte Reginald, wie das alberne Lachen des Meisters auf ihn übergriff, wie es ihn ansteckte, ihn entzündete, so wie einst die Predigten des Meisters auf ihn übergegriffen, ihn angesteckt und entzündet hatten. Auch Messdiener und Kirchenpförtner zuckten und wanden sich, als würden gleich giftige Schlangen aus ihren Lippen schießen. Ihr anfängliches Kichern mündete in ein unkontrolliertes Prusten. Sie alle wurden fortgeschwemmt. Sie mussten einfach lachen, wild und wiehernd.

Sie waren verloren.

Sie konnten sich nicht wehren.

Nach einigen Minuten spürte Thomas Stiche in den Seiten, er hielt sich den Bauch, geiferte nach Luft. Wenn er jetzt nicht aufhörte, er würde sich totlachen. Die Augen glubschten, er keuchte und kollerte und legte das Gesicht in beide Hände. Mit geschwollenen Tränensäcken ebbte das Lachen ab. Die anderen mühten sich, seinem Beispiel zu folgen. Hin und wieder blitzte es noch auf, und vereinzelt stöhnten oder seufzten sie, jetzt mehr schon in Erinnerung an das soeben Geschehene, und dann legte sich das Lachen vollends wie ein Sturm, der aus dem Nichts gekommen war und ins Nichts verblasste, alle hockten sie wieder still dort, die nassen Wangen glühend heiß.

Reginald schämte sich sofort. Er sagte den Ministranten, sie sollten verschwinden. »Kein Wort«, zischte Reginald in ihre Richtung, »zu irgendwem über das, was soeben geschehen ist.«

Die Knaben schlichen mit gesenkten Köpfen hinaus.

»Er hat den Verstand verloren«, raunte der Kirchenpförtner.

Doch Reginald von Piperno hob zornig den Finger und sagte, das sei nicht möglich, der Geist seines Meisters sei dermaßen voller Verstand, dass es nachvollziehbar sei, wenn der Kopf irgendwann auch mal überlaufe, denn der Meister wisse eben einfach nicht, wo er mit ihm hinsolle, mit dem ganzen Verstand.

Der Kirchenpförtner nickte.

»Ich geh jetzt nach draußen«, sagte Thomas.

»Ihr solltet Euch schonen, Meister. Draußen ist es kalt. Und es hat geschneit.«

Doch Thomas schob sich an Reginald vorbei. Trat aus der Sakristei. In die Sonne. Reginald eilte hinterher. Es war der Nikolaustag 1273. Thomas ging durchs Klostertor ins Freie und noch einmal eine Strecke weiter, und dann kniete er sich in den Schnee.

Reginald folgte ihm sogleich und sackte an seine Seite. »Lasset uns beten«, murmelte er.

»Noch nicht«, sagte Thomas, seltsam ernst. »Später.«

»Wie Ihr wünscht, Meister.«

»Reginald?«

»Ja?«

»Siehst du den Schnee?«

»Natürlich.«

»Fühlst du, wie kalt er ist?«

Thomas langte mit beiden Händen in die Weißheit um ihn her, führte den Schnee ans Gesicht und kühlte die Wangen.

»Ja, schon«, sagte Reginald. »Aber Schnee ist immer kalt.«

»Ich«, sagte Thomas, »werde kein Wort mehr schreiben. Von nun an.«

»Aber Meister!«, rief Reginald. »Einige Ihrer göttlichen Werke, sie harren noch ihres Endes!«

»Nicht nur meine Werke«, sagte Thomas, »auch mein Leben.«

»Ich verstehe nicht?«

»Bald wird mir ein Ast auf den Kopf fallen.«

»Was für ein Ast?«

»Und ich werde sterben.«

»Aber Meister!«

»Und wenn dieser Augenblick kommt, dann will ich voll sein.«

»Voll wovon?«

»Von der Luft des Lebens. Von der Freude am Lebendigen. Nichts kann verstanden werden, was nicht vorher in den Sinnen war.«

»So diktiert Ihr mir einst, Meister.«

»Aber«, sagte Thomas, »ich frage mich. Was ich verstanden habe: War es wirklich in den Sinnen? In den Lebenssinnen? Ich meine, in *allen* Lebenssinnen, die Gott mir gab?«

»Was wollt Ihr damit sagen?«

»Alles, Reginald, was ich jemals schrieb, ist nichts als Stroh.«

»Wie, Stroh?«

»Stroh. Im Vergleich zu dem, was ich soeben sah.«

»Aber Meister! Eure Schriften! Sie gehören zu den wunderbarsten Erhellungen des menschlichen Geistes!«

»Nichts als Stroh«, sagte Thomas. »Und hör endlich auf, mich Meister zu nennen!«

»Wie Ihr es wünscht!«, sagte Reginald. »So bleibt mir nur ein einziger Trost der Erklärung. Für das, was Ihr sagt.«

»Und der wäre?«, fragte Thomas.

»Stroh brennt ganz wunderbar. Genau wie Eure Worte.«

Thomas schwieg und schaute in den Schnee.

»Vielleicht«, sagte Reginald, »braucht Ihr nur eine Zeit der Ruhe und Meditation? Einst diktiertet Ihr mir: Gott wird durch die Stille geehrt. Weil wir unvermögend sind, ihn zu begreifen.«

»Ja«, sagte Thomas. »Man könnte auch sagen: Wovon man nicht sprechen kann, darüber muss man schweigen.«

»Diesen Satz memoriere ich und bringe ihn später zu Papier.«

»Der Satz ist nicht von mir, Reginald. Er ist von …«

»… von Aristoteles?«

»Nein. Er ist von Ludwig …«

»… von Ludwig dem Heiligen?«

»Nein. Von Ludwig Wittgenstein.«

»Entschuldigt meine Ungebildetheit.«

»Du kannst ihn nicht kennen, Reginald. Dieser Philosoph stammt aus Österreich.«

»Ihr meint das Herzogtum Österreich?«

»Eben jenes.«

»Das zum Herzogtum Bayern gehörte?«

»Jawohl.«

»Und seit wann gibt es dort Philosophen?«

Statt einer Antwort knetete Thomas etwas Schnee zu einem Ball und warf ihn gegen die Brust seines Freundes.

Reginald zuckte zusammen.

»Na? Schneeballschlacht?«, fragte Thomas.

Reginald wusste nicht, was er antworten sollte.

»Wie vor langer Zeit? Als wir Kinder waren?«

Reginald schwieg.

»Vergiss das Lachen nicht«, rief Thomas, warf noch einen zweiten Ball und rannte los, in den knirschenden Schnee und die blendende Helligkeit einer endlosen Winterlandschaft, lief, so schnell er konnte in seinem übergroßen, massigen Körper, lief, bis sein Atem nicht mehr hinterherkam, fiel keuchend und bäuchlings zu Boden, schmeckte das Pulverweiß zwischen den Lippen, und die Kälte legte sich wie ein eisiges Tuch auf seine Stirn. Er wälzte sich auf den Rücken, streckte seine Hände in die Luft und murmelte: »Machen Sie es gut, Mister Laurel! Sie können jetzt loslassen!« Die Ärmel des Gewandes rutschten ihm zu den Schultern hinab. Thomas ließ die Hände in den Schnee sinken, schöpfte Luft und blinzelte ins Glitzern der Sonne, bis es schmerzte. Er schloss die Augen, wedelte mit nackten Armen über den weißen Grund. Alsbald stand er auf und ging los, Richtung Kirche. Zurück blieb nur der Abdruck seines Körpers: ein fetter Engel im Schnee.

*Ein schwärmerischer Roman über*
*die Literatur und die Liebe*

304 Seiten. Gebunden

Die Stiefschwestern und Schriftstellerinnen Mary Shelley und Claire Clairmont lieben Percy. Und Percy liebt Mary & Claire. An seiner Seite entfliehen die Frauen der Londoner Enge. Sie wollen atmen, reisen, verrückt sein, lieben und schreiben. Und sie nehmen den schillerndsten Popstar der Literatur in ihre Gemeinschaft auf: Lord Byron. Bei heftigen Gewittern treffen sie sich am Genfer See. Opiumberauscht schlägt Byron ein Spiel vor: Wer von uns schreibt die schaurigste Geschichte? Ein mitreißender Roman, der Geschichte lebendig macht.

HANSER

hanser-literaturverlage.de